谨以此书献给

南 靖 县 建 县 700 周 年

张荣仁 著

书道春风飞掠张

文瑞

团结出版社
UNITY PRESS

图书在版编目（CIP）数据

相遇春风那抹绿／张荣仁著. －－北京：团结出版社，2023.6
ISBN 978－7－5234－0051－7

Ⅰ．①相… Ⅱ．①张… Ⅲ．①散文集－中国－当代
Ⅳ．①I267

中国国家版本馆 CIP 数据核字（2023）第 041387 号

出　　版：团结出版社
　　　　　（北京市东城区东皇城根南街 84 号　　邮编：100006）
电　　话：(010) 65228880　65244790
网　　址：http：//www. tjpress. com
E－mail：65244790@163. com
经　　销：全国新华书店
印　　刷：北京荣泰印刷有限公司
装　　订：北京荣泰印刷有限公司

开　　本：160mm×230mm　16 开
印　　张：17
字　　数：198 千字
版　　次：2023 年 6 月　第 1 版
印　　次：2023 年 6 月　第 1 次印刷

ISBN：978－7－5234－0051－7
定　　价：72. 00 元

撷雅明心即成文

◎柳小黑

2000 年，我心血来潮，独自乘车到南靖去拜会一位自己仰慕已久的作家，我至今对那次多少有点冒昧的"做客"念念不忘：虽是平生素昧，但人家对我视若宾朋，亲切交流，热情款待。从此之后，我就认定了南靖人的率真和亲切，日后凡是因缘结识的南靖人，我都特别珍惜和敬重。

而初识荣仁先生，是在 2016 年 9 月份南靖县举办的一个大型兰花展上，我跟一个朋友去凑热闹，这期间接待并全程陪同我们的，就是荣仁先生。他那时大概是南靖县兰花产业协会的牵头人，也许是因为兰花的"雅"，那时他还邀请了不少文人墨客。我掺和其中，一起闲聊时，才逐渐了解清楚荣仁先生的情况：荣仁先生是南靖县里的领导干部，政务之余，热心于助力地方茶产业的发展；又有一颗永不褪色的文心，常常以文会友，是当地文艺界的一个热心人。

后来，我与荣仁先生又有了几次因缘际会，彼此就熟络起来，偶尔打个电话，问问近况，交流一些写作上的心得，或者在微信里互发写作成果、相互点赞朋友圈，持续保持着文友间的联系。

距离上一次他寄来新出炉的个人散文集《兰谷追梦》，还不到三年，如今，他又来电说，他要出新书了，是一本最近两三年写就的散文集。我乍一听，心里头艳羡不已，他退休之后，既要乐此不疲地去照顾给他带来"爷爷乐"的小孙子，又要抽出时间做些有益于家乡发展的社会事务，居然还有闲情逸致写文章，而且在这么短的时间又有了新成果，真是"老"当益壮，宝刀不"老"！

他说要把文稿发给我，帮他看看。我立马就答应下来，因为我想着正好可以先睹为快，好好向他学习一下。

荣仁先生的新集子，根据抒写情致的不同，大体分"丹桂飘香""楼窑故事""奇山秀水""兰谷书香"四辑。"丹桂飘香"主要写茶事、茶缘、茶艺、茶史。他对家乡的茶情有独钟。他说家乡南靖的丹桂茶"外形紧结，色泽褐润，香气馥郁高长，滋味醇厚回甘，汤色橙黄明亮，叶底软亮，耐冲耐泡，韵味独特"，如此细腻精辟的描摹，俨然一位专业的品茶鉴茶高手。倘若没有一颗敏于生活的心，又怎么能"画"茶如此？在《南靖土楼茶背后的故事》《茶山永远有春天》《茶香岩韵流千载》《茶伴枳花香葛竹》《邂逅洋顶崇》《土楼茶联漫谈》等篇中，他通过撷取茶文化、茶掌故，如话家常，把家乡茶的"好"悉数呈现了出来，大概是为了让更多的人来了解家乡的茶、喜欢家乡的茶，因为他退休后还有一个身份——南靖县海峡茶业交流协会会长。以自己的特长助推地方产业经济的振兴，毫无疑问，体现了荣仁先生作为一名老干部的初心和担当。

　　在我看来，全书的精华，在于"楼窑故事"这一辑。"这里只有蓝天白云，只有青山烟雾，只有泉水叮咚，以及简朴的农舍。这里的风是清新的，水是干净的。这里没有喧嚣的尘世……"，荣仁先生以诗化的语言表达了他对家乡的忆念与爱。那些从故乡走出去的人，有谁不对生于斯长于斯的故土常生牵绊呢？在《好竹连山觉笋香》中，他说，"岁月流逝，时代变迁，如今我早已离开山区，到城里工作生活，但是以前挖冬笋的情景时常萦绕脑海。我时时会想起老祖宗发明的挖笋刀，想起以前挖冬笋的经历和乐趣，提笔至此，终生难忘"。一谈起家乡，谈起家乡人、家乡事，那些在岁月种退去的深情，又重新汇聚到他的笔端。翻阅到这样的文字，又怎能不让人产生共鸣而引发对家园的思念？

　　在这本集子里，荣仁先生还写到他的志趣、他的闲情，写到他游览名山胜水的心得见闻，写到他的幸福、他的感恩、他的选择，写到谱牒，写到共和国的盛事和一些为新时代做出特殊贡献的人。在《我与孙子爬黄山》《山海乐土情深意长》《雨林赏兰》《在快乐阅读中共同成长》《浅析海峡谱牒文化　弘扬家国情怀新风》《禾下乘凉话隆平》诸篇中，那样的情愫，比比皆是。他以"局内人"和"局外人"的视野，置身于海阔天空的随想，然后于平淡朴拙的语词中寄寓深情。

　　老实说，荣仁先生的作品，并不工于文学手法的运用以及辞藻的铺陈，但他阅历深、涉猎广、见识多，信手拈来，即是有嚼劲的文字，好似书画一类的艺术，浸润丰厚了，就有了返璞归真的妙处。

　　我们知道，散文是难写的，状物忌于虚空，言情忌于滥情，要把散文写得行云流水、随心所欲，带着读者，开卷受益，非得极深的功力不成。然而所谓的"不驰于空想，不骛于虚声"，在荣仁先生的作品里，他善于积累生活，开拓生活，再加上他那富有灵性的文字，屡有绝佳的响应，这其中的原因，也许就如散文大家丰子恺所说的："你若爱，生活哪里都可爱。"

荣仁先生就是这样的一个人：有爱、率真、儒雅而又热心肠，他用文章把自己的性情，把自己对于家园的热望淋漓尽致地展现出来，因此，我们在读了他的作品后，不由自主地赞叹：撷雅明心即成文。

本序作者简介：柳小黑，中国作家协会会员。漳浦县作家协会副主席，若干作品见于《诗歌月刊》《青年文摘》《微散型小说选刊》《小说选刊》等报纸杂志，出版有诗集《幸福天纸上诞生》、文集《幸福树》、长篇小说《红杜鹃》《棠花红》等，现供职于中共漳浦县委党校，高级讲师，副校长。

录

第二辑　楼窑故事

第三辑　奇山秀水

第四辑　兰谷书香

附　录

第一辑　丹桂

飘香

漳州南靖：走，喝丹桂去

茶的万千世界，林林总总，缤纷多彩，培种采制饮，品论文心道，由茶的世界衍生出的茶道文化在继续传承。

话说品茗之道，有许多人对此深有感触，对茶的钟爱和执着挥之不去。"情醉烟雨江南，人醉丹桂茶香""茶海起舞熏陶万家宾客，水浪翻腾洗涤世间污垢"，这是对南靖丹桂茶品质的真实写照，茶之甘醇、茶之功效、茶之韵味、茶之文化、茶之情怀让人爱不释手，久喝不厌。

茶道深邃，让人感受其绵绵的悠长，推陈出新是茶品日益精进的王道。丹桂是福建省农科院茶叶研究所从肉桂（武夷四大名丛之一）自然杂交的后代中选育出高香、优质、高产的国家级适制乌龙茶与红茶的优良品种。南靖县从 2001 年开始引进丹桂，已种植丹桂18 年，现有丹桂茶园近万亩，"南靖丹桂"已注册国家地理标志商标。

以闽北乌龙茶加工工艺结合闽南乌龙茶加工工艺创制生产的南靖丹桂茶，具有独特的品质风格。外形紧结，色泽褐润，香气馥郁高长，滋味醇厚回甘，汤色橙黄明亮，叶底软亮，耐冲耐泡，韵味独特，是南靖土楼茶的珍品。南靖丹桂茶有浓香型、清香型、红茶等系列产品，深受消费者青睐。

喝茶大致可分三种方式：口渴了泡茶喝之，闲情时品茶尝之，茗墨间论道饮之。无论是哪种喝茶方式，大家都知道喝茶的益处。"丹桂一壶，笑傲江湖"，南靖丹桂茶除了在视觉、感觉、味觉上的浑厚外，在茶韵上给人带来一种清新鲜爽的精气神，大有"杯中千古梦，梦里几深杯"的如沉香一般的冲击性感受。

万物皆有源，青出于蓝而胜于蓝，南靖丹桂茶的种植和制作，决定了其品质优良，香、醇、甘、津、韵五大回味让丹桂茶足以和世间其他的名茶相媲美，生态丹桂是传统的特色。

种：生态种植决定着丹桂的品质，有品种选育的后发优势，保存古早基因，杂交新生之魂，吸附天地养分；有地理优势、土壤生态、海拔适宜、山高云雾、水汽充足、科技力量等支撑；从以前使用化学除草剂的除草方式转变为人工除草制成有机肥的方式，采用生物农药防病防虫无残留，使丹桂茶保留了绿色有机的本色。

采：注重时节，对不同层次的茶、不同时节的茶采用不同的采茶方式，清明茶、精制茶以人工采茶为主，既满足高端人群的需要，又普惠大众。

制：传统为本，工艺考究，科学精制，把传统工艺与创新工艺相结合，突出了丹桂茶的特色，新的品种给人怀旧与时尚兼具的感觉，细细品味，既有爷爷辈老陈的气息，又有初恋般的味道，让人回味无穷。

2018年，在南靖县委、县政府的大力支持下，茶产业公共品牌"南靖土楼茶"首次亮相第十届海峡论坛第五届海峡（漳州）茶会。"南靖土楼茶"公共品牌正式发布之后，紧接着在首届靖商发展大会上推出以丹桂茶为主的"南靖土楼茶"九大系列茶，坚持生态种茶、制茶不动摇，坚持传统工艺与现代工艺相结合，做好土楼文章，实施统一的地理品牌标志，让南靖丹桂茶走向中国，走向世界。目前，南靖丹桂茶已经聚集了以汇全、福星、金观音、南壶香、印象土楼、树海瀑雾、通美公司、洋顶崀、齐南乡等为代表的一批制茶、售茶企业，这些企业精心挑选、匠心制作，推出的系列丹桂茶产品（浓香型、清香型、红茶）有：印象土楼三剑客之兰谷追梦、侠骨丹心、笑傲江湖、南壶香、半山谷、福星、金观音、土楼红美人、洋顶崀、异金香、靖峰等，一经投放市场，马上得到消费者认可，并占有了一席之地。土楼生态丹桂茶正以前所未有的发展趋势大踏步地迈向市场，走进千家万户。

茶叶很早就是交易的主要商品之一，成为对外交流的重要物资。想起儿时，茶是家中稀罕之物，平常难得有机会喝到这"奢侈品"，有一点儿茶叶都被珍藏着，只有逢年过节或客人来时才能闻到茶香。虽然那时我还不会品茶，但看到大人们沏茶的每一道程序，总是心存好奇和疑虑，觉得这种沏茶的方式很有趣，有点石成金的意味，每每闻到茶香，我都会忍不住多嗅几次、偷喝几口。如今茶已经进入寻常人家，昔日的"奢侈品"已是大众生活的"添加剂"，煮茶、品茶、论茶已成家常便饭，再也没有那种高深莫测的奥秘了。

饮茶之风是一件很有雅致的事，坐下即有话，交流即生情。"壶中慢煮三春水，笛里遥吹满茶香"，寻着茶水的余香，十多年后香气依旧不能褪去。茶文化是闽南人"必考的课程"，每家每户起早贪黑都得喝茶。款待客人上好茶，过节叙旧必备茶，一年四季不离茶，所到之处茶韵浓浓，茶润心、禅静心，茶香悟道，福寿安康，日益精进。茶文化还在不断地传承，这种家不离茶、茶不离口的文化，已形成"筵客八方至，呼风四面来"的新格局。

喝茶能够提升人的品位和境界，让人沉静和反思，一个人，一把壶，一碗茶，一本书，成为书房里的标准配置。手捧一杯丹桂茶，茶香弥漫，慢品细呷，香气馥郁高长，滋味醇厚回甘，静下来，慢下来，沉下来，会使人生更加厚实。《菜根谭》说："千载奇逢，无如好书良友，一生清福，只在碗茗炉烟。"独处的时候，没人打扰，喝茶读书，确是人生一大幸福，难怪鲁迅也说："有好茶喝，会喝好茶，是一种'清福'。"

文化品茶已悄然成为一种新时尚，"灯影摇窗聆竹语，茶香萦案起诗心"拨动许多文人墨客的心绪，品茗论道抒情怀给予了人们创作的灵感。走进福建土楼，逛茶园、观美景、品茗香、论禅道，南靖土楼丹桂茶园以云水谣、"情人山"、洋顶岽、南坑镇的万亩茶园等地成为欣赏土楼创作采风和体验美丽乡村的好去处，成就了许多文学影视艺术作品。"南得好茶，靖在土楼"，喝丹桂，人富贵，上品位，它给人带来快乐，带来安康。随着这种文化的延伸，丹桂茶香必将以更好的品质，继续沿着"南靖土楼茶"产业品牌，以茶兴旅，以旅促茶，文旅融合，成就一方产业，助力乡村振兴，富一方百姓。

高山云雾育丹桂，丹桂飘香邀您品，走，喝丹桂去！

（福建《说茶》栏目 2020 年 6 月 26 日刊发）

南靖茶产业的公共品牌与广告语集锦

为了体验"南靖出好茶，好茶在南靖""高山生态茶，南靖韵天下"，我们来到"土楼故里茶乡，树海竹洋南靖"。在福建省漳州市南靖县南坑镇葛竹村，万亩茶园吐绿，春茶采摘正当时。在清澈的九龙江西溪源头（位于南靖县南坑镇葛竹村内枧山北麓），勒有刘可清题词的长形巨石前，我们合影留念。

在葛竹村，我们参观了南靖历史名人赖翰林故居、葛天嵝寺；在一个山墩连着一个山墩的碧绿茶园里，一排排茶树种植在错落有致梯田，造型新奇，酷似一个个巨型 Wi-Fi，释放着绿色发展的新动能。我们满怀激情地吟诵了清朝乾隆皇帝的宰相蔡新的咏茶诗：

"玳瑁名山迎帝临，滴水龙泉高峰顶，金仙岩边有八景，万亩茶园万担银"。

在这里，我们看土楼，品好茶，赏兰花；在这里，我们品赏乾隆皇帝钦点的贡品南靖清明茶；在这里，我们考察了南靖生态茶、南靖氧心茶、醇靖茗品、南靖绿茶，真是"一叶一境界，一茶一南靖"！

在田螺坑土楼群，我们喝南靖贡茶，品土楼文化。田螺坑土楼群是福建土楼的标志性建筑，我们一边观赏"四菜一汤"土楼的雄伟建筑，一边品"南靖幽兰"，一边吟咏著名古建筑学家罗哲文的土楼诗：

其一

年年好景是中秋，几度相携结伴游。

今年佳节倍难忘，南靖土楼把我留。

其二

田螺坑畔土楼家，雾散云开映彩霞。

俯视宛如花一朵，旁看神似布达拉。

或云宇外飞来碟，亦说鲁班墨斗花。

似此楼型世罕见，环球建筑出奇葩。

其三

步步相携望景台，方圆楼顶似花开。

溪边错落梯田绕，无限风光扑面来。

真是"品南靖贡茶韵，享土楼故里情"！

在田螺坑，我们品南靖县茶产业公共品牌"南靖土楼茶"，别有一番情趣；在田螺坑，我们真正体验到"福建土楼名天下，南靖茶叶香万家"！

看，一群群游客，在品赏南靖茶中的"南靖一品"；看，一群群游客，在抢购南靖茗茶中的健康长寿茶、南靖乌龙茶、南靖福茶、南靖仙味茶、南靖润味茶、南靖玉叶、兰陵香茶、南靖红茶、南靖本山茶、南靖乌龙茶，还有南靖御景茶；看，一群群游客，一个个伸出大拇指夸赞：南靖茶叶"一口香，二口赞，三口忘不了"；南靖茶叶"怎一个'香'字了得"！

在南靖云水谣古镇，在古榕树下休憩，在古道上漫步，我们邂逅佳茗"天下美人"、"东方美人"与"土楼红美人"；一起"靖心靖意"去"中国景观村落"——梅林村，朝拜土楼妈祖；一起在望梅山上观赏十里梅花，感悟"闽南观胜景，南靖品人生"；一起带着游客在梅林古私塾，领悟禅茶的"心无尘，茶有品"；一起打着伞，漫步在梅花古道上，观赏《南靖春》《土楼春》表演；在土楼情人山里，与心爱的人一起呐喊：

南靖县茶产业广告语："南得好茶，靖在土楼！"

去品：南靖县茶产业公共品牌，《南靖土楼茶》。

啊！世遗土楼，《南靖土楼茶》，奇景香茗，香飘全国乃至世界。

《南靖土楼茶》：富有文化内涵，富有诗意的故事传说。

（南靖茶公共品牌 TVC《当下》，南靖乡讯，新华网）

茶伴枳花香葛竹

葛竹，一个让人充满遐想的山里村庄，也是一个能够让世俗之人顷刻衍生出人文情怀的奇妙"仙境"。

遥想当年，作为南靖县革命老区基点村，葛竹村率先走上了闽南革命的舞台。1945 年初，共产党员黎炳光到葛竹村发动群众，开展革命活动；1949 年 7 月，中共闽南地委书记卢叨、副书记陈文平等人也是以葛竹村中的"太史家庙"作为前沿指挥部，召开群众大会，宣布准备配合大军解放漳州的重大消息……葛竹村，流淌着红色的革命血液，默默矗立在大山中。

这里有山，有水，有花。山是上万亩的茶山；水是九龙江西溪源的水；花则是洁白如雪的枳实花。南坑镇党委书记吴东照曾提到南坑有"五香"：浓香的咖啡，幽香的兰花，清香的茶叶，土香的古厝，芳香的枳实。而此次，我有幸品尝到了葛竹的茶香与枳实花香，茶与花珠联璧合。

清晨，我刚醒来就迫不及待地吸了一口夹杂着茶香与花香的新鲜空气，不、不，用空气来形容略显俗气，称之为"仙气"更为恰当。草草洗漱完毕，淳朴的农家阿姨早备好香糯的白粥，配上那可口的农家酱菜，我不禁再次眯眼回味了一番。这是何等的幸运，才能置身在这个"仙气"萦绕的仙境，品尝着那西溪源的水冲泡的远山丹桂茶！因为喜欢自然，所以喜欢喝茶，我闭上眼闻茶香，慢咽细饮轻呷，似乎触及了草木的灵韵美。我置入其间，通过一片片茶叶感受到一个个茶农，在茶园，迎着风，迎着雨，守护着生活的聚宝盆，守护着茶之魂。

南坑镇政府一直在积极探索茶产业的发展模式，努力将茶产业发展为当地的特色产业，依托金观音、弘静茶业等合作社抱团发展，打造特色高山茶品牌，通过以花为媒、以茶会友的模式，打造"高竹点"（高港、葛竹、金竹三个村的总称）乡村旅游产业，为革命老区群众增收致富创造更多的机遇。

走出农家小院，清风拂过，屋檐边枝头上的枳实花儿颤巍巍地抖动着，一缕缕花香醉了我的心。我站在山头，登高远眺，村里村外，山上山下，齐齐整整的茶树，密密麻麻的枳实花，构成了一幅绿油油、白茫茫的油画，没有多余的色彩，不染尘埃，画布上只有最干净的绿、最干净的白。

在这枳实花盛开的季节，一年一度的视觉盛宴开启了。沿着村道漫步，我看见了成群的白鸭在溪里戏水，在枳实树荫下，枝头上雪白的枳实花飘落在鸭背上，与白鸭融成一色，消失无踪。

一路行来，茶山上清冽的空气沁人心脾，洗去了我脾肺中积淀的浊气，洗去了我心间隐藏的阴霾。

听说这里有上万亩的生态茶园，上万亩是什么概念？我不是很清楚，但是眼前一排排整齐的茶树分布在一望无际的丘陵上，看着舒服极了。想来这些茶树身处云雾缭绕的高海拔山区，饮朝露吸云雾，"山上戴帽，山下开发"（种茶），绿树成荫，草木葱茏，中间是田园，穿村而过的小溪清水潺潺，油绿的梯田式茶园和郁郁葱葱的山头环绕四周，好一派生态茶园风光，好一幅人与自然和谐相处的美好画卷，难怪产出的"南靖土楼茶"之丹桂茶被定为佳品。这里还盛产"南靖土楼茶"金观音、竹叶奇兰、铁观音、单丛茶等。历史上，这里发生过赖翰颙与乾隆皇帝品用"清明茶"的故事，"君不可一日无茶"，帝王的欣赏，使"清明茶"声名远播，身价倍增。

惊奇，山下竟盘着一条"彩带"！细观，那是我远眺产生的错觉。那"彩带"是九龙江西溪，正在大山脚下静静地流淌。为了保护九龙江，防止水污染，这里被重点保护着，小溪边矗立着一块八吨多重的巨石，上面刻着时任漳州市委书记的刘可清书写的"九龙江西溪源"六个大字。九龙江是福建省境内仅次于闽江的第二大河流，是一条养育了五百多万漳州人的"母亲河"，它的源头就是山脚下的这条清粼粼的西溪。

枳花香与土楼茶香遥相呼应，依托优越的自然生态环境，加上生产技术的提高，南靖茶叶的数量和质量也有了大大的提高，以前"养在深闺人未识"的南靖土楼茶，逐渐走进了人们的视野。在党富民政策的东风下，在九龙江西溪源这块广袤大地上，茶产业成了这里的百姓脱贫致富的支柱产业，助推着乡村振兴战略的实施。

时值三月，枳实花开，待我翻过了茶山，赏过了西溪源，迎面而来的大片"雪花"挂满枝头，令人陶醉。最开始是一小簇花在枝头招摇，而后，更多的山风袭来，瞬间演变成了"花海雪原"。此刻，我就站在花海边上，想进去共舞，又觉得唐突，仿佛只要我一踏进去，就会将这片仙境亵渎。

那浓烈的氛围，就像我此刻的心情，恨不得赶紧加入这个花儿争相绽放的队伍里。看着山风与枳实花共舞，瞬间有些羡慕那些风儿，能够将这片枳实花变成云锦，层层叠叠地铺满大地。

三月的枳实花香漫土楼，引得四面八方的游客蜂拥而至。草垛上，小溪边，土楼房檐旁，都铺满了白色的花瓣儿，整个小山村热情洋溢地迎接着远道而来的客人，茶旅融合，相形益彰，茶香四溢。

在现代社会，物质太丰富，精神反而贫瘠，如今已经很少有人乐意体会回归大自然的幸福感。而我，从昨日到今日，已经幸运地体会了好几回。

风尘仆仆地赶来，伴随着满路茶香花香，入住温馨质朴的农家小院，我感到很是幸福；置身于万籁俱寂的大山中，观赏入选2019年度"一村一品"示范村名单的茶叶示范村——南坑镇葛竹村，远离喧嚣浮躁，安宁入睡，何感不幸福？晨起鸟鸣声声，听着院子里阿婆和她儿子的方言对话，平淡家常，这就是幸福感；眼前青山为伴，绿水含情，美景触目可及，山路在绿意盎然中逶迤，油绿的梯田式茶园美似一帧"百姓富，生态美"彩图，而我有幸亲临，这就是幸福感……而富足美丽的生活，让农民有更多的获得感、幸福感，这正是我们共产党人所追求的根本目的，也是人民所盼望的。

想着即将离开，我顿时有些无措，或者说我内心深处对于回归城市生活有些抗拒。

又一阵花香传来，使我从思索中回过神来，忆起阿婆的话"这些枳实还是中药呢"，我莞尔一笑，且不说它的功效如何，单论这一片花海，满山茶香，就是治愈心灵病痛的最好良药。

白岩松说过："人生如茶须慢品，岁月似歌要静听。"

驱车徐徐远离这被2019年被国家住建部公布列入第五批中国传

统古村落名录的葛竹村，我一边循着高山飘来的茶香，一边想起在这些日子里，茶农带着知足，讲述这些年家乡日新月异的发展变化，从烧柴火到用电，从山村道路到现代化交通，从水暖到厕改，从卫生到环保，从电话到网络，从健身到医保……一个活脱脱的社会主义新农村的文明形象跃然于眼前。望着他们翘扬的嘴角和眉梢，那种发自内心的满足感、幸福感全然热烈地洋溢在脸上，美在心里。

（《福建张氏》杂志，2021 年 1 月）

异金香茶

秋日的一个午后，我们一行五人前往异金香家庭农场参观。

创办于 2016 年的异金香家庭农场，位于美丽的九龙江西溪源头南靖县船场镇下山村葛山自然村。种植面积 143.6 亩，主要经营业务包括种茶、制茶、卖茶，其中以丹桂茶为主打品种。葛山村拥有百年茶叶种植经营历史，当地村民祖祖辈辈与茶为伴，到了如今，更是将传统制茶与现代工艺创新相结合。

农场门口，一位年轻人以笑脸迎接我们。初次见面，眼前这位腼腆而不善于言谈的来自福建大山土楼里的农民儿子，就是农场主曾金奇。改革开放之后，去了城市里打拼过。在敏锐捕捉到市场信息后，他决心返乡创业。于是，他打起行囊回乡，立志振兴茶乡，承包起村里的集体荒山地，开始追逐乡村产业振兴的"绿梦"，和几个小伙子一起做起"一片茶叶"的生意，书写人生的传奇故事。

来到南靖县异金香家庭农场办公室，但见环境整洁，墙上挂着"南靖县异金香家庭农场"的牌子。这是一家南靖县海峡两岸茶业理事单位。2018 年荣获由漳州市农业局及漳州市财政局颁发的"市级示范场"荣誉称号；2019 年度荣获由福建省农业农村厅、福建省财政厅颁发的"省级示范场"荣誉称号，同年获得南靖县政府颁发的"南靖土楼茶"秋季茶王赛丹桂（浓香型）系列优质奖；2020 年荣获漳州市秋季茶王赛（丹桂）金奖。异金香茶企负责人曾金奇在 2020 年南靖县首届乌龙茶制茶能手大赛获奖，并入选非遗项目代表性传承人。

随着缕缕茶香扑鼻而来，一边用功夫茶具泡丹桂茶，一边细品慢呷，不善于言谈的曾老板话匣子拉开，说起工商注册原来的"郁金香"注册不了，后改为"异金香"（谐音）的缘由。一开始一头雾水的我，终于明白究竟为啥没注册"郁金香"的原因了。交谈中，我与在座的茶人漫谈了二战期间、古罗马时期有关郁金香的传说。交谈当中，曾老板话锋一转，直奔主题，他思路清晰，介绍自己创业故事和经营理念。

异金香经营理念：做品质丹桂茶，用口碑说话。

异金香核心价值：诚信是金，互利共赢。

异金香奋斗愿景：福建土楼茶公共品牌之丹桂，原生态，有机茶。

异金香人文精神：诚实为人、踏实做事、敬业奉献！

如今，异金香家庭农场，面向市场，开发并创新丹桂、奇兰等系列十几种的茶产品，一茶一味，味味传奇，我品饮过南靖土楼茶之丹桂，其外形条索紧实，色泽褐润，香气浓郁，岩骨蜜韵，滋味甘醇，饱满味长，汤色橙黄明亮，叶底均匀，柔软肥厚，耐冲泡，是南靖土楼茶的珍品。尤其在 2020 年漳州市秋季茶王赛（丹桂）金奖品鉴现场，其南靖丹桂浓香型，受到专家、学者、茶品爱好者的广泛赞许。

中国兰谷的陆羽雕像"凤翔茶圣"，仿佛在叙说《茶经》这部巨著，第一次把饮茶从生活领域提升到精神品饮和艺术创造的高度，概括了饮茶程序化和艺术化，使茶文化从饮茶升华为精神享受，进而形成中国茶道。因而，品茶，品的是一种心境，感觉身心被净化，消除浮躁，沉淀下的是深思。口渴了泡茶喝之，闲情时品茶尝之，茗墨间论道饮之。生活在当今的社会里，无论哪种饮茶方式，能在百忙之中泡上一壶浓香丹桂茶，丹桂一壶，笑傲江湖。择雅静之处，自斟自饮，定能消除疲劳，涤烦益思，提振精气神。忽然间，我想起鲁迅先生的名句"一杯在手，可以和朋友作半日谈，有好茶喝，会喝好茶，是一种清福。"

我站在异金香茶山的顶峰，沐浴着阳光。太阳神总是把阳光先赐给远山，或许是向阳花早逢春，那远山的松柏摇曳翩翩，那远山的小草舞也缠绵。遥望山坡上树立的"绿水青山，自然茶香"的标语，回味着素有"七泡有余香"之说的异金香丹桂茶。它生长在郁郁葱葱如仙境的崇山峻岭之间。异金香家庭农场占地面积140多亩的生态茶园错落分布于林间，翠绿的茶园和着林涛，茶树随着山风摇曳，我的目光跨越时空的隧道，遐想无限，恍惚间，唐朝诗人李白《客中行》的诗句萦绕于耳："兰陵美酒郁金香，玉碗盛来琥珀光，但使主人能醉客，不知何处是故乡。"

我回想起当年茶乡演茶戏表演的快板《闽南乌龙茶制茶歌》："反复摊晾反复摇，心系青间闹通宵，眼看手摸鼻子嗅，唯恐香韵随风逃……盘盘乌龙争攀比，杯杯茗水斗艳奇，观形闻香尝滋味，个个颜开称兄弟。"每当重忆当年看表演的情景，我陶醉依然。临别之际，我即兴赋了一首诗：

土楼茶旅难忘怀，高山云雾好茶乡。以茶代酒不思量，尚品应属异金香。

异金香丹桂茶——茶不醉人人自醉！

（《火花》杂志，2021 年 3 月）

邂逅洋顶岽

这里只有蓝天白云，只有青山烟雾，只有泉水叮咚，以及简朴的农舍。

这里的风是清新的，水是干净的。

这里没有喧嚣的尘世，这里远离充斥金钱名利的闹市。

这个地方叫洋顶岽。洋顶岽，海拔 1050 米，位于北纬 24 度的土楼故里南靖县书洋镇。洋顶岽，处于群山环抱之中，灵雾润泽，峰峦高耸，这是一个自然景观秀美之地，这是最让人向往的一片净土，这是一处人间仙境。洋顶岽，整座山都在云雾里，整个人都在画框里；山顶常年云雾缭绕，林木茂密，山岚飘荡，云蒸霞蔚；洋顶岽，太阳从山的东边升起，照耀着这片土地上生长的万物，野草树木在山野自由地生长，山禽野兽在林间出没；洋顶岽，一条弯弯曲曲的盘山公路，是与山外沟通的唯一通道，这儿颇有与世隔绝的味道……

2002 年，有个茶人在这里投建了一个农场，叫"洋顶岽私家茶园"，洋顶岽变成有机茶基地。私家茶园属于儒兰公司的产业。茶人在近 2000 亩面积的山地上，种植了 800 亩的软枝乌龙、金萱、铁观音、四季春、丹桂等优质乌龙茶（洋顶岽有机茶已通过欧盟有机认证）。有机茶园的管理有一套创新的方法，以牛奶加豆浆、红糖发酵来做叶面肥料，并且购进百余台太阳能音乐播放机，24 小时播放高雅音乐，让茶树享受"贵宾级"的待遇。漫山的茶园，一朵朵莲花状的太阳能念佛机，每天24小时不间断地播放着梵音佛曲，让茶树听佛曲，希望它们有佛性，有美丽的性情。也许，禅茶就这样诞生。

在茶园的经营管理上，洋顶崀私家茶园的工作人员不使用杀虫剂与除草剂，而是任由昆虫与杂草共生，人与自然的和谐共存。

从此，在远离尘嚣的洋顶崀，在书洋镇的最高峰，不仅有野草的芳香，有湿湿凉凉的山风，而且空气弥漫着淡淡的茶香；从此，默默无名的洋顶崀开始为外人所知道。

2018年国庆假期，风和日丽，我们与一路爬坡来到了洋顶崀私家茶园的一个亲子旅游团邂逅。这是一个来自深圳的亲子旅游团队，二十来个家长带着十多个孩子。他们被童话般美丽的茶山所惊艳！看，成排成行的茶树绕着山体往上盘旋，随着山势的起伏变幻出各种曼妙奇异的几何图形，仿佛饱满的身体上那道最惊艳的曲线，令人怦然心跳。他们发出各种惊叹声与欢呼声。

秋高气爽，置身如梦如幻的茶山，这群从大都市初来乍到的孩子欢呼雀跃，他们沿着茶园通道游览了茶山的美景，提起采茶篓，上山了。

在采茶姑娘手把手的指导下，孩子们很快掌握了采茶要领，两叶一芽，他们兴致勃勃地用小手摘下了茶叶。

在洋顶崀，在那个可参观茶叶的制作过程，早起可欣赏日出，傍晚可欣赏日落，可走古道，可与某人邂逅，有诗意的地方，你可以端起一杯清澈透亮、汤色橙黄的洋顶崀茶，悠然品味"古早味"，慢度时光……

在高山的茶园，有一条古道盘旋，连接着那景色别致、古香古色的著名景点云水谣。从洋顶岽到云水谣的那条古道已在天地间存在数百年，根据史料记载，应始于宋代，属于官方的驿道，这是从汀州府到漳州府的必经之路，也是村民们从大山走向外界的通道。

此处虽然偏僻，但也因此，沐清风，伴鸟鸣，在高海拔的茶园产出了极品好茶。

据《南靖县志》记载，嘉靖年间，南靖县茶叶已被定列为朝廷贡品，南靖每年进贡茶五十五斤九两三钱，菜茶六十斤九两九钱。

古道悠悠，茶香缥缈，静下心来走一走，可以滋养身心。

走着走着，前方出现一片杂草丛生的沃土，沃土育珍品，这片郁郁葱葱、的土地上，正孕育着茶中珍品——丹桂！

17 年的时间，可以让一个牙牙学语的稚子成长为身材挺拔的少年；可以让落后的农村变成高楼林立的城市；也可以让丹桂以新芽之姿彻底融入这片森林环抱、云雾缭绕的沃土。它任随天养，枝丫粗壮，叶片浑厚，深深扎根在这片高山上。

这片丹桂积淀了整整 17 年。忍得了高山刺骨的寒冷，忍得了远离繁华的寂寞，不，也许在它看来，这些都不是"忍"，而是享受，而是幸运，在从未被人为耕耘过的土地上，静静地享受着作为植物本应享有的大自然滋养。

直到 2019 年春，洋顶岽的茶农首次采摘，制茶师如伯乐得遇千里马般，将丹桂乌龙的神韵体现得淋漓尽致，既保留了传统，又加入了创新。

珍品是稀少的，因为出产珍品需要付出常人无法想象的精力，天时、地利、人和，缺一不可，所以才称得上珍品。

有幸品之，自当珍惜。

这款来自洋顶岽的丹桂乌龙，一观，茶汤橙黄清亮，好似琥珀，叶片舒展，好似水中鱼舞；一闻，恨不得一直吸气，不舍得呼气，怕那直冲心间的袅袅茶韵被破坏；一品，香、醇、韵、滑，万般滋味涌上心头，如梦初醒，让你好似远离浊世。哇！绿叶红镶边——丹桂。

南靖县委书记黄劲武曾言"丹桂一壶，笑傲江湖"，寥寥数语，却道出了品丹桂如历人生的洒脱豪迈。

"人间至味是丹桂"，这样高的评价，我想这在高山上孕育的珍品丹桂也是配得上的。品茶，如品人生，静下心，细细品，不止一味，这就是享受。

（南靖乡讯 2019 年 7 月 29 日）

观瀑品茗

夏天的一个周末，我们驱车前往树海瀑布。一来观赏树海瀑布奇观，二来顺道参观树海瀑雾茶庄园，观奇景，品佳茗，度一个清凉健康的周末，不亦乐乎？

树海瀑布因气势宏伟壮观，被誉为"华东黄果树瀑布"。2002年，漳州籍画家蓝丽娜应全国政协办公厅邀请，以树海瀑布为素材，创作大型油画，陈列于全国政协礼堂。

盘山九曲，我们来到位于漳州市南靖县船场镇下山村境内的树海瀑布景区。这里是一片原始森林的深处，这里有蓝天、白云、阳光、瀑布、树影，这里山风习习，涛声阵阵，和着林间婉转的鸟鸣。

树海瀑布宽 45 米，高 21 米，气势恢宏，峡谷上方，一挂雪白的瀑布，如一道白练飞泻而下，大气磅礴，有如万马奔腾，更似雷声轰鸣，震耳欲聋，声势夺人。

面对如此壮观的瀑布，谁能不心潮澎湃？谁能不想放声高歌？

瀑布下方，一汪墨绿的水潭，犹如一颗巨大的果冻轻轻地摇摆。潭边怪石密布，姿态万千。潭不大，水很洁净，一些游客心痒不已，忍不住下水一游为快。瀑布周围数百里，是绿茫茫的树海，树木郁郁葱葱，密密层层。

潭水顺着层层叠叠的山岩平铺而下，犹如一条在树海之中飘动的美丽白绸，在日光的照耀下波光粼粼，吸引着游人纷至沓来，避暑消夏，猎奇览胜。

瀑布左侧，有一条樵夫打柴走出来的小径，陡峭崎岖。沿着它爬到瀑布上方，居然别有洞天。一条小小的溪流，在竹林树海掩映下，缓缓流淌，波澜不惊，与树海瀑布的磅礴气势、喧嚣的场景形成鲜明的对照，让人有如临桃花源的感慨，让人生出远离闹市、幽居世外的想法。

低首俯瞰，脚下是笔直的悬崖，溪流就流过你的双脚倾泻而下，撞击着山石，如万鼓齐鸣，发出巨大的轰响，空中溅起如雪如玉的水珠，激起一片氤氲的水汽。

我在瀑布前，痴痴地、静静地伫立，良久，才缓过神来，像从梦中惊醒。

但见远处、近处皆是烟雨蒙蒙和光影闪烁。空中明明阳光灿烂，而眼前却潮气盈盈。一阵山风吹来，耳畔有风掠过，夹杂着水汽、野草和树林的味道，我闭上眼睛，深深地吸上一口，顿觉神清气爽！

离开树海瀑布，我们来到树海瀑雾茶庄园，一边品茶，一边听茶庄主人娓娓道来："饮茶是人生一大雅事，画家黄永玉也喜欢喝茶，尤爱普洱。茶有禅意，茶禅一味。在茶人眼里，水有情，山有情，风有情，云有情。"

呈梯级状分布的茶园，整齐有序，雄伟壮观。借助福建土楼全域旅游经济的升温，发展茶园种植、生产、加工、营销、品牌，将文化、旅游、体验集于一体，树海瀑布将是不可多得的旅游 IP。

树海瀑雾茶庄园与号称"华东黄果树瀑布"——树海瀑布相邻，与世界文化遗产、国家 5A 级景区——田螺坑土楼群仅一山之隔，地理位置优越，自然环境得天独厚，旅游资源丰富。庄园把旅游资源与生态茶园观光优势有机结合，以"茶"为主题，综合开发茶园的休闲观光价值。

目前，庄园已初具规模，整体项目在发展中稳步向前推进，已完成的园内建设有：茶叶加工区、多功能综合楼、茶园观景台、果蔬创作区、生态养殖区、休闲垂钓区、茶叶品种园展示、土楼民俗体验，并提供餐饮、住宿、娱乐，以及一条2公里休闲观光步行道等特色休闲生态配套服务项目，形成全方位的生态休闲农业发展布局，可以有效推动生态茶产业由传统发展模式向现代发展模式快速转变。树海瀑雾茶庄园于2015年被福建省农业厅授予"福建省级休闲农业示范点"称号。

树海瀑雾茶庄园的休闲垂钓区占地面积为二十亩，只见池水清澈，我不由想起一句古诗："半亩方塘一鉴开，天光云影共徘徊。"水中成群的鱼，或冒泡，或畅游，池塘边的垂钓亭，亭中的垂钓者，宛然一道山村新增的美景。

沿着休闲观光步道，我们参观了果蔬创作区、生态养殖区。百香果是西番莲科西番莲属的草质藤本植物，果可生食或做蔬菜、饲料，有"果汁之王"的美称。在百香果园，只见竹木搭架的棚子一列列，有1.5米高。在稠密的绿叶中，隐藏着一个个惹人喜爱的百香果。百香果刚长出来的叶子是嫩绿的，而且是朝上的，不几天叶子就长大了，变成深绿的，朝下了。百香果是攀爬植物。在叶柄上面一点，伸出一条细丝。果棚上，硕果累累，绿绿的、紫红色的果实缀满果棚。游客选摘紫红色的成熟果实，装满了一筐又一筐。有的游客把百香果切开，里面是黄色的果肉，果肉充满黄色果汁，似生鸡蛋黄，故而百香果也称"鸡蛋果"，拨开果浆，有许多卵球形颗粒，你还会闻到一股扑鼻而来的诱人的香味。

　　随着南靖旅游的蓬勃发展，游云水谣、树海兰花、虎伯寮、鹅峰雨林、东溪窑、塔下水乡、土楼妈祖的人，纷至沓来，给树海瀑雾茶庄园开发休闲观光农业带来无限商机。

　　看着远去的树海瀑雾茶庄，我回味着在青山绿水间，以茶为引，以茶会友，悠然品茗，深深呼吸着清朗洁净的空气的情景，回味着林语堂"茶须静品，只要有一把茶壶，中国人走到哪儿都是快乐的"的诗句。

　　自古以来，好茶出自树海。我希冀树海瀑雾茶飘香四海，更希望它步入福建土楼全域旅游的快车道，乘着《南靖县加快茶产业的若干意见》的春风，越做越好，实现众多南靖茶商茶农茶企的中国梦！

（选入《兰谷茶韵》中国文联出版社）

南靖土楼茶背后的故事

中国人爱喝茶是闻名世界的，开门七件事"柴米油盐酱醋茶"，茶是其中之一，是中国人每天"必做的功课"，这一点恐怕连茶圣陆羽都始料未及。因为中国人爱喝茶，茶文化自然浓厚。

作为世界文化遗产福建土楼所在地，福建省漳州市南靖县不仅有福建土楼"标本式"建筑田螺坑土楼群、"东歪西斜"裕昌楼、云水谣，还有梅花飘香，让摄影家着迷的梅林"妈祖过海"民俗，更有让游客流连忘返的南靖土楼茶。

南靖位于漳州市西北部，九龙江西溪上游，森林覆盖面积达73%，年降水量1700毫米以上，素有"树海、竹洋、青山、绿水"之美名。山水交融，云雾缭绕，气候温润，适合茶叶生产，是闻名遐迩的茶叶之乡，茶历史源远流长，茶文化底蕴深厚。据《南靖县志》记载，隋末唐初，南靖县人就有采制野生茶的习俗。

历史上，南靖人生产的茶叶，起源于野生茶。野生茶生长在深山老林里。2008年8月，南靖县农业局茶叶研究室对全县南坑镇、船场镇、书洋镇、梅林镇、奎洋镇、和溪镇、金山镇、龙山镇、山城镇共9个镇84村进行茶叶半野生群落普查，调查结果为野生茶总面积7940亩，100亩以上的村落有46个，50亩以上的村落有37个。野生茶品种特征为白芽菜茶。

春季气温适中，雨量充沛，因而清明时节采制的茶叶芽嫩，茶色泽绿翠，叶质柔软，富含多种维生素和氨基酸；香高味醇，奇特优雅，是为佳品。清明茶，就是以野生茶为原料，采用传统手艺精加工而成。加工后的清明茶，略带苦味，汤色深红，醇厚回甘持久，口感特殊，口齿生津，韵味无穷。储藏愈久，清凉效果愈好。

清明茶有养肝清目、化痰除烦解渴、清脑提神的功效。现代研究证明，茶叶具有抗癌、降血脂、降胆固醇、延缓衰老等作用。我们的祖先在寻找药物的过程中发现，茶叶有解毒的作用，《神农本草·心经》记载："神农尝百草，日遇七十二毒，得茶而解之。"《心经》中所说的茶，系指纯天然的野生茶。

关于清明茶，在南靖县南坑镇高港、葛竹、金竹、南高、虎伯寮等地还流传着一个故事：明末清初，在高港有一个曾家媳妇张氏，有一次身体不适，到保生大帝庙求了一个药签，药签中说，熬喝清明茶即可。于是，张氏照此签用药。次日，张氏果然慢慢痊愈，精神清爽！

明代，是漳州地区编修地方志的高潮期，据地方志资料显示，当时茶农生产的茶叶不仅供应民间，还被列为贡品，进贡朝廷。据《南靖县志》记载，嘉靖年间，南靖县茶叶已被定列为贡品，曾进贡茶五十五斤九两三钱，菜茶六十斤九两九钱。明朝万历年间，南坑镇村雅村就有茶园。那时茶园面积三十亩，年产茶叶三十担，茶树为本地野生红芽和白芽菜茶，号称"清明茶"。

明中叶，漳州月港继泉州港之后成为福建外贸大港。据《海澄县志》载，明中叶从海澄月港出口的茶叶年销售上百吨，最多一年达三百吨，居全省之冠。在历史上，茶叶登上大航海时代的货船，与瓷器、丝绸一道满足了欧洲人对东方古国的想象；明代，郑和、王景弘下西洋，南靖的东溪窑瓷器与南靖的茶叶一道，远销海外，享誉世界。海上丝绸之路的开拓，实现了东方与欧洲的对接，促进中西文化交流。据《南靖县志》记载，清代奎洋合福坑的茶场已初具规模，南靖奎洋乡上洋茶在当时已经远销缅甸等国家。

清代南靖茶叶的发展，与南靖的一个历史名人赖翰颙有关。赖翰颙，1732 年考中举人，1733 年考中进士。雍正、乾隆时，被选为翰林院编修，官居正七品，负责编纂明、清史。由于文学功底深厚，书法、绘画俱佳，乾隆帝继雍正帝敕封其"三世恩荣"后，再次敕封，在清朝实为罕见。

1737 年春，赖翰颙向乾隆呈上奏折获得恩准回乡省亲，为父亲举办七十一岁寿庆，当时的大学士张廷玉等人为赖翰颙的父亲寿辰写诗祝贺。赖翰颙在家乡举行祭祖、修祖祠、修族谱、办学堂，引进铁观音茶、枳实、山东梨、红柿、观音桃等农业经济作物。1749 年春，因母亲年已八十四高龄，有病在身，赖翰颙呈奏乾隆帝，得到恩准，告老还乡，侍养母亲。

母亲去世后，赖翰颙在家守节三年。后受到福建学政单金稽的隆重聘请，到汀州府龙山书院任院长，主持书院教学多年。有一年，漳州知府到葛竹村，隆重聘请他到漳州芝山书院任院长。1764 年 2 月，长泰县陶知县通过省高学政，聘请赖翰颙到丹诏书院任院长。赖翰颙为当时的福建培养很多的优秀人才，中进士、举人的不少。他为福建的教育做出了应有的贡献。

在南靖，流传着许多关于赖翰颙与茶的故事：

1747 乾隆帝钦点赖翰颙任都察院掌院给事中（都察主官，正四品）惩治贪官污吏，参与法律修改，完善法律法令。赖翰颙考虑到父亲已过世（1741 年，赖翰颙父亲赖钟过世），母亲已高龄需要侍奉；但是君命如山，赖翰颙左右为难。母亲叶好娘深知儿子的心事，吩咐家人打点行李，并从瓮中取出储藏多年的清明茶，用米浆洗过的麻布，晒干后铺上粽叶包装好，她语重心长地对赖翰颙说："自古忠孝难两全，家中杂事勿挂心；尽君职，即尽子职！"赖翰颙见母亲如此深明大义，跪后，挥泪告别母亲，踏上了上京尽忠的道路……

到京后，赖翰颙带着家乡的特产清明茶，拜访乾隆皇帝的老师、大学士张廷玉。张廷玉十分高兴，当即冲泡，饮后大赞："如此好茶，皇上一定喜爱！"第二天早上，张廷玉带着清明茶，禀奏皇上。乾隆皇帝喝后，倍觉神清气爽，道："朕怎可无此茶？"随后定下：南靖的清明茶为贡茶。

据《饮茶诗话》载，乾隆退位时举办宴会，宴会上，一位大臣说："国不可一日无君！"乾隆答："君不可一日无茶！"乾隆能活到89岁，也许与喝茶养生有关。

据《南靖县志》载，南靖每年进贡茶五十五斤九两三钱，菜茶六十斤九两九钱，南靖的清明茶成了朝廷的贡茶，年年进贡。除了贡茶，那时南靖县的茶叶也成为朝廷文武官员的饮品。由此可见，南靖县的茶叶在当时已颇有名气。

赖翰颙进翰林院编修明史时，常与同僚们品茶谈文史，偶尔也泡泡家乡的茶叶。那先苦后甘的滋味，淡淡的清香，博得同僚们一个个夸赞。赖翰颙回乡前，把当初离家时母亲给他的储藏多年的清明茶，送给既是同僚又是同乡的蔡新。蔡新是嘉庆皇帝的老师，当帝师四十二年，福建漳浦人。蔡新深知这多年藏茶对身体的益处，感激之情油然而生，由此引发了一段美好的姻缘：礼部侍郎蔡世远，当帝师十二年，其公子、礼部侍郎蔡长沄的大女儿，在蔡新的牵线下，嫁给了赖翰颙的第三个儿子、国学生赖彤阶为妻子。此段佳话，赖氏族谱有记载。

　　"南靖土楼茶"是南靖县委、县政府培育和打造的南靖县茶叶公共品牌，旨在提高南靖茶的市场竞争力，是为民办实事的工程。"南得好茶，靖在土楼"，随着南靖土楼5A级景区声名鹊起，观土楼，品南靖土楼茶，成为一种新时尚。

（新华网 2018 年 7 月 21 日）

南靖茶公共品牌 TVC《爱，趁当下》

概况

【片名】当下

【时长】约 180 秒

【画质规格】4K 高清

【画幅】2.35：1（电影比例）

【音质】WAV

【语言】中文（普通话）

剧情

【1990】

小靖（10 岁）和女孩一路嬉闹跑过茶山

穿过梯田来到奶奶身边

采茶的奶奶停下手上的工作

慈爱地把饱满的香蕉分给孩子

小靖狼吞虎咽

女孩看着，也边吃边笑
小靖对着茶山大声叫喊
掏出了纸飞机
朝空一掷

纸飞机飞过土楼的楼顶
俯瞰土楼空地上摆满了晒青的圆簸箕
米黄色的茶花被小靖拾起
插在了奶奶的头上
一旁古法摇青的叔叔挥手示意
小靖走到他身边
叔叔给他戴上了新买的太阳帽

小靖整理自己的太阳帽
站在家族人群里拍了一张全家福
兰花摇影
奶奶递给小靖一盒玩具巴士
小靖迫不及待地玩起来

【2000】

巴士带着小靖（20 岁）去往城市
手上捂着送给女孩的礼物
紧张的小靖送上礼物转身就跑
女孩一样感觉十分羞涩
女孩打开盒子

看到的居然是小靖故乡的茶叶

她抓起一撮茶叶

叔叔把茶叶放进茶壶，拎起水壶冲泡

土楼里回荡着叔叔自夸的笑声（公共品牌广告语）

女孩被杯中的茶水感染

露出了甜甜的微笑

兰花摇影

奶奶由桌对面笑着递过芦柑

女孩伸手接过

芦柑红得像是女孩的脸

小靖拉起女孩的手

让她站在家族人群里

拍了一张全家福

【2010】

家乡的小盆兰花在窗台绽放

全家福照片放在桌上

小靖（30岁）在夜灯下还在绘制一堆的图纸

妻子温情地递上一套功夫茶

小靖感激地看着冒着热气的茶杯

茶汤晃动

叔叔离开茶盘，拿着电话跑问奶奶

奶奶在门口接过电话兴奋地与小靖通话

小靖在会议室低声通话

正在发言的领导十分嫌弃

土楼门口

奶奶十分失落地放下电话

老去的照相师傅过来搀扶

几位老人拍了一张全家福

【2018】

小靖的豪车驶过家乡的毛竹林

穿过层叠的茶山

车上的小靖（38岁）给孩子看他参与的全家福

孩子兴奋地看"四菜一汤"的土楼模样

大家迫不及待地从车上下来

小靖领着孩子走进土楼

当年拍照的椅子仍立在空荡荡的土楼之中

但周遭却空空荡荡，繁华不再

小靖拿起手机转了一圈

才看到也已老去的叔叔

【字幕】

爱，趁当下。

【2018】

烟花在土楼上空绽放
一大群年轻人围着叔叔斗茶
小靖把贴完对联的孩子抱下
忙着迎接回土楼的亲戚们
小孩们把老叔叔拉来坐在人群中央
拍了一张新的全家福

【包装】

南靖茶公共品牌 logo

【2018】

小靖兴奋地拿起图纸跟叔叔说："叔，给你一份礼物。"
还在欢笑着打招呼的叔叔有些好奇地侧脸来看
小靖展开了一幅手绘图
上面画着新土楼的模样
远处是层层堆叠的茶山

新华网福建频道
2018 年 3 月 5 日

茶山永远有春天

日前，带着了解茶树种植、栽培与生态茶园建设、茶品牌与茶文化的初心，我们一行人前往福建省漳州市漳浦县金公山生态茶园学习、考察。一路走来，每到一处，通过听、看、议、座谈，收获满满，金公山生态茶园的经验与做法，值得南靖茶产业同行提质、增效借鉴！

金公山位于梁山山脉的南部，伫立在海拔888米的金公山之巅，450多亩的生态茶园，有水仙、金萱、肉挂、黄观音、单丛等品种的茶树，青葱翠绿，海风阵阵吹拂，金公山茶园飘荡着缕缕茶香之中。在这里，茶山永远有春天。金公山生态茶园的林老板说起了创业的初心、创业故事，我们一行人能体味到"独与天地精神往来"的杯中山川景象。

金公山是闽南的海岛山。旁边就是漳浦著名的抽象画廊风景区，上古时期火山喷发后留下五彩斑斓的岩石，形成激荡壮观、无可比拟的天然抽象画卷。金公山，也具有同样奇特的山形地貌。

缓车盘旋，一路上看见大大小小、样貌奇特秀美的岩石，巧妙堆垒，形成各式各样的独特造型，妙不可言；移步换景，错落起伏，目不暇接。葳蕤的树木，烂漫的山花，点缀其间，恍然步入仙境。曲折迂回的山路，慢慢将行人带至山顶。停车回望时，天高海阔，海天一色，朵朵白云仿佛飘在脚下，胸间荡然开阔，心净神驰，思崖无边。

茶山生态茶园的茶树就错落有致地种植在这些巨石山岩之间，土壤就是这些岩石经千亿年之后风化而成的砂砾岩石壤。海风阵阵，时常飘送来浓厚的海雾，将整片茶田浸润其间。

这里的生态茶园与武夷山的茶园不同的是：海边的气候条件，使这些岩石壤得以积累出更多的有机质。所种植的茶树叶片看上去更为肥厚，不管是水仙、肉桂，还是黄观音等其他品种，一眼看上去，叶肉比其他地区种植的茶叶皆厚了许多，叶张短小精悍，富有光泽。

喝上一杯肉桂茶，有岩骨花香，茶汤更甘甜浓稠、饱满，气韵生动，入口生津，回甘富有活性，一泡茶，足足泡了两壶水，十分耐冲泡，细品慢饮之，依然甜纯而余韵悠长。

仰望山峦，它仿佛睡醒的雄狮，盘踞于金公山主峰，面向南面大海。它以大海的包容，开放的情怀，为创业的林老板，创造了源源不断的财富，正应了一句闽南方言："茶园竖金狮，赚钱没人知。"

恍然间，我们参观了茶园，边走边听林老板介绍他创业的故事，峰回路转，终于攀上峰顶，眺望月牙形的南部海湾，只见国家级古雷石化重大项目正在加紧建设之中……

来到茶叶生产车间，循着缕缕茶香，看见车间内工人正在烘焙肉挂、黄观音、水仙茶品等等。以岩沙土立地生产出来的优质茶品，质优价扬，品上金公山肉桂这泡茶，有岩骨的味道，香气纯正，汤水甜醇，适口如珍，令人赞不绝口！

漳浦县金公山生态茶园生产的茶产品有：金刚一号、宝狮岩、金公山肉挂、黄观音等，一直以来，极受市场消费者热捧！

回程，我们一行人来到漳浦县茶业发展交流协会，与林炳坤老板、林朝木老板、徐聘号老板等人，洽谈、对接，共谋茶基地建设、营销渠道、质量把控等事宜，以做好深度合作，互利互助，共同发展。

漳浦县茶业发展交流协会成立时，我们在黄道周纪念馆内，一起合影留念。

历史上，漳浦文人辈出，文化底蕴深厚，凡研究福建和闽南文化的学者，有一个重要的历史文化名人谁也绕不过去，他就是明末学者、书画家、文学家、理学家、民族英雄黄道周。

黄道周，字幼玄，号石斋，世人尊称石斋先生，素有"闽海才子"之美誉。在他逝去后100年，清乾隆皇帝的老师漳浦人蔡世远，与乾隆皇帝谈论黄道周时，乾隆皇帝是这样评价黄道周的："立朝守正，风节凛然，其奏议慷慨极言，忠议溢于简牍；卒之以身殉国，不愧一代完人。"明代著名旅行家徐霞客说他："字画为馆阁第一，文章为国朝第一，人品为海内第一，其学问直接周孔，为古今第一。"

我的思绪瞬间又穿过厚重的时光隧道……一个茶农就是一片茶叶，在茶园，迎着海风，迎着雨，晒着太阳，守护着生活的聚宝盆，守护着茶之魂，沁人的芳香奔放。

因茶致富，因茶兴业，要把茶叶这个产业做好！

金公山，茶山永远有春天。

（《中国乡村》杂志2020年8月）

茶香岩韵流千载

10 月 26 至—28 日，漳州市海峡两岸茶业交流协会一行 11 人，前往武夷山市学习考察。武夷山市天心正岩茶叶有限公司总经理刘煜全程陪同。

考察期间，我们参观了香江茶业有限公司、武夷星茶业有限公司、天心正岩茶叶有限公司、茗川世府生态茶叶农民专业合作社，与茶企负责人深入交流，了解企业的生产、经营情况及特色。

在香江茶业有限公司听取公司负责人的介绍，参观了公司的茶文化博览馆、自动化生产线、手工制茶坊、茶文化观光园，该公司坚持以茶促旅、以旅促茶、茶旅融合的运营模式。集种植、生产、销售、科研、茶文化传播于一体，武夷香江茗苑茶文化观光园已成为国家 5A 级旅游区武夷山风景区的一个景点。

武夷星茶业有限公司集是茶业繁育种植、加工、销售、研究及茶旅观光、文创开发、茶文化传播于一体的农业产业化国家重点龙头企业、中国茶业十大领军企业。

在武夷山市天心正岩茶业有限公司的大师工作室里，刘煜总经理给我们系统地讲解了茶叶审评规则和正确操作方法，让大家受益匪浅。

茗川世府生态茶叶农民专业合作社，以党建引领，利用自身优质的生态资源优势，搭建产销一体化平台，带领黄村茶农，抱团做好"一杯茶",采取"党支部＋合作社＋茶农＋互联网"运作模式,让百姓茶有了自主品牌,助推乡村振兴。

参观期间,漳州市海峡两岸茶业交流协会成员与武夷山市茶业同业公会成员进行座谈交流。漳州海峡两岸茶业交流协会刘文标会长简要介绍了漳州市茶产业发展的情况。

武夷山市茶业同业公会刘国英会长介绍了武夷山市茶产业的发展历程。刘国英指出,政府高度重视是茶产业持续发展的关键;品牌定位和营销是茶产业发展重要的方式;如通过以大红袍为代表的武夷岩茶在全国各地进行广泛的宣传,从而提高了知名度;茶品质提升是销量的可靠保障;广大茶人茶农茶企的密切配合,是提高茶叶市场占有率的坚实基础;这些经验和做法值得我们学习借鉴。

同时,刘国英会长对漳州市茶产业发展提出很好的建设性的意见。

参加座谈会的同业公会代表也分别介绍了他们"因茶致富、因茶惠民"以及如何做好坚守、传承、创新、文化的体会。

通过这次参观学习,漳州市海峡两岸茶业交流协会考察团人员一致表示将充分借鉴武夷山市茶产业在品牌建设、茶文化推广、产业链打造及市场营销、茶旅融合等方面的先进经验,补齐短板,推动漳州市茶产业发展再上新台阶。

返程途中,汽车在高速公路上行驶,回望武夷山上的玉女峰,武夷山下的"三坑两涧一窠"茶区主栽的水仙、肉桂、大红袍等,所盛产的武夷岩茶,熟香透顶的天心正岩、曦瓜壹号、茗川世府、武夷星等大红袍,正以"杯盖蕴香、茶汤涵香、杯底留香"三香合一的特质,传颂在中华大地,闪耀"万里茶路"。

此时,我的思绪沿着时光之河,回溯至宋朝那个时代,将地理的坐标在北纬 27—28 度，东经 117—118 度之间定格，那是处在"黄金纬度"的武夷山的地理坐标，它有着丹霞地貌，有着范仲淹《武夷茶歌》石刻：

> 年年春自东南来，
> 建溪先暖冰微开。
> 溪边奇茗冠天下，
> 武夷仙人从古栽。

我反复吟诵着这首茶歌，寻味着"一带一路"致敬全世界的"一杯茶"。

（江山文学网 2020 年 11 月 25 日）

赴潮州取经品茶散记

此次参观的目的地是广东省潮州市，我们克服路途颠簸带来的辛劳，一边坐车，我一边拿起话筒，给同行说起，此行我们要去韩愈住过的地方。

时光仿佛突然倒流，回到了一千多年前那段岁月……韩愈是唐代杰出的文学家、思想家、哲学家、政治家，河南河阳（今河南孟州人），生于唐代宗大历三年（768 年），贞元八年（792 年）登第进士，两任节度推官，唐宪宗元和十四年（819 年）在刑部侍郎任上的韩愈因上《论佛骨表》被贬至潮州当刺史，晚年官至吏部侍郎，人称"韩吏部"，长庆四年（824 年），五十七岁的韩愈病逝，朝廷追赠礼部尚书，谥号"文"，人们称"韩文公"。其一生著有《韩昌黎集》四十卷，《外集》十卷，其著名的"世有伯乐，然后有千里马，千里马常有，而伯乐不常有"及其"人非生而知之者，孰能无惑"？等备受世人称赞。

韩愈在潮州任职期间，为潮州人民做了做许多实事，如驱除鳄鱼，奖励农桑，兴办教育，大修水利，延选人才，传播中原先进文明，从而使当时的蛮荒之地潮州发生了巨大变化。为了崇敬他，缅怀他，遂使江也姓韩，山也姓韩，这就是今日韩江、韩山之由来，因而后人赞道："不虚南谪八千里，赢得江山都姓韩。"

随着客车喇叭声一响，我从思索中回过神来，讲解也暂时中断，只见眼前已是潮州地界。

我们一行人入住乃兴石湖休闲避暑山庄，映入眼帘的是一副对联：

酒店可观湖山春色；

可居尽览茶山胜景。

这里，就是我们一行人风尘仆仆赶来所要参观的目的地！潮州凤凰单丛茶行天下，中国之国宝，世界罕见的优稀茶树资源所在地。

我们的步伐不由得欢快起来，朝它一路飞奔而去。

一

站在三月春风里，我们一行26人，在漳州市海茶会刘文标会长的带领下，携各县区的海峡两岸茶业交流协会成员、部分茶企老板，赴潮州考察，一路上参观、座谈、走村、入茶企，深入到优稀茶树资源林。这里的茶山上，生态茶园都种满单丛茶等品种。一棵茶树，一片叶子成就一方产业，富一方百姓。

参观的第一站，走访林伟周，他是广东省非物质文化遗产项目潮州单丛茶制作技艺的代表传承人。作为广东南馥茶业有限公司董事长，林伟周带领企业大力发展单丛茶产业，助推乡村振兴。其公司的南馥茶叶被评为"广东省十大名茶"之一等，屡获国内外和省部级的茶评大奖。

大家认真听取林伟周对潮州单丛茶制作技艺的介绍，彼此学习交流，探讨制茶技艺，探寻茶旅融合，体验浓郁的潮汕茶文化。

座谈会期间，相互探讨的内容有：树强单丛茶业品牌，走强企富民之路，做强、做精、做细，延长茶业产业链；保护古生茶树种，发展"绿色野生茶入股",认领"茶树"的新理念,开发适应不同消费群体的单丛系列茶产品等等。对于这些好经验与做法,我们将带回漳州,做大做强茶产业,助推乡村振兴。

据介绍,潮州的潮安是凤凰单丛茶的原产地,是"中国乌龙茶之乡",当地共有茶园种植面积10万亩,年产茶叶1万吨,产值22亿元。

二

乌岽山是我们参观学习的第二站。乌岽山位于潮州市凤凰镇,海拔1391米,它是凤凰山第二高峰,天池即其峰顶,乌岽乡有8个自然村。我原来没到此地之前以为"乌岽"是一座山的名,到了这里才知道这是山上一个乡的名字。乌岽乡有8个自然村海拔都在1000米以上。提起"乌岽茶",老村老书记如数家珍:在凤凰单丛的核心产区乌岽山,有一株茶树已有近800年的树龄,俗称"宋种",现在茶树种植园里繁茂的茶树都是由它衍生而来,依所采茶树的不同又分为:"杏仁香""黄枝香""宋种""兄弟仔""蜜兰香""芝兰香""肉桂香""大乌叶"等特色品种。

乌岽单丛茶乃是凤凰单丛茶中最佳的品种,备受茶友喜爱,其外形特点是:条形粗壮,匀整挺直,色泽黄褐呈鳝鱼皮色,油润有光,并有朱砂红点,冲泡清香持久,有天然的花香,滋味浓醇鲜爽,回甘好。

我伫立在乌岽的中心沿村乌岽李子坪,遥望3000多亩碧翠的茶园,古生野茶单丛"宋种"(凤凰单丛茶优质资源保护品种)种植在梯田式的或错落有致的山林地里。新绿单丛茶园一望无际,与蓝天、白云相接。这里的村民因茶致富。在广袤的中国大地上，"农民富，产业兴，乡村美"的画卷正在徐徐铺展，乌崇村正是这美丽、富裕乡村画卷的一部分。这里的农民生活富足，眉梢洋溢着幸福感，可以说这里是广大农村改革开放发展的一个缩影。

当参观者放慢脚步，在潮安东方国际茶都留影、品饮茶叶时，陈松亮老板一边泡银花香单丛茶，一边介绍他对茶、茶具文化的经营之道。我们徜徉于此，相互交流、探寻回漳州之后如何发展壮大漳州茶叶市场。

接下来，我们拜访了潮州市茶叶行业协会，听取当地茶人如何进行茶园栽培与管理，借助农业科技的力量让一片叶子富了一方百姓。潮州市茶叶行业协会就潮州茶业专业市场建设进行了经验介绍，其规划、规模、建筑风格，令参观者赞叹不已！他们为茶农茶企提供产、供、销一体化服务，发挥茶业专业市场的功能作用，效益日益凸显，通过"互联网＋"把单丛各大系列茶畅销全国各地，茶行天下，飘香世界。

按行程安排，我们一行人到了由刘卫东老板兴建的汕头茶饮新天地，其占地面积50多亩，投资10多亿元，是集茶叶批发、茶饮品、旅游、住宿、休闲于一体的综合服务区。汕头茶饮新天地茶旅融合，每年接待游客60多万人次，不愧是茶产业发展的典范，每到服务区一处，听闻的无不是"做一件干净茶事业"的新故事。

刘卫东老板向我们介绍他的经营理念及如何"做一件干净茶事业"，他以现代化、大市场的眼光，开发茶具系列产品，满足不同消费群体的需求，让更多消费者能够品鉴到正宗潮汕功夫茶乃至中华茶文化。作为聆听者的我们，都觉得是汕头茶饮新天地是茶旅深度融合的典范。

经过几天的交流学习，大家学有所获，学有学思，学到发展茶产业、助推乡村振兴"茶经"；表示回漳州之后根据各县的实际，撸起袖子加油干。此行不仅是茶行天下，茶旅融合，我们还将借助"世遗"福建土楼，注入新活力，开启新篇章。

潮汕饮食文化和功夫茶文化，丰富多彩，绽放出历史芬芳。来到这里，不妨放慢脚步，品茶，慢炖时光，吃特色潮汕风味，味蕾就像一个"定味系统"，一头锁住了千里之处的异地，另一头永远牵绊着记忆深处的故乡。

（江山文学网 2021 年 10 月 18 日）

土楼茶联漫谈

福建土楼，故里南靖。土楼"世遗"品牌效应带动了全域旅游逐步升温，到土楼旅游的中外游客络绎不绝。

闽南土楼人家一直保持着种茶饮茶的习俗。据《南靖县志》记载，早在隋末唐初，南靖先民就有采制饮用野生茶的习俗。明朝万历年间，南靖县南坑镇百姓开始种植、加工茶叶，成为南靖县最早成片种植茶叶的地方。清朝光绪年间，奎洋镇的合福坑茶场已初具规模，南靖县奎洋镇上洋茶在当时远销缅甸等国家。南靖县是福建省乌龙茶传统产区之一，茶叶公共品牌为"南靖土楼茶"，现有种植茶园面积 12 万亩，产量 2 万吨，产值 16 亿元。

置身土楼景区，土楼旅游，游、购、娱、吃、住、行六大要素，样样齐全，富有闽南特色的土楼特产，极为丰富。购物一条街、风翔茶都茶叶批发市场、茶叶街……繁荣有序；汇全茶业、茶农世家、福星茶业、南壶春茶业、金观音茶业、三家村、辰和茶业、福建土楼老茶店，一家挨着一家。高山茶香飘九州，兰水茶韵，透析出浓浓的土楼茶文化，以土楼地名书写的藏头对联，比比皆是，信手撷取几则，以飨读者：

福建土楼老茶店

上联：土楼老茶传世人

下联：南壶佳茗香天下

福星茶店
上联：树海瀑雾茶飘香

下联：书洋土楼天下奇

三家村
上联：土楼故里茶飘香

下联：兰水土地人和美

树海瀑雾茶庄园
上联：福星映幽谷山中美景

下联：瀑雾荫香茗世外桃源

    八闽风光秀，南靖有土楼。饱览土楼，仿佛从远古走来的精灵，千姿百态，非凡气势，奇特造型，给人们以独特的艺术感染力和强烈的心灵震撼力。步入云水谣古栈道，来到汇全阁茶店，茗茶品鉴，小憩片刻，可品尝到"土楼红美人""南靖丹桂"茶文化大餐。热情好客的土楼茶妹，正在进行茶艺功夫茶表演，一道功夫茶有"沐霖瓯杯、观音入宫、悬壶高冲、春风拂面、观音出海、点水流香、细闻幽香、品啜甘霖"等八道工序，听着古筝伴奏的南靖土楼谣、土楼山歌，品尝着土楼红美人、铁观音、丹桂，一边观看表演，一边慢呷细品尝，好不惬意。时有游客、茶友频频举杯，不经意间便有"香茗一盏敬知己，品上三杯不羡仙"之感。云水谣景区，古道幽幽，流水潺潺，蓝天、青山让人依恋，碧透的茶园风光，与土楼美景交相辉映，犹如置身世外桃源，乐趣尽在茗中，正如诗联所云：
"茗香客自来，店雅宾常至。"

　　时光流转，当您来到福建南靖县的土楼，在这里，放慢脚步，
倾听关于"世遗"土楼云水谣、树海兰花虎伯寮、鹅峰雨林东溪
窑、塔下水乡雪英桥的各种故事和传说，会产生浪漫的关于诗和远
方的联想……

（江山文学网 2019 年 4 月 10 日）

南坑走笔写香韵

南靖、南坑、南高（合称"三南"），生于斯，长于斯，再也熟悉不过。但是，要想写点文字，突然发现无从下笔，倒也不是没东西写，只是想写的太多太多。

从南靖县城出发，至咖啡园，再沿崎岖的水泥山道，驱车而上，到达"福建省文明村"——南坑镇南高村。放眼青山，郁郁葱葱，山间小溪清澈见底，村庄道路平整无尘，农家院落错落有序，休闲旅游庄园依山傍水。乡土田园为我展现出一幅生动美丽的乡村振兴画卷。

南靖最美庭院廷云楼，是典型的闽南古建筑，始建于1666年，建造者是张马笃。廷云楼作为"福建省第四批省级传统村落"，是南坑镇"中国特色社会主义文明实践基地"。楼内有结合乡村振兴而设置的"乡贤振兴馆"。展馆分为六大部分，展示了乡土人文、家风家训、特产经济、乡风文明、文旅融合等。驻足馆内，那一张张图片记载的感人故事，让我们沿着时光之河回溯：张文川烈士的红色教育、原三龙集团董事长陈金才的创业故事、"耕读传家，崇文重教"的传统、清华北大博士硕士名单……庭院之美，融入乡村振兴取得的成效和特色体育小镇、康养文旅新样板中，成为网红打卡点，让人们在参观与感悟之中得到精神文化的启迪。

站在庭院前，追忆小时候在此观看京剧电影《龙江颂》，散场后，大人们总是一边拎着手电筒，一边牵着孩子，沿着门口埕前的小石巷，深一脚浅一脚地走回家。手电筒那细细悠长的光柱，伴着深夜的脚步声，点缀着乡间醇厚的梦。

移步"香飘南高"展馆，那产业旺、教育兴、乡风振等图片，格外耀眼夺目。她在诉说着香韵南坑围绕"浓香的咖啡、幽香的兰花、清香的茶叶、土香的古屋、芳香的枳实"，着力打造"金山与青山共有，产业与乡愁同在，人与自然共生"的家园。

三月，春暖花开，之前，我曾写过《走，到南靖看兰花》《南靖土楼茶与赖翰颙的故事》《喝丹桂去》《茶伴枳花香葛竹》等散文，为了避免重复，我把目光投向九龙江西溪源的枳实花与茶。

中国是茶叶的故乡，是茶文化的发源地，茶叶从中国走向世界，成为与咖啡、可可相并列而最受欢迎的三大无酒精饮品。时至今日，南坑镇的高竹点（高港、葛竹、金竹村）成为国家高山茶种植标准化示范区。镇党委、镇政府与南靖县海茶会经常举办"高山茶栽培与制作技术大赛、南靖县丹桂制茶技术技能大赛、春季茶王赛和秋季茶王赛"等活动，圆了一片茶叶增收致富的乡村振兴梦。还有那山水、林田、湖草、沙、农地提升等重点生态农业项目建设，更是引人注目。

枳实花开，云外起圆楼。缥缈清幽的"葛天隆峙"土楼让"太史家庙"里赖翰颙的故事代代相传。时光流逝，简陋的葛天隆崎楼依然在岁月深处坚守着优良的家风家训。

香飘南坑，枳盼你来。2023 年南坑镇枳实花文化节，我又再次踏香而来。站在生态茶园顶峰，俯瞰九龙江西溪源，潺流在葛竹村内枧山北麓的西溪源，是福建省第二大河流，也是漳州母亲河的源头。当我们在现场采风的时候，水利部 2023 年"世界水利第二届寻找最美家乡河"活动揭晓仪式也在重庆市举行，西溪源顺利地入选"最美家乡河"（福建省唯一入选）。它以水为基，以绿为底，以花为媒，绘就了山水人城和谐相融的家乡新图景。满载浓浓乡情的母亲河啊，你是南靖县、南坑症党政领导河长制责任担当的见证，你是漳州日新月异发展的幸福河！

我一边循着高山飘来的茶香，一边联想第四个"国际茶日"即将来临。丹桂兴文旅，品茗话振兴。从烧火到用电，从道路到交通，从水暖到厕改，从卫生到环保，从电话到网格，从健身到医保……一幅幅富美南坑的画卷，让满足感和幸福感发自内心地油然而生，并洋溢在如枳花盛开的脸上。

啊，香韵南坑，我的富美家乡！

（南靖之窗 2023 年 3 月 31 日）

古代丝绸之路茶马古道路线与功能

内容提要：茶马古道是世界上海拔最高、最险峻以及环境最为恶劣的古道，是我国历史上内地农业地区和边疆游牧业地区进行茶马贸易所形成的古代交通路线，是中国西南民族经济文化交流的走廊。茶马古道源于古代西南边疆的茶马互市，兴于唐宋，盛于明清，二战中后期最为兴盛。茶马古道的形成推动了各民族经济文化的发展，加强了各民族间的团结，是中国统一的历史见证，也是民族团结的象征。本文在前人研究的基础上，对茶马古道概念问题和路线问题做了梳理，提出了自己的浅见，并在此基础上，对茶马古道包含的物质文化意义和精神文化意义进行了尝试性的归纳和分析。

关键词：茶马古道；路线问题；文化功能

一、茶马古道的路线问题

茶马古道这一概念最早是由木霁弘和陈保亚先生等使用的，随后在其专著《滇藏川大三角文化探秘》（1992 年）一书中正式提出来，并加以论证。随着茶马古道概念的提出，其内涵一直处于不断扩充和变化的过程之中。茶马古道最初是指以滇藏川为中心，通过茶马互市，在国内伸向内地、在境外伸入南亚、东南亚的文明古道。其主要路线为川藏线、滇藏线。学者认为茶马古道兴于唐宋，盛于明清，二战中后期最为兴盛。随着研究的不断深入，茶马古道逐渐发展为指存在于中国西南地区，以马帮为主要交通运输方式的民间国际商贸通道。其研究地域不再限于滇川藏三角地带，而是扩展为中国西南地区；其行为特征也不仅限于茶马互市，而是更强调以马帮为主要交通运输方式。另有学者认为，茶马古道的概念有广义和狭义之分。广义的概念是指自古以来就存在于青藏高原、川西高原和云贵高原及其周边地区的原始古道。狭义的概念是指从唐朝以来的古道，代表性商品是茶和马。周重林则认为狭义的茶马古道是指起于今天的云南、四川等传统茶叶产区，在传统的茶叶贸易中用马帮等载体运输茶叶到藏区和其他传统茶叶市场，以换取藏区的皮毛等产品的交通运输线。除了云南、四川、西藏三省区之外，它的范围还可进一步延伸到青海、甘肃等省。广义的茶马古道是以云南、四川为中心的中国西南与西藏、湖南、贵州、广西等省区及其与毗邻的甘肃、陕西、宁夏省区和缅甸、印度、老挝等南亚、东南亚国家之间的传统交通运输路线。

自从木霁弘先生等人提出茶马古道的文化概念后，有很多的专家学者研究茶马古道的路线问题。

木霁弘先生说茶马古道的路线以现今西双版纳、临沧的勐腊、勐海、普洱、思茅、澜沧（也就是澜沧江流域）为中心地来扩张，线路向西北行走，经过景谷、镇沅、景东、南涧、巍山、大理、洱源、剑川、鹤庆、丽江、中甸、德钦、左贡、邦达、察隅或昌都、洛隆宗、工布江达、拉萨，可从江孜、亚东分别到缅甸、尼泊尔、印度。从现今的四川雅安出发，经泸定、康定、理塘、巴塘、昌都、拉萨等地，到达尼泊尔、印度。同时，木霁弘先生也认为"身毒道"（四川、云南通往印度的古道）、"进桑麋泠道"等均应该视为茶马古道。1993 年，木霁弘、陈保亚等 6 人联名发表的《"茶马古道"文化简论》中提出了三条茶马古道：从青海到西藏的"唐蕃古道"，从四川到西藏的"茶马互市"古道，以及云南到西藏的"茶马古道"。

张云认为："茶马交易在我国历史上有着更宽广的地域空间和更深刻的社会和文化内涵，不仅内地与西藏之间存在茶马交易，内地与今新疆地区、蒙古高原地区等，都存在着茶马交易。"他认为茶马古道有五条：滇藏道一条、川藏线两条、青藏道两条。

孙华在《"茶马古道"文化路线的几个问题》中综合前人研究和文献，将茶马古道几个时期的路线罗列出来。从中我们可以了解到，作者经过总结研究说明当时的茶马古道路线也不仅为川藏、滇藏线。

张永国在其文章中亦说茶马古道的主要干线有两条：一为川藏道，一为滇藏道。除此之外，还有一条唐朝后期与宋朝相当兴盛的古道，即"唐蕃古道"。

阳耀芳亦写道："历史上的茶马古道并不止一条，而是一个庞大的相互交联的道路网。它是以川藏道、滇藏道与青藏道三条大道为主线，辅以众多的支线、附线构成的道路系统。地跨川、滇、青、藏，向外延伸至南亚、西亚、中亚和东南亚远至欧洲。"文中分别对三条主干道做出详细划分。

而任新建的《茶马古道的历史变迁与现代功能》中亦写道："历史上的茶马古道并不止一条，它是以川藏道、滇藏道与青藏道（甘青道）三条大道为主线，辅以众多的支线、附线，构成的一个庞大的交通网络。地跨川、滇、青、藏四区，外延达南亚、西亚、中亚和东南亚各国。"

李刚、李薇在《论历史上三条茶马古道的联系及历史地位》中说，明清时期有政府直营的三条茶马古道，即陕甘茶马古道、康滇茶马古道、滇川茶马古道，且历史上这三条茶马古道并不是孤立存在的，而是有内在联系的。

周重林、凌文锋在《茶马古道的范围与走向》中提到茶马古道亦有贵州、陕西、甘肃等地的其他路线。文中提出有三条主干线，即川藏茶马古道、唐蕃古道、滇藏茶马古道。

许凡在其文章中提到茶马古道有两条主线路，辅以大量错综复杂的支线，主要线路分为南北两条，即滇藏道、川藏道。格勒的文章中这样说道："它主要穿行于藏、川、滇横断山脉地区和金沙江、澜沧江、怒江三江流域。"并没有提及唐蕃古道。文中还讲到茶马古道、丝绸之路、唐蕃古道是我国西部国际贸易古通道。石硕给"茶马古道"下了一个定义，它是指唐宋以来至民国时期，藏、汉之间以茶马交换而形成的一个交通要道，并将其路线分为南北两条，即滇藏道、川藏道。但是，石硕也说这只是主要干线，除此之外还有若干支线，其中讲到从四川到青海有一条茶马古道，但并不是以西宁为起点而是以西宁为终点。而后作者这样说道："有的学者认为历史上的'唐蕃古道'（即今青藏线）也应包括在茶马古道范围内。也有的学者认为，虽然甘、青藏区同样是由茶马古道向藏区输茶的重要目的地，茶马古道与'唐蕃古道'确有交叉，但'唐蕃古道'毕竟是另一个特定概念，其内涵与'茶马古道'是有所区别的。而且甘、青藏区历史上并不处于茶马古道的主干线上，它仅是茶叶输藏的目的地之一。茶马古道与唐蕃古道这两个概念的同时存在，足以说明两者在历史上的功能与作用是不相同的。正如世界上的道路大多是相互贯通和连接的，我们并不能因此而混淆它们的功能与作用。"从而否定了唐蕃古道是茶马古道一部分的论断。

中国藏族学者降边嘉措指出茶马古道除了川藏道、滇藏道外还有两条线路。第三条是以现在的青海省西宁市为起点，经玉树地区，再到昌都，或通过黑河至拉萨。降边嘉措解释说，青海本身不产茶，西宁只是个集散地，茶叶远从湖广地区运来。他还认为，这条线路向东西两端延伸得更长。第四条线路是从甘肃河西走廊，经敦煌、柳园，翻越唐古拉山，到黑河，再到拉萨。

而后木霁弘先生经过研究，从一个全新的角度对茶马古道进行了解读。他指出茶马古道主要有七条主干线：雪域古道、贡茶古道、买马古道、滇缅印古道、滇老东南亚古道、采茶古道。

在前人的研究中，我们可以了解到：茶马古道是指以马帮作为交通运输方式，主要以茶换取物资的民间商业贸易线路。它并不是单一的路线，而是一个庞大的交通网，有三条干线，即川藏茶马古道、唐蕃古道、滇藏茶马古道。而这三条茶马古道在地位上又有所区别，在唐宋时，唐蕃古道最为重要，当时，唐蕃古道是一条集经济、政治、文化交流于一体的交流通道。明至抗日战争爆发前，川藏茶马古道比起其他古道，在地位上更为重要。川藏茶马古道的贸易量非常大，它促进了当时沿途各地的文化、经济、政治交流，乃至成为国际贸易通道。二战中后期，我国是反日本法西斯的重要战场，当时日军不仅封锁了我国的海岸线，还切断了我国西南后方物资运输通道滇缅公路，茶马古道成了唯一能运送国际援华物资的地面通道茶马古道就这样担负起了历史重任，有力地支援着抗日战争，为民族解放战争的最后胜利做出了不可磨灭的贡献。

二、茶马古道的社会文化功能

茶马古道中的互通有无，是历史上中国西部牧业区与中原农耕地区贸易需求的必然，亦是当时中原王朝与中亚、西亚各个国家加强交流联系的历史需求。茶马古道贸易丰富了茶马古道沿途各民族的物质文化生活，它的特殊性在于，它不仅仅是一条商道，而且是一条承担着远远超出商业功能的政治之路、文化之路，这样的功能虽然属于社会"潜功能"，但其意义毫不逊于商业功能，在其特殊历史环境下有非凡的文化意义。

（一）茶马古道促进了物质文化的流通

首先，茶的西传。牧区茶的传入最初见于唐朝，但未形成定制。宋初，内地商人向边疆少数民族购买马匹，为了使边贸有序进行，朝廷还专门设立了茶马司。据统计，宋代四川产茶 3000 万斤，其中一半经由茶马古道运往了藏区。至清代经打箭炉（一般指康定市）出关的川茶每年达 1400 万斤以上。另外，从 1490 年至 1601 年的 111 年中，仅四川、陕西等地行销甘、青、藏的茶叶，就有 30 万斤至 80 万斤。茶马古道的兴起，促进了茶马古道上茶业的发展，茶马古道对滇川藏地区的茶业发展有着不可磨灭的贡献，给中国茶业带来历史的辉煌。茶马古道的开通，对牧区人民和南亚、东南亚等地区有很重要的影响，茶的传入深深地影响着茶马古道沿途各族人民。在茶马古道上聚居着 20 多个少数民族，他们拥有不同的生活环境、饮食结构、服饰起居及文化习惯，茶的传入使他们在长期的交往中，形成了一系列各具特色的民族茶饮文化。茶作为茶马古道的维系因子，使茶马古道更具生命力。

其次，马匹的东入。茶马古道的马匹交易扮演着重要角色。在茶马互市的政策确定以后，宋朝于今晋、陕、甘、川等地广开马市，大量换取吐蕃、回纥、党项等族的优良马匹。其后的封建统治王朝亦延续旧例。根据记载，宋代茶马交易所得马匹，一般每年在一万匹左右，最多时达两万多匹。万历年间，所得马匹，每年一万匹左右。茶马古道中马的东入，使封建统治者获得大量的马匹，优质马匹作为军队战马，劣质马匹作为役用。大量马匹在一定程度上促进了军队战斗力的提高，也促进了军队运输能力的提高。另外，当时中原农业区域犁地耕田也需要马匹，一定程度上促进了当时的农业经济发展。

最后，其他物资料流通。根据史料记载，羊毛、酥油、藏香、兽皮、氆氇、虫草、麝香等都经由茶马古道传入川、滇等地，而后再经过贸易传入内地其他地区。而食盐、布匹、铜器、粮食等则经由茶马古道传入牧区。另有史料记载，藏区诸土司的上层喇嘛还以朝贡的方式至内地贸易。他们朝贡的人数多则数千，少则数百。贡使带来的货物有马、氆氇、珊瑚、犀角等，货物琳琅满目，而朝廷也照例给以绸缎、茶、钞等优厚的回赐。同时，大批的藏区土特产也经由此路输出。生活物资的相互传入，一方面使藏区人民获得了生活中一些的必需物资，另一方面内地人民的生活质量也得到提高。

（二）茶马古道重置了民族人口

茶马古道上的运输和贸易带来了人口的流动与交融，大量的内地人口来往于茶马古道各条干线，改变了各条干线上的人口结构。无论是茶马古道上的背夫，还是茶马互市中的脚户，抑或是茶马之路上的商人，都不是游牧民族，而主要是内地汉族或善于经商的其他民族，他们常年来往于高原和产茶区之间，不可避免地会与当地少数民族人口进行交流，延伸出经济关系之外的社会关系，他们有的长住于茶马古道沿线各地，变成了当地永久性居民，重置了茶马古道沿线民族人口。

清乾隆时期，西藏拉萨就已经有大量汉人居住，而且主要是商人，在西藏的商人中，汉人长住者有 2000～3000 人，其中云南人最多，川陕人次之。云南人就是因为贩茶而定居西藏的。民国初期，西藏的陕西、四川、云南籍商人不少，刘赞廷在其《昌都县志略》中记载，在西藏昌都"凡康定县及云南阿墩子巨商均于此设有分号，如陕邦之'毛盛福''广和盛''春发源'，云南之李洪兴等，皆数十万成本。购诸川茶、绸缎、糖、布以及各种杂货运此，分销类伍齐、三十九族、波密以及野人地方，调换土产输至康定县出，行以为常"。由此可知商人分布及其原籍。在拉萨的商户，包括内商和外商两部分。内商以京商、滇商、川商为主，外商以尼商和卡赛尔为主。云南汉族、白族、纳西族的商家，统称滇商，著名的有：鹤庆的公和昌、恒盛公和长兴昌，腾冲的永昌祥，大理的茂恒、家兴昌和董成龙，丽江的李达三、李立三及运输中的马帮队牛文伯、赵紫恒、曾绍三、李敬海、郭友才、杨万华、鲍品良、仁和昌（赖耀彩、赖敬庵父子）、铸记号（分号）、协丰祥等。大大小小的滇商加起来有三四百家。陕西等地方的汉商随后也迁入西藏，据当时的文献记载，西藏昌都地区有"汉人贸易者数十家"。

从内地陆续到西藏的客商，时间一久，就在当地定居下来。他们除了从事商业贸易之外，还有少数人在当地经营农业和畜牧业，有的与当地少数民族通婚，"在四川康定，许多汉族商人在这里安家落户，来自陕西、山西、四川地区和其他汉族地区的客商许多在这里与藏族女人结合成一家，扎根于这里的许多汉族后代成为康定人的一部分"。他们还建立起朋友关系，如云南马帮，"他们祖祖辈辈就在这条路上走来走去，跟藏族主人家就像亲兄弟一样，在西藏草地的马帮只需要象征性地交纳一点税费，就可以在茶马古道沿途随意做生意了"。在藏区深处，那里最早居住下来的汉人往往都是商人，其中经营茶是他们的重要业务。

由于外来移民的影响，茶马古道成为一个多民族、多宗教、多文化共同交会的路线，在民族面貌上表现为族际婚姻广泛带来的混血性，这使得途经各地的文化面貌呈现出多元化特征，以及多民族、多宗教、多文化和平共处的景象。

（三）茶马古道促进了民族文化的交流

近千年来，随着茶马互市的发展和茶马古道的开通，汉、藏等各民族常年来往，茶马古道就像是一条大动脉，沟通了内地与藏区、中国与国外。在长期的交往中，各族消除了种族、国界、地域之分，传播着不同地域的传统文化，增进了对彼此不同文化的了解和亲切认同感，兼容并蓄，相互融合，从而形成一种新的文化格局。

茶马贸易的兴起使大量的汉、回、蒙、纳西等民族商人、工匠、戍军进入藏区，伴随着茶马互市，内地汉族和少数民族的文化得以相互渗透，中原文化随着茶马古道深入藏区，藏区人民在伦理、医药、天文历算、习俗文化等方面都吸收了不少汉族与其他民族的文化成果，加以改造，成为自己文化的一部分。

重要的是，由于茶马古道的开通，茶的传入深深地影响着茶马古道沿途各族人民，尤其是藏族。茶成为一种基本的生活物质资料，成为西藏上层人士和寺院僧侣的饮食习惯的一部分，并在 9 世纪中期将饮茶习惯推广到人民大众当中。一千多年来，茶已深入藏族人民的社会风俗、社会礼仪和生活艺术等各个方面，从茶礼、茶具、烹茶方式到饮茶习俗等形成了藏区高原茶文化的特色。喝茶是藏族社会生活中不可缺少的一部分。客来敬茶，是藏族茶俗中最主要的内容，反映出他们日常生活恭敬、和睦、祥和的气氛。在茶马古道上，聚居着 20 多个少数民族，他们拥有不同的生活环境、饮食结构、服饰起居及文化习惯，茶的传入使他们形成了一系列各具特色的民族茶饮文化，其中包括烤盐茶、油茶、酥油茶等吃茶文化。

（四）茶马古道缔造了少数民族地区的城镇

茶马古道在西北地区还扮演了城镇缔造者的角色。西北地区由于人口稀疏，历史上缺乏如同内地人口稠密地区常见的呈规则分布的集市局面，大多数边远地区只存在有限的物资集散地，而这些集散地的兴起往往源于茶叶、皮毛贸易。在茶马互市区域，这种情况十分普遍。北宋初年，西北的原州（今宁夏固原）、渭州（今甘肃平凉）、秦州（今甘肃天水）、德顺军（今甘肃静宁）等地，是汉、藏、党项等民族贸易的比较固定的据点，当然也就成为当时民族间茶马互市的主要场所。西夏、宋、金鼎足而立时，它们之间的贸易一般是通过榷场来进行的，兰州等地的榷场在当时具有十分重要的地位，系西北地区茶马互市的中心地之一。除此之外，河陇地区还是西夏同中原王朝进行贡赐贸易的货物集散地，以及中原地区与西域、青藏各少数民族进行贸易和商品交换的中转地。元朝是由入主中原的蒙古族建立的王朝，其统治民族以从事畜牧业生产而著称，因马匹比较充足，故茶马互市在这时显得无足轻重。但是，这并不意味着元朝在民族贸易方面就此衰落下去了，如元代"榷成都茶于京兆、巩昌置局发卖"。可以说，甘肃陇西、平凉、临洮、临夏，宁夏固原，青海西宁、湟源等城镇的发展就与当时的茶马贸易兴起有直接关系，这已得到了学术界的广泛认可。西南茶马古道，也带动了所经地区城镇的兴起和繁荣。可以说，今天川西北、滇西北那些有名或不太有名的城市，多半都与茶马古道有关。如四川的雅安、天全、泸定、康定、甘孜、德格、理塘、巴塘，西藏的芒康、察雅、昌都、拉萨，云南的大理、丽江、中甸、德钦，尤其是今天享誉全国的旅游胜地丽江，就与茶马古道分不开。在本文所指的"茶叶之路"上，这样的情形也屡见不鲜。邓九刚指出：茶叶之路催生了蒙古地区的许多城镇，包括现在内蒙古最大的城市包头，蒙古国西部城市乌里雅苏台、科布多等。呼和浩特附近的武川县的可可以力更镇、百灵庙和召河更是典型，茶路的繁荣促进了归化城的发展，由于归化城在这条国际商路上的重要地位，同时它也成了中国北方最大的商业城市。所以，这类城镇的发展是先有商路，后有城镇，这样的城镇还有张家口等。茶马古道与城镇，本来几乎没有逻辑关系的两个事物，就这样在历史中真实地联系起来了，它在不经意间创造了中国城市起源的一种新的模式。

三、结语

综上所述，茶马古道促进了沿途地域各民族社会、经济、政治发展，丰富了沿途区域的物质文化生活和精神文化生活，在长期的交往中，各族消除了民族、地域之分，不同地域的文化相互交融，增进了对彼此不同文化的了解和亲切认同感，兼容并蓄，相互融合，从而形成一种新的文化格局。

【参考文献】

1. 彭玉娟、尹雯：《茶马古道：文化线路的经典案例》，《云南社会科学》2012 年第 2 期。

2. 孙华：《"茶马古道"文化线路的几个问题》，《四川文物》2012 第 1 期。

3. 周重林、凌文锋：《茶马古道的范围与走向》《中国文化遗产》，

2010 年第 4 期。

4. 张永国：《茶马古道与茶马贸易的历史与价值》，《西藏大学学报》2006 年第 2 期。

5. 阳耀芳：《"茶马古道"的历史研究与现实意义》，《茶叶通讯》2009 年第 1 期。

6. 任新建：《茶马古道的历史变迁与现代功能》，《中华文化论坛》，2008 年第 S2 期。

7. 许凡：《茶马古道作为文化线路的特征浅析》，《中国文物科学研究》2011 年第 2 期。

8. 石硕：《茶马古道及其历史文化价值》，《西藏研究》2002 年第 4 期。

9. 洪涤尘：《西藏史地大纲》，正中书局 1936 年版，第 243 页。

10. 亮炯·朗萨：《恢宏千年茶马古道——川藏茶马古道寻幽探胜》，中国旅游出版社 2004 年版。

闽南茶叶过台湾下南洋

——以漳州茶产业为例

摘要：漳州茶历史源远流长，茶文化底蕴深厚。明朝时期，中国航运居于世界领先水平，郑和七下西洋，开拓了海外贸易。明时月港、清时厦门港发达，自此，随着海丝之路的开启，闽南茶叶也远渡重洋，销往海外。本文以漳州茶产业为例，就漳州茶叶过台湾，下南洋，沿古海丝之路销往欧亚，略做阐述。

关键词：闽南茶叶；漳州茶；月港；厦门港；台湾；南洋

漳州茶历史源远流长，茶文化底蕴深厚。唐朝，首任漳州刺史的陈元光在其《龙湖集》里，有"采茶喜钻新榆火""茶壶团素月"等诗句，写下关于采茶、饮茶的记载。宋代，朱熹任漳州知州时，撰写《劝农文》，倡导推广茶叶，使种茶、制茶、煮茶、宴茶、斗茶、咏茶的茶文化，迅速遍及州县。明清以来，漳州茶产业薪火相传、推陈出新，优质名茶声誉日增，其中"漳芽""漳片"还被列为贡品。尤其是明朝时期，中国航运居于世界领先水平，郑和七下西洋，开拓了海外贸易。明时月港、清时厦门港发达，自此，随着海丝之路的开启，闽南茶叶也远渡重洋，销往海外。本文以漳州茶产业为例，就漳州茶叶过台湾，下南洋，沿古海丝之路销往欧亚，略做阐述。

一、明清时期，漳州茶市场繁荣

明代前中期社会稳定，经济发展，茶叶和其他农产品、手工制品、工业冶炼产品一样进入流通，在集市贸易。

明代漳州府龙溪县有南市、北桥寺（市）、草市、乌屿桥市、华峰市、石马头市、月港市、翰林市 8 个集市，它们都有茶叶的流通交易。其中，南市、北桥市在州府所在地，另 6 个分布在乡下，"华峰市在府城北二十五都"。这些，在黄仲昭修纂的明弘治三年（1490 年）刊印的《八闽通志》中有记载。

龙溪县的茶碇市，还是明初福建全省仅有的两个茶市之一（另一个在原崇安县）。华峰市（或华封市），即茶碇市。明正德八年（1513 年）版《大明漳州府志》记载："茶碇市，在府城北，二十五都。"地处偏远山区的华安茶碇市，与著名的月港水路相连，茶碇市茶叶可从月港运销东西洋。

清代，茶市贸易兴盛。据清乾隆二十七年（1762 年）编修的《龙溪县志》记载，龙溪县的墟市又增加了许多，郊外墟市有三十处。二十五都有华封市，俗名茶碛、店仔墟市、山都墟、塔仑墟、黄枣墟等。二十三四都有浦西墟、龙潭墟。可见当时华安县经济的发展、贸易的繁荣。《龙溪县志》并载："华封市，俗名茶碇，旧有税，岁入五百余镪。里人吕式及子烨捐赀置地，免其税，都人祠祀之。"

二、闽南茶叶下南洋的两个重要商港

（一）漳州月港——明代唯一合法的茶叶外销始发港

漳州月港，是明代福建四大商港之一。其位于九龙江入海处，因其港道"一水中堑，环绕如偃月"，故名月港。据记载，月港正式的对外贸易，始于史称的"隆庆开关"。明隆庆元年（1567年），福建巡抚涂泽民上书："请开市舶，易私贩为公贩。"私贩，指走私商贩，公贩，指合法商贩。不久，明政府开放漳州月港，自此漳州月港成为明代合法的外贸港口，也是明代唯一合法的茶叶外销始发港。漳州月港作为对外贸易的重要港口，在其兴盛的时期——明代中后期至清初，茶叶始终是对外贸易的重要商品之一。作为配套设施，明政府在月港设立海澄县，设督饷馆，负责管理海外贸易并征税。

明万历三十二年（1604年），闽商李锦、潘秀介绍荷兰商人到月港贸易。荷兰东印度公司的两只船舰达漳州九龙江海口，月港居民与荷兰商人互市。

明万历三十八年（1610年），荷兰商人在爪哇岛最西端的万丹首次购到由月港商人运去的茶叶。

同年，荷兰东印度公司将从中国买的茶叶运回荷兰，而后贩卖至欧洲其他地区。

清顺治七年（1650年），荷兰人将中国红茶引入欧洲。

清顺治七年以前，欧洲的茶叶贸易被荷兰人垄断，英国东印度公司看好中国茶叶，在茶叶生意上开始与荷兰人竞争。

为争夺中国茶叶，英国与荷兰爆发了两次战争：第一次为清顺治九至十一年（1652—1654年），第二次为清康熙四至六年

（1665—1667 年），两次都是英国获胜，英国从此打破了荷兰人在欧洲市场垄断中国茶的局面，取得主导权。

此后，欧洲逐渐掀起饮茶之风，茶叶被他们誉为"茶中的香槟酒""茶中的鲜咖啡"。英国人也到厦门采购武夷茶，很快风靡英伦三岛。

清康熙八年（1669 年），英国政府规定茶叶由英国东印度公司专营，此后，英国政府在厦门收购武夷红茶，运回欧洲。

美国著名亚洲史、东南亚史、华侨史专家利·埃弗德拉威康斯教授曾在美国驻中国机构工作多年，他在《中国商务指南》一书中指出："十七世纪初，厦门商人在明朝廷禁令森严之下，仍然把茶叶运往西洋各地和印度。"

《福建经济发展简史》载："功夫、小种红茶主要销往欧洲的英、法、荷兰等地，1900 年以前，其茶叶年输出量均占茶叶年输出总量的 70% 以上。"

明清时期，受月港贸易的带动，龙溪县龙山、平和大峰山、南靖奎洋乡上洋的茶叶远销缅甸。平和大峰茶、海澄太武山茶、漳浦玳瑁山茶、龙溪北门茶的贸易也陆续兴起。

（二）厦门港——清代茶叶外销主要港口

厦门港是闽南茶叶外贸的重要商港，它兴盛于清初。

一是因为清乾隆年间，西方殖民主义者入侵南洋，经贸环境变化，加速了月港的衰落。二是因为厦门港具有港阔水深的优势，于是发展成为通商口岸，迅速崛起，成为国际贸易商港，并开始逐步取代衰退的漳州月港。

明末清初，"海上霸主"的郑芝龙和他的儿子郑成功，将厦门港作为与东南亚国家贸易的中心港口之一。1650 年至 1680 年，郑成功父子驻厦期间，设立"牙行"，大量出口茶叶。茶叶价格均由郑氏"牙行"决定，不容讨价还价。

清康熙年间，厦门港便成为福建出洋的总口岸，当时的茶叶出口主要通过厦门港。根据《南京条约》规定，道光二十三年（1843年）九月，厦门正式开埠为通商口岸．客观上促进了茶叶外销。

据《漳州茶志》记载，清道光年间，厦门被辟为通商口岸，九龙江北溪流域自龙岩、漳平、宁洋至华安、长泰一带山区的茶叶源源不断地经浦南航路运到厦门出口。清光绪六年（1880年），《海关贸易年报》载，"本口岸的茶叶大约是210000半箱，而安溪县经由同安线路供应了大约25000半箱。所有其他的茶叶是浦南线路运来的，大约44000半箱是在浦南聚集的，它们大都来自漳州府的长泰县。它的次一级市场是仙都和良村。其主要的集散中心及提供的茶叶如下：漳平县城4300半箱、华峰43000半箱、新桥15000半箱、白沙10000米箱、宁洋县城20000半箱、龙岩县域1000半箱（注：以半箱为计数单位，可能是两半箱正好做一担的缘故）"。光绪前期，从厦门出口的乌龙茶在英美及南洋都很畅销，大部分是从九龙江水运过去的。1887年（清光绪十三年）出口达9万担以上。

武夷山有关茶资料显示，十九世纪末（清光绪年间），茶叶外销进入鼎盛时期。为了满足贵族们对武夷茶的偏爱，英国有关部门还特别规定，每船都必须装满七分之一的武夷茶入口。荷兰当局则通过法规，高级的茶要先用精致的白金器皿分装再装箱，以免中途破损受潮霉变。梁章炬《归田琐记》载："武夷之茶不胫而走四方，岁运番舶．通之外夷。"十九世纪中叶（清咸丰年间），武夷茶率先进入美洲。美洲商人们还以广告、传单等形式宣传武夷茶，甚至保证"武夷茶若不合口味，可以退货"。嗣后引起美洲商人直接向中国采购茶叶的兴趣。五口通商以后，南茶北销的陆上茶叶之路已被海上茶叶之路代替。清咸丰四年（1854 年），建茶出口量 650 万斤，次年即增加到 1350 万斤，增加了一倍多。美国旗昌洋行曾派员沿闽江到武夷采购茶叶，获取巨利。

光绪四年（1878 年），福建口岸出口建茶 4000 万公斤，约占全国出口总量三分之一，其中武夷茶占十分之一。清光绪六年（1880 年），武夷山输出青茶 20 万公斤，价值 35 万银圆，输出红茶 15 万公斤，价值 15 万银圆，茶叶出口值占福建省第一。此时，经营武夷茶的茶商多为广州、潮州、漳州、厦门、泉州等地的茶帮。他们由厦门出口海外的武夷茶数量渐多，质量突出，被称为夷茶。关于外销武夷岩茶的价格，珠帘洞精选特别的大红袍，每小两售 4 银圆，斤价在 60 至 70 元之间。其他名丛如铁罗汉每斤 48 元。凡天心村产的提丛正名类岩茶，每斤 16 银圆，按当时米价可购大米 1000 斤。武夷岩茶当时能卖到这么高的价格，说明老外也喜欢乌龙茶。清代著名茶僧释超全在《安溪茶歌》中写道：“迩来武夷漳人制，紫白二毫粟粒芽。西洋番舶岁来买，王钱不论凭官牙。溪茶遂仿岩茶样，先炒后焙不争差。真伪混杂人聩聩，世道如此良可嗟。”即官方定价，不许讨价还价，完全是卖方市场，一副皇帝女儿不愁嫁的架势，牛得不行。连溪茶也模仿岩茶样而当作岩茶来卖，走俏于市场。施鸿保在《闽杂记》写道：“漳泉各属，俗尚功夫茶。茶具精巧，壶有小如胡桃者，曰孟公壶，杯极小者名若深杯。茶以武夷小种为尚，有一两值番钱数圆者。饮者必细啜久咀，否则相为嗤笑。”一两茶值番钱数圆，真是天价。这也说明了乌龙茶及功夫茶受欢迎的程度，内外销均大热。

据厦门海关有关资料，茶叶经厦门出口的国家主要有美洲的美国、欧洲的英国和东南亚国家。从 1870 年的统计情况来看，经厦门直接出口，销往爪哇、暹罗、西贡等地的茶叶已经开始超过英国了，因这些地方拥有大量的中国移民，有大量厦门茶的消费群体。厦门开埠以后，开始有大量茶叶输出，咸丰七年（1857 年），厦门出口至纽约的茶叶是 1108250 磅，1858 年，厦门出口美国的茶叶价值是 141183 银圆，1859 年，厦门出口美国茶叶 5265100 磅，价值 423400 银圆。1872—1897 年，美国是厦门出口的茶叶的最大市场，而销往美国的主要是乌龙茶，

同治十一年（1872 年），美国茶叶税废除，经厦门销往美国市场的茶叶量日渐上升。19 世纪 70 年代，经由厦门出口美国的茶叶每年在 4 ~ 8 万担，19 世纪 80 年代，增加到 13 万担以上。在 1875 至 1876 年茶季，经由厦门输往美国的茶叶为 9595680 磅；1876 至 1877 年则为 47118 担，其中乌龙茶 43785 担，占据总出口量的 92% ~ 93% 。

三、台湾——漳茶外贸的中转站

漳茶过台湾，最主要的原因是：自清初始，月港对外贸易已经盛景不再。漳茶外贸，必须寻求另一条出口通道，而海峡对岸的台湾，则是最佳的选择。一是台湾有高雄等良港，二是漳州人到台湾的人数众多，占台湾人口三分之一以上，语言相同，习俗相近。因此，漳茶渡海经台湾转口，南下北上，成为另一条对外贸易出口通道。

漳台经贸以转口贸易为主，茶叶北上销往日本，南下转运到东南亚，走"东西洋"。漳州大量的货物，如瓷器、黄金、铁锅、犁铧、明矾、铜、铜制茶壶、茶、各类布料、粗纸、酒、盐、砖头、

红瓦、牛、油纸伞、油、米、草席、茯苓等等输往台湾，大部分再转口贸易至东南亚、欧洲。其中以瓷器、茶、烟为大宗，几乎每个船次都有。从台湾输入漳州的有鹿肉、鹿脚、台湾藤、檀香木、胡椒、苏木、紫檀、沉香、铅、糖水、锡、丁香、琥珀、鲨鱼油、水牛角、象牙、鱼、蚝、鱼翅、咸鱼、虾子、乌鱼子、帝王鱼等。

在荷据台湾时期（1624—1662年），即明天启四年至清康熙元年的38年间，荷兰人的各类日记、报告、书信等原始资料，如《热兰遮城日记》《巴达维亚城日记》《荷兰人在福尔摩莎》等，记载了从明崇祯九年至清康熙元年（1629—1662年）共33年的逐日或定期贸易往来情况，除1638—1642年、1645年、1660年、1662年等年份缺失外，连续26年，每年都有航船（戎克船）装载大陆沿海茶叶，输入台湾并转运至巴达维亚城（印尼首都和最大商港雅加达的旧名）等地的详细记录。以《热兰遮城日记》为例，据逐月逐日记录统计，荷据时期，大陆转口台湾茶叶记录共有94条。

从地点来看，大部分记载为大陆沿海，在当时的海禁政策下，载茶的航船主要是从合法港口月港发出的，也有从漳州（城）、厦门（九龙江入海口）以及烈屿、金门等岛屿出发。

从年份来看，呈逐年增加态势，数量不断增加。如明崇祯九年（1636年）至清顺治元年（1644年）5条，至清顺治四年7条，清顺治五年13条，顺治七年7条，顺治八年9条，顺治十二年11条、顺治十三年9条、顺治十四年27条。从中即可看出，闽南漳州一带茶叶种植规模呈不断扩大的趋势，更可看出中国茶叶逐步打开国际市场，逐渐成为热销商品的过程。

从种类来看，茶叶分为粗茶、上等茶、精美茶叶；数量单位有斤、担、篮（笼）、箱、盒、罐等。输出的茶叶与其他商品相比，从总量来看虽不多，但是持续不断地增加，是当时很贵重的一种商品。《热兰遮城日记》记载，清顺治十四年（1657年）八月二十五日，荷兰人派翻译何斌到厦门与郑成功谈判，荷兰人送给"国姓爷"郑成功的礼物有三种："2匹绒布、10个大的琥珀、5担鹿肉和5担（鹿的）脚筋，为此他表示谢意，并且回送薄礼如下：4卷黑贡缎，又4卷蓝贡缎，20斤茶叶和10罐上等白糖。"郑成功将茶叶等三种礼品回赠荷兰人，可见当时茶叶是十分贵重的。

从数量来看，明崇祯九年（1636年）十二月初二日从厦门带来的货物中，有30担茶；清顺治元年（1644年）十一月十三日从厦门所载货物中有20担茶叶；顺治二年十月十七日来自中国沿海，所载货物中有21担茶叶；顺治四年七月初三日，从中国沿海载来货物中有40篮（笼）茶叶，十二月十四至十六日从中国沿海载货物中有9担又8篮（笼）茶叶；顺治五年五月十至十一日从中国沿海载来货物中有17担茶叶；顺治十二年九月十八日从中国沿海载来的货物中有42担茶叶，十月三十日从中国沿海载来的货物中有194篮（笼）茶叶。顺治十四年八月二十一日下午，一艘商船于中国航运解禁后第一次经由厦门载来的货物中有15篮（笼）又6罐的茶叶，八月二十二日从中国沿海载来的货物中有20篮的茶叶，八月二十三日10篮（笼）茶叶，八月二十四日4篮（笼）茶叶，八月二十五日20斤茶叶和10罐上等白糖，八月二十八日8篮（笼）茶叶，八月二十九日38篮（笼）粗制的茶叶，九月初二日4罐又1担茶叶，十二月十七日有2艘戎克船从烈屿运来货物，其中有70篮（笼）粗制茶叶。

从台湾转口南下"西洋"，有两条线路：第一条线路，主要是去巴达维亚城（今印度尼西亚的雅加达）、满刺加（今马来西亚马六甲州首府所在地），再转至欧洲等地。如《巴达维亚城日记》载：清顺治十年（1653 年）二月初二日，小戎克船自大员（编者注：闽南话"大员"与"台湾"谐音）抵达，载货包括茶 10 担，二月初五日，中国帆船自台湾入港巴达维亚城，载货包括茶 4 担；顺治十六年（1659 年）十二月初四日，自大员船运来上茶 6 箱。第二条线路，据《荷兰人在福尔摩沙》记载，从台湾经"广南国"（今云南省文山州广南县）至越南、泰国、柬埔寨、印度、波斯（伊朗）、科罗曼德尔等地区。荷兰人从台湾直开印度苏拉特港的船只，将其所载货物中印度人极感兴趣的中国黄金在印度出售，而其余的货物，如糖、茶，加上印度的布运往波斯（伊朗）。

据《荷兰人在福尔摩沙》中顺治四年（1647 年）十二月三十一日的信件记载，十一月二十三日派出装载供应科罗曼德尔、苏拉特和波斯货物的船只，其中为苏拉特和波斯运去以下货物：70000 斤砂糖和冰糖、20678 斤明矾、72008 斤锌、3224 斤茯苓、2712 斤中国茶、106555 斤铜条和铜板，价值总计 f953860.11（f：源于中世纪在佛罗伦萨城缔造的一种金币）。

据《荷兰人在福尔摩沙》中顺治六年（1649 年）正月十八日的信件记载，顺治五年（1648 年）二月三十日船装运货物价值 f376118.74，包括：8868.2 两金、93 斤缫丝、76281.25 磅日本樟脑、1946 斤中国茶。

顺治八年十二月十六日热兰遮城长官费尔勃格（Nicolaes Verburch）自热兰遮城发给东印度总督的信件指出，顺治八年十一月二十四日从台湾开往印度苏拉特和波斯（今伊朗）的 Renoster 号和 Campen 号所载的货物中，要送至波斯的是台湾粉砂糖、日本樟脑、上等中国人参、上等日本铜板、中国茶。其中中国茶 52000 斤。

《荷兰人在福尔摩莎》中，顺治十五年正月初六寄往巴达维亚信件记载：今年有两条船从中国到达巴城（巴达维亚城），它们均来自厦门，装载货物包括日本银条、粗瓷、金线、铁锅、茶、咸鱼、茴香、纸张等，以及30多锭黄金。运往苏拉特的货物为：5895斤铜条，分装入590箱；37656斤明矾、57担茶、84斤中国丝，作为试验用；运往波斯的货物为：4500担砂糖，2000斤铜条，分装入2128箱，50担茶。

据《巴达维亚城日记》记载，顺治十八年（1661年）七月二十一日，从巴达维亚城运往科罗曼德尔的货物有高级瓷器、中国生丝、土茯苓、明矾、中国金丝、白镴、最上等的茶、磁制水瓮、煤。

顺治十八年四月，郑成功收复台湾，结束了台湾的荷据时期，荷兰人通过台湾与波斯之间的商品贸易在当年结束。从1673年到1684年的10年间，英国东印度公司在代替荷兰人，并利用荷兰人的在台湾的据点旧址，经营其商馆，他们的商业范围与荷兰人一样，也是东起南洋，很迅速地扩张到印度、波斯。自台湾岛至波斯的直达船，年年要装去很多的砂糖，有时还装着茶叶。

大陆茶叶，经台湾转口，不但南下"西洋"贸易，而且北上对日贸易。康熙二十三年（1684年），首任巡台御史黄叔璥在其所著的《台海使槎录》（台湾《文献史料丛刊》第二辑第四种，台北大同书局1984年版，第4748页）一书中，对康熙末年漳泉海商、闽台对渡、贸易南北有这样的一番描述："海船多漳泉商贾，贸易于漳州，则在丝线、漳纱、剪绒……建宁则载茶；回时载米、麦、菽、豆、黑白糖饧、番薯、鹿肉售于厦门诸海口。至关东贩卖乌龙茶、黄茶，绸缎布匹。"

清初，闽台间直接贸易的商业管理组织"郊行"开始发展起来。郊行贸易日益增加，贸易规模不断扩大。至光绪十四年（1888年），厦门则有"十途行郊"存在。据厦门大学傅衣凌先生《明清时代商人及商业资本》一书所述，十途行郊"为洋郊、北郊、匹头郊、茶郊、纸郊、药郊、碗郊、福郊、笨郊，其数实不止十。"而据日本人1896年对厦门贸易情况的调查，述及当时有十途郊，即洋郊、北郊、匹头郊、茶郊、泉郊、纸郊、药郊、碗郊、福郊、笨郊等，不少涉及与台湾的贸易，如茶郊，专门从事福建南部各地及台湾淡水等地茶叶贸易。漳州的海澄、石码、漳浦、铜山等地有不少经营对台湾贸易的郊行。据《石码史事》记述，民国初年，全镇商业共有34个行业，店铺633家，其中，茶叶庄店14家。

台湾的郊行中也出现专司茶叶贸易的茶郊。清雍正三年（1725年），台南最早出现郊行，著名的有府城三郊，即北郊、南郊、港郊。以苏万利、金永顺、李胜兴为始。其中港郊配运之地有东港、旗后、五条港、基隆、盐水港、朴仔脚、沪尾等，港郊中有50余号营商，共推祖籍漳州的李胜兴为港郊大商。

结语

综上所述，中国历史上曾经辉煌且影响深远的海上丝绸之路，也是闽南茶叶走向海外之路。明时的漳州月港、清时的厦门港，以及海峡对岸的台湾，都为当时闽南地区的茶产业繁荣，起到过巨大的作用。

作为"闽南金三角"之一的漳州，是福建省茶叶主产区之一，2021年全市茶园面积近28.4万亩，茶叶良种覆盖率为90%以上，年产量6.25万吨，较大规模茶企有180多家。全市茶产业从业人员57万，全产业链产值130亿元，每年出口3200多吨，远销多个国家和地区。茶产品的输出与双边贸易往来，促进了经济的发展与繁荣。

近年来，国家大力推动"一带一路"倡议，这对漳州来说，无疑是全新的历史机遇。漳州正致力于加快茶产业发展，并呈现出产量高、品质优、业态新、效益好的良好态势，努力把茶产业做大做强，使漳州成为全省乃至全国重点产茶大市。

（闽南文化研讨会 2022 年学术年会"世遗时代，文化交融与互鉴"论坛）

【参考文献】

1. 林殿阁. 漳州市茶志 ［M］. 中国文史出版社

2. 韩士奇. 南靖茶叶志 ［M］. 中国文史出版社

3. 严利人. 海丝茶道初探 ［J］. 湖北工业职业技术学院学报，2021 (2).

第二辑 楼窑

● ● ● XIANGYUCHUNFENGNAMOLV

故事

走近林语堂

走近林语堂

2014 年 10 月 10 日，正值林语堂先生诞辰 119 周年的日子，我随"林语堂故里行"采访团，乘坐客车，从漳州出发，沿着 319 国道，经过约半个小时车程，到达漳州市芗城区天宝镇五里沙（现珠里村）。这里十里蕉林，连天碧绿，是名副其实的香蕉观赏园。园中栈道曲折盘桓在蕉林中，成为一道亮丽的风景线。这是林语堂的故乡，他的父亲林至诚、母亲杨顺命就长眠在虎形山香蕉林中。建于十多年前的林语堂纪念馆，就坐落在这里。

大师其人其事

说起林语堂（1895—1976 年），那是名满天下的人物了。他乳名林和乐，原名林玉堂，1912 年就读上海圣约翰大学时，改名林语堂。

林语堂是我国现代著名的作家、学者、翻译家，是一位世界级的文学大师。他在文学、语言学、历史和中外文化交流等众多领域都颇有建树，与许地山、杨骚并称为漳州现代作家的"三驾马车"。

林语堂一生写了 8 部长篇小说和 1000 多篇散文，还编写《当代汉英词典》，这是第一部由中国学者编写的汉英词典；出版了 60 多部著作，在世界上出版不同版本的林语堂著作近 800 百种，他的著作被翻译成 21 种语言，其代表作品《京华烟云》《吾国吾民》《孔子的智慧》等，在 1940 年、1950 年曾两度获得诺贝尔文学奖提名。林语堂又是一名发明家，他发明过中文打字机。可以说，"林语堂"这三个字，敲起来响当当，可谓"天下何人不识君"，但很多人不知道，他就是我们漳州人！

我们走进虎形山，登上通往林语堂纪念馆的台阶。这座纪念馆共有 5 层平台、81 级台阶，据纪念馆林馆长介绍，81 级台阶，隐喻林语堂先生走过 81 个春秋。纪念馆主体为二层环形建筑，由一座主楼和两座附属圆楼构成，占地 10 亩，总建筑面积为 1758 平方米。纪念馆于 2001 年 10 月 8 日正式对外开放，正面是闽南建筑风格的大门，红色琉璃瓦与白墙交相辉映，彰显出闽南传统的建筑风格，而环形结构又有西式韵味。整体建筑为中西合璧。正门对联为："两脚踏中西文化，一心评宇宙文章。"门额上，著名书法家沈鹏题写的"林语堂纪念馆"6 个大字，气势恢宏，韵味深长而富有现代感。

纪念馆前的林语堂塑像，高 2 米，重 4 吨，由青石雕成。塑像由厦门大学教授李维祀设计，背靠台湾西岸，雕像的林语堂身穿中式长袍，托着一杆烟斗，眼眺故居，怀揽蕉林，笑容可掬，神态安详，又不乏幽默、闲适、平和，这是林语堂生平最好的写照，也是雕刻师对他最好的诠释。

我徜徉在 2.6 公里的观光栈道上，栈道在万亩翠绿的蕉林中蜿蜒，正值天宝香蕉挂果时节，到处是累累硕果，给勤劳的劳动者带来丰收的喜悦。眺望九龙江，我遐想着林语堂当年从平和西溪乘坐五篷船（五篷船是当时往返于厦门到小溪之间的交通工具）前往厦门就学的艰辛历程。西溪航道上，那用竹席搭篷、船头船尾裸露的小船，当地人称"木帆船"（或浅底小舟），来往穿梭；还有渔筏划来划去，捕鱼人站在上面，几只鸬鹚站在筏上，盯着河面水上，冷不丁钻下水去，一会儿嘴里叼着条白鱼上来，让人看了觉得十分有趣。林语堂将对西溪航道的美好记忆写成了文字："一年或半年一次在西溪民船中的航程，至今仍是我精神上最丰富的所有物。"随着时光的流逝，昔日小城两岸的民俗风情，那百舸争游场景，那渔灯点点的连家船，有的已经悄然而消失，如今难再现，只存留在人们的记忆里。

今天，为了保护九龙江流域饮用水，漳州市委、市政府正在采取措施，大力开展九龙江污染源整治工程：生猪养殖污染整治、工业企业污染整治、三湘江治理、旧村整治及新农村建设，为建设"富美漳州""田园都市·生态之城"而不断努力。如今，一座"百姓富，生态美"的、宜居宜业的现代化都市正在九龙江畔崛起……

林语堂与厦大精神

在林语堂纪念馆展厅弥足珍贵的老照片前，我的目光和思绪定格在林语堂与厦门大学相关的那一段历史。

三十六年前，我在厦门大学哲学系理论班学习，曾在鲁迅纪念馆阅读有关林语堂的相关资料。林文庆是厦门大学时任的校长，一心要把厦门大学办成一流的大学。1926 年的秋天，林语堂应厦门大学林文庆校长的邀请，从北京大学到厦门大学筹办国学研究院。他满怀激情，想干一番事业。他将北京大学一大批著名学者招揽到厦门大学，如文学家鲁迅，语言学家沈兼士、罗常培，古史专家顾颉刚，中西交通史家张星烺，编辑家孙伏园，考古学家陈万里，以及哲学史学学者容肇祖，外国语言学者潘家洵，作家川岛等。按林语堂的说法，"一时颇有北大南迁的景象"。林语堂来到厦门大学，就任语言学教授，文科主任兼国学院总秘书，开设《英国语言学》《英国语音学》《普通语言学》等课程，挑起了厦大文科的重任。1926 年 10 月 10 日，厦门大学国学研究院成立时，他提出国学研究院的办学方向：倡导跨学科研究与区域特色研究。这位"两脚踏中西文化，一心评宇宙文章"的现代漳州学者，把自己的主要精力放在创办厦大国学院的大小事项上。他与国学院的同事一起制定章程、办事细则、研究生研究规则，讨论国学周刊、季刊的编辑事务，提出经费预算，确定研究课题和著作出版计划，以及组织风俗调查会等。然而好景不长，因受校主陈嘉庚橡胶生意经营不佳，国学院经费削减等原因的影响，1927 年 2 月，国学院宣布停办。前后只有半年时间，林语堂就打起行囊，离开厦门，接受时任武汉国民政府外交部部长的朋友陈友仁邀请，担任国民政府外交部英文秘书。

回眸往事，林语堂在厦门大学工作虽只有短短的半年，但他从一踏上厦门开始，就没有停止前进的脚步，践行着"自强不息，止于至善"的厦大校训。从上海到北京，然后是美国、法国、德国……言行时刻体现着厦门大学的四种精神：陈嘉庚先生的爱国精神，罗扬才烈士的革命精神，抗战时期厦大内迁闽西艰苦办学的自强精神，王亚南校长、陈景润教授的科学精神。林语堂"对外国人讲中国文化，对中国人讲外国文化"，这是他对中西文化的独特贡献，是留给我们最宝贵的精神财富！这宝贵的精神财富，像一股清泉，滋润着一代又一代的厦大人。他们在不同的岗位上，自强不息，又满怀感恩之心、担当责任、乐于奉献，为把厦门大学建成世界知名的高水平研究型大学，添砖加瓦，尽责尽力。

我站在林语堂纪念馆门口，仰望大师雕像，品读林语堂，敬仰之情涌上心头。雕像上的先生正闲适地叼着烟斗，我的目光跨越时空与大师交流，岁月似乎变得丰盈而厚重。

（选入《漳州市作家作品选》曾获"华夏散文奖"二等奖）

家乡流淌的那条河

那年，我上小学三年级，课余时间都要和小伙伴帮家里看牛，在夏天的一个星期六，我们遇上难以忘却的一件事。这事要从家乡公王坑的那条河谈起。

星期六在家，我有时帮帮我妈做点事，我妈说："好孩子，帮妈妈去看牛。"我很乐意地接受了这项任务。于是，夏日初照，我把水牛赶到公王坑的河边，那里，绿树成荫，绿草初长，是水牛寻觅好草料的最佳地点。趁着水牛寻吃嫩草，我和同龄的小伙伴一起在公王坑河里，高卷裤管，光着脚，摸鱼、抓小虾、捡田螺、嬉戏。玩累了，我会和同伴们坐在水边的大石头上，两脚伸进水里，晃来晃去，只见清澈见底的水里，有许多小鱼在游来游去。

快到晌午，突然天空乌云密布，雷鸣电闪，一场暴雨即将来临。因小孩子贪玩，我们把这情景都抛到脑外，尽兴地玩个不停。家乡公王坑的河流，起源塔石崟山脚下，从高山上流出，经过南高许多自然村，由南往北蜿蜒流过，直至南坑大桥头汇合于九龙江西溪处。由于上游下着倾盆大雨，不一会儿，河水猛增，洪水从上游滚滚而下，已从"跳岩"漫过，此时，河流就像书中所描述的奔腾不息的黄河，我们负责看管的水牛已经缓缓游过公王坑的河，游往对岸的葛藤坪。

俗话说："隔河千里远。"我和同伴们当时唯一的选择只能是被洪水漫过的"跳岩"，小心翼翼一步一步而过，河流湍急，我的同伴都到达了对岸，而我年纪较小，眼见只差几步之远，突然头重脚轻，一不小心被水流冲了下去。我呛了几口水，摸着溪间的石头，号啕大哭，随洪水而下，使尽全身力气，紧摸着一块一块的石头，漂流到离"官印石"几步远的树丫上，生存的本能让我紧紧抱住它，生命垂危的我有了转机，爬上矗立于河中的树，此时的我，发挥了"山里人山模样，山里人山里闯"的智慧，顺延树丫，借势而上，一跃跳上了河岸，终于自我解救成功了。在一旁紧张地观看的同伴们由惊慌转为喜悦，马上围在一起为我拍胸脯镇惊。

回望滚滚浑水漫过河岸，我和小伙伴们匆忙赶着牛群，全身湿透，打了冷战，回到了家里。

家乡那条涓涓流淌的河，是我们的母亲河，它滋养哺育着河岸边纯朴、勤劳的南高村村民。

南高村这条小河溪涧，怪石丛生，断岩对峙，名叫公王坑。溪畔除了公王庙和公王树，还有许多奇岩怪石，其中有一块酷似方形印章的岩石，被村民们称为公王坑"官印石"，也称"成长中的官印石"。关于"官印石"，这里流传着一个神奇的传说。相传，古时候玉皇大帝委派年轻的太白金星担任"巡官王"，专门巡察天下官员的善恶。太白金星随身携带有凝聚万年仙气的状如方形印章的验官石，每到一个地方，就拿出来与县令的官印相碰。凡相碰之后官印缺左角的为贪污受贿者，缺右角的为大色狼。对待这些官员，太白金星按官印的残缺程度分别给予惩处，轻者开除公职，重者判处徒刑，严重者砍头示众。还没有被验印的贪官们非常害怕，纷纷到邪魔庙里祈愿，寻找邪魔头保护，收受了贪官污吏们供品的邪魔头，想方设法偷走了验官石。太白金星发现验官石被盗后，知道是邪魔头所为，便踩着云头追赶，在今日的南高村上空追上了邪魔头。邪魔头眼看跑不了，随即将验官石砸向溪涧里，顷刻变成了此地一块奇岩怪石，村民们称之为"官印石"。

收工回来，村民早已把这突发的事传到妈妈的耳际。我赶回到家里，把牛关在自家牛栏里，从草垛里拿了稻草饲料喂牛，把湿透的衣服脱了下来，到衣柜中寻找半新不旧的衣服、裤子换穿在身上。而后，独自坐在家门口的石板上，等待妈妈的训话。妈妈一看我在那里发呆，怜爱地笑了，大声训了一句话"死囝"！（闽南语）

有过濒死经历的我，不由自主地慢慢靠近妈妈，投进她的怀抱，捉住她的衣襟，号啕大哭起来。

父爱如山，母爱如水，母爱更像一条流淌的河，滋养温润着她的儿女。

当时，妈妈不停地摸着我的脸庞，用手擦着我两眼流下的泪水，并说着："不哭，爱哭的孩子没有出息！"就这样，甩开我，不急不忙，好像准备做饭给我填饱肚子似的。

其实，我妈妈并不急于烧火做饭，而是到"横厝"的墙角，拿取储备在那里的几把用毛竹扭成的火引，叫我和她一起到自己家门外的空地上，用火柴点起竹火引，火熊熊燃烧并发出噼里啪啦的声音。妈妈牵拉着我，叫我跨越大火而过，并念念有词："过大火没事尾"（平安），消除我心中的惊慌，祝愿我一生平安无事，健康成长。

那天，因为经历这场"过火"仪式，慈爱的妈妈为我特别煮一盘线面与两只红鸡蛋，大声在呼唤我："吃饭了！"

当天晚上，我沉稳入睡，度过一个不寻常之夜。

小河日日夜夜向前奔流，在我的记忆中，它是单纯的梦幻之河，关于公王坑的记忆，收藏在我的成长岁月里。人们都说是公王坑的河神很灵验。或许这就是"成长中的官印石"的庇护。对此，我深信不疑。

　　而今，在乡村振兴浪潮中，家乡的那条不停地流淌的小河，两岸种满了绿树，绿水青山，蓝天白云。村里铺上了水泥路，配套设施日益完善。其中，翰林古道，从南坑天宝至塔石崇路段正在规划。路在脚下延伸，这里有以"官印石"为核心的木栈道景区、葛藤坪供奉保生大帝的慈济宫、三龙集团休闲旅游水上乐园项目、福建省体育特色小镇。还有南靖南坑乡村马拉松赛暨南坑咖啡文化节活动，每年如期开办，精彩相约，诚邀你一起奔跑。

（《中国散文家》杂志 2019 年 6 月）

顺裕楼小记

小车沿着山梅公路行驶，转至书梅线，透过车窗，映入我眼帘的是因疫情而关闭的土楼景区。

留在脑海里的记忆与现实的情景，在这蒙蒙细雨里重叠，一种难于言表的情感，使我不由地停住了脚步，迫不及待地隔着薄雾，往顺裕楼里面瞻望。

在这里，我把思绪带回当年收集和整理南靖文物的那一段记忆。

顺裕楼位于南靖县书洋镇石桥村，背山面水，气势恢宏，外围土墙高 15 米，底层土墙厚 1.76 米。圆楼共有 5 层，每层 72 间，计 360 间。再加上中间门厅面积大，建设之初一间分隔为二间，一至五层合增 5 间，顺裕楼 3 个大门顶外围各有炮台，其中正大门楼顶外墙有两座炮台，单圈合计 369 个房间。它被确认为"中国房间数最多的圆土楼（单圈）"。

楼内住户家族姓氏为张。石桥张姓始迁祖张念三郎原籍广东大埔县，明初海禁时流落到石桥，与陈五十郎家的女儿结婚，嗣后张姓人丁兴旺，成为石桥村的大姓。清末太平天国运动时，这一带是农民起义军转战之地，战乱中村民们的房屋损毁，财产损失惨重。村民张启根出身贫寒，赴南洋做生意赚钱后，于民国十七年（1928年）只身回到石桥。那时石桥村已有好几代人未建新房了，村里一派萧条，年仅 21 岁的他建议修座永定式大圆楼。次年双环式圆楼开工，可惜只修了外圈两层，便在民国二十八年（1939 年）因资金短缺而停工。张启根只好再次去南洋筹集资金，直到 1948 年，经过20 多年的努力，圆楼外墙（五层）和四分之一内楼（两层）才告竣工，村民的住房问题终于解决了，最多时有 300 多个张氏族人居住在这里。土楼垂直从底层到五层的房间为一个单元，每单元住一户。一层做厨房，二层为谷仓，三四层住人，五层为土砻和杂物间。

站在顺裕楼门口埕，我的目光往楼门仰望，圆圆的屋檐上，岁月的苔花爬满了每一层的青瓦，顶层的走廊檐前挂着红灯笼，火红的日子在灯影的摇曳中袅娜生姿。百余年风雨过后，它依然固若金汤，端坐在天地之间，日夜奏响着锅碗瓢盆交响曲……

我的思绪，时而游荡于当年在同学家玩耍，邻家的孩子色彩斑斓的童话世界，时而飞回几十年前土里土气的旧梦中。恍惚间，田野小路上，头戴草帽的老阿伯，正牵着一头大水牛，肩扛着犁具，后面还跟着一头蹦蹦跳跳的小牛犊，悠悠行进。石桥溪上，波光闪闪，当年与小伙伴们游泳戏水的情景又重现眼前，诸如蛙泳、狗刨、漂水等，有时，捡几块瓦片，站在小潭边沙滩上，玩起"削水片"的游戏，看谁的瓦片飞得最远。随着瓦片远去而泛起一个个涟漪，有因成绩出色而惊喜，也有技艺不佳输给人家而顿足的场面。至今回想起来，往事历历在目，难以忘怀。

登上石阶，只见两边青石门框上分别刻有"顺时纳祐，裕后光前"的楹联，上面横眉为"三多九如"。"三多九如"是我国传统中常用的祝颂之辞。"三多"，即"多寿、多福、多子孙"；"九如"，即如山、如阜、如冈、如陵、如川之方至、如月之恒、如日之升、如南山之寿、如松柏之茂，出自《诗经·小雅·天保》。诗中连用九个"如"字，列举出九种吉祥的征兆，歌颂有德之君恩泽万民，福寿延绵不绝。

顺裕楼曾获得上海大世界吉尼斯总部颁发的"大世界吉尼斯之最"证书。1998 年被南靖县人民政府列为文物保护单位。

顺裕楼的土楼文化，可以说是移步即景，当我坐在大门的门当上小憩，门口左右两块小石墩，分别雕有雄雌小狮子，这种用于镇宅的建筑装饰现存不多了，按闽南人的土楼风俗，有"家门竖石狮，赚钱没人知"。这不仅延续了"耕读传家，敬宗报本"理念，而且透露出农耕文明中的人在追求财富欲望的同时，"财不外露"的思维方式。

我坐在这里，只见石桥溪对岸的长源楼、永安楼等楼外的天空中，有几朵白云飘过，也有白鹭飞过……这土楼不是梦幻的世界，而是真实地存在于盛世之中。

（《中国乡村》杂志2020 年6 月4 日）

福谦楼的记忆

福谦楼是一座圆土楼，始建于 1906 年，1909 年竣工。它的墙壁被一百多年的风风雨雨侵蚀得斑驳不堪，就像一位慈祥的老人，微笑地望着声名鹊起的云水谣，看如织的游人，是怎样将老土楼收藏进泛黄的、珍贵的记忆之中。

福谦楼，乃清末远渡缅甸谋生、经营粮油生意、事业有成后的简连拔，带着黄金白银回乡所建造的。据说，楼名是简连拔请一位算命先生取的，意思是：福地福人居，有福之人要惜福，为人做事要低调、要谦逊，谦逊为人，福气盈门。福谦楼为三层的土木建筑，每层22间，共66间，一楼厨房，二楼仓储，三楼住所，设有两个楼梯依次而上。

站在福谦楼前，拨开历史风烟，一段尘封的往事在我脑海中浮现了出来……

清末民初，该楼曾作为长教片区的保安大队的住所，门口便是保安大队的练兵场，新中国成立后的 1950 年至 1955 年，福谦楼曾作为南靖县第五区区公所的办公楼，辖梅林、书洋、船场三个乡。

踩着鹅卵石铺成的门口埕，我穿过福谦楼大门而入，但见大门铁皮上还留有两处深深的弹孔，据传是当年土匪攻打区公所时留下的痕迹。我的厦门大学老校友郭亚黄，当年就在这里与匪首李开瑞进行过交锋……

"文革"期间，该楼是县档案馆；1981年9.22洪水，官洋小学在灾后恢复正常教学秩序前，曾经将它作为临时的教学楼。我置身于此间，聆听半月谷两岸林涛和山溪流响，心海顿时响起久远的琅琅书声。几经变迁，福谦楼，一楼功能多用，现由通美集团经营（名为：南靖县云水谣福谦楼客栈），正处在保护中开发，焕发出新的活力！

在关于福谦楼的记忆里，有许多具有浓厚生活气息的民间游戏，它是传承闽南本土文化的良好载体。大门口的石埕上，各家各户拿出自家的长椅，排列得井然有序，男女老少围观着老电影，年龄相仿的小伙伴看着连环画，玩弹球，跳皮筋，翻绳，拍画片，丢沙包，玩弹弓，遛铁箍……那些逐步淹没在悠悠岁月中的故事，成为我们心中永恒的乡愁。

出楼后登上虎头山，俯视远方的福谦楼。袅袅炊烟，是老母亲在招呼远方的游子，快回来吧，吃家乡饭，饮家乡水，住家乡土楼，共赏家乡明月。此时，那首儿歌："月光光，秀才郎，骑白马，过莲塘"便在耳边响起。还有"非遗"客家山歌代表性传承人黄庭芳唱的那首：

"春季里来百花开，月光出来想儿郎，唱条山歌盼人客。游子望月思故乡……"萦绕耳际，黄庭芳的清唱，使我难于忘却。

"风和日丽好风光，姑娘采茶到山岗，土楼妹子山歌好，又跳又唱喜洋洋……"由田螺坑客家山歌传习所教师张巧儿改编的《采茶歌》，传唱的歌声在青山绿水半山谷回荡着。

山回路转，半山谷里，潺潺流水浅吟低唱。远眺古村，安宁而迷人，我缓缓地迈着脚步，徜徉在仙境一般美景中。民淳厚风、古色古香的古村落，承载着先人们的历史记忆。

"文化是土楼的灵魂。"在南靖，要体验文化，可以看一看"非遗"中心的演出所呈现的娶亲文化和妈祖文化，听一听客家山歌，参观科岭红色文化纪念馆和抗日英雄简大师纪念馆。然后，在福谦楼住上一宿，你定能感受到土楼的无穷魅力。

一条清溪，伴着古村悄悄如梦；一阵微风，撩起榕叶窃窃私语；一片彩云，托起思念悠悠飘行。当我从无限的遐思中回过神来时，通美集团正在打造的各个建筑群，已在半山谷涧水映衬下，呈现眼前。

据通美集团老总王国华介绍，通美云水谣庄园项目旨在完善云水谣庄园及周边景区的旅游配套设施，传承发展云水谣当地民俗、风情、文化。项目建成后，将形成集旅游观光、民俗体验、农耕体验、休闲度假、禅茶养生于一体的大型庄园。

通美云水谣庄园规划总面积约 2000 亩，着重建设云水谣庄园酒店别墅区、云水风情商业街区、半山谷农耕文化园、鸡纠山七彩花海游乐谷、虎头山森林公园、天贝楼闽南古村落体验区、内半山康养度假区及山塘生态休闲中心等八大片区，从而推动整个云水谣景区的综合建设与发展，提升片区联动效应，给景区注入新的活力。

我相信，该集团集大地之灵气，在这里打造出蕴含了儒道哲学思想，及山水诗画传统艺术走廊，他们正以"通美速度"，抢时间，争速度，重质量。我相信云水谣景区建成并完善配套设施后，定会在全域旅游，助推乡村振兴中大放光彩。

正值盛夏，骄阳似火。

蝉，仍在半山谷、福谦楼边鸣叫，没有酷暑的烦躁，却有了值得回味的咀嚼。

（《闽南风》杂志 2019 年 10 月）

怀念我读过的小学

我读过的小学位于南靖县南坑镇南高村，名为"南高小学"，上了年纪的人都知道，新中国成立前，其被称为"葛藤坪高俤学校"。

从前，这学校是一座平房，高大明亮。校舍共四间，两头是两间教室，一大一小，大间的可容纳学生40人，小间的可容纳20人。中间是办公室、教师宿舍，可谓配套齐全。校舍附近原有一间旧"公馆"，可作为厨房兼堆放杂物之用。当年称为葛藤坪初小（高俤初小）学校。

学校的学生主要是本地乡里（即高俤乡）的优秀子弟，南坑的溪仔口、桂竹坑、榕树埔等地的优秀子弟也来这里入学。初办学时，全校只有十几个学生，聘请了一位教师。多年来，高俤初小教学正常。这所学校为本地乡里培养了不少人才。

1957年，南坑、船场行政区分开，南坑为南坑公社，高俤乡改为南高大队，高俤初小改为南高初小。此时，全校有三个教学班，有三位公办教师，学生有五六十个。读完四年级的学生转到南坑中心小学继续读五、六年级，直到小学毕业。

由于人口不断增加，学生人数猛增，一座校舍容纳不下众多的学生，这时候，已经具有办完全小学的条件了。1968年，学校整体搬迁（迁到现在的村部旁）。新盖了两排教室，全校有6个班级，学生 200 多人，教师也不断增加。随着教育"两基"验收，村民集资，原三龙集团董事长陈金才先生出资又新建一座三层教学楼，现为美丽南高村村部（前身是南高小学）。

在这里，1976 年至 1977 年，曾办过附设初中班，由于教学结构调整，当时初二年级的学生被合并到南坑中学就读，直至毕业（当时初中读两年）。

2007 年，这座有六七十年历史的学校被撤销了，合并到南坑中心小学。这座我当年读过的学校，完成了它的教育历史使命。随着时光的流逝，已成为人们的记忆。

南高小学这个文化的摇篮，几十年来为上一级学校不断输送优秀生源，而从各大、中专学校里走出一批又一批大学生、博士生，他们走上各条战线，在各自岗位成为建设祖国的有用人才。

据不完全统计，全村已有大学生六十多位，研究生四位，博士生两位，（包括在读的）。有的当上人大常委会副主任，有的当上县政府副县长，还有军人、科局级干部、企业家、乡镇干部，他们都来自南高小学，从业人数最多的是中小学教师、幼师等。他们在各自岗位上为经济发展和祖国繁荣昌盛做出自己的贡献。

啊！我的童年，我的母校，它是我启蒙的学校，是文化教育的摇篮，我的理想在这里放飞。

（江山文学网 2019 年 5 月 20 日）

烧火炭的记忆

岁月无痕，往事难忘，二十世纪六七十年代，农村搞大集体和大包干的时期，我曾跟着父亲烧火炭。我高中毕业后，就回到农村，当了农民，虽然回乡种地只有短短的两年，但对于经历过当年那种艰辛劳动的我来说，却成了一种难于忘怀的记忆。

那时候，全家人靠父母农忙种地、农闲搞副业赚工分过日子。在那个时代，生产队分配的工分粮不够，需要搞副业拿钱买工分粮，于是，靠山吃山，为了养家糊口，父亲烧起了火炭。

烧火炭有以下工序：建火炭窑、砍木柴、肩挑木柴、入窑、烧窑、出火炭、砍毛竹做成火炭笼、出火炭装上火炭笼，肩挑到圩集出售。。

新建一座火炭窑，首先要选好建窑的位置，找个缓坡地方，依山挖圆形大坑，开始建造火炭窑，一般为2平方米的圆柱形的土坑，把土坑内所有的土方清理到前面的窑平台，以后可以作为木柴堆场之用。土坑前面预留高约1.2米、宽0.8米的窑门，在窑门的正对面，最里边的位置挖1根和左右各挖1根，共3根烟囱，烟囱的底端要低于窑内平地10厘米，这样烟囱在薪柴燃烧时才会通气，窑洞的旁边要紧挨着在窑址挖上烧火坑，留个"灶台"供烧火之用，火坑顶端倾斜开一个10厘米洞口连接窑洞。这是引燃火炭窑洞的必经之路。

闽南一带的森林都是阔叶林，砍柴烧火炭都是一个方块挨一个方块连片砍伐。不论"定柴"：如红栲树、石栎、白科，"冇柴"：如五叶加、什柴等，一律砍成条状，长短不限，长则1.8米左右，短则1米左右，把4000~6000斤木柴用"Y"字形柴担顶着，人扛肩挑地把木柴扛到堆场。接着是"入新窑"，即把堆场的木柴拿到开挖好的窑洞"入柴"。把砍好的木柴大头朝上，小头朝下靠地面，以减少"柴糟"（闽南话），规格比较大的"大柴"需用砍刀劈开，方可进窑。排列方式采用一根紧挨着一根装进竖着窑洞，窑洞边装短的木柴，中间装长的，依次叠成"凸"字形的圆锥体。入窑木柴堆得越密越严实越好，便于燃烧，中间呈圆锥形凸起，就地取材，做成"柴挤"；一排排挤压在已经入窑木柴之上，在入窑后的柴薪上覆盖树叶，然后就地取材，用周围的湿润黄土填上20厘米，从窑洞周围由外及里一层叠加一层，用夯土工具夯实，直到窑盖顶端，此时，建造新火炭窑"入柴"大功告成，把预留窑洞窑门用石头或砖块砌起来封闭，只在窑门底端留一个边长10厘米的小通口，作为烧炭"生木材"排出的"柴水"，窑门前挖个小坑，盛着"柴水"，把泥土、木灰、柴水混合，以便"窑洞上火"时粉刷裂痕。以上的步骤完成了，就可以在旁边的火坑里开始点火烧火炭。

入窑点火，事关成败。在那困难的时代，父亲烧火炭窑之前，自带"草编饭包"，选个吉位，压上寿金，点香敬拜窑公或土地神，以求趋利避害，吉祥生财。

烧窑即在火坑里点火燃烧，把堆场分类捡来的定柴、冇柴持续烧火，新立窑一般要烧两天两夜，旧窑或"热窑"一般一天一夜，使火焰烧着窑洞的所有木柴，火坑燃起熊熊烈火，把窑洞的木柴点着火，从木柴顶端"闷火"燃烧，慢慢延伸至窑底地面，整个窑里

4000 斤左右的木柴都烧遍了。

一缕又一缕的窑烟，在夕阳的余晖里，飘过山涧，越过树梢，在布满晚霞的天空飘荡……

此时，看"火候"是关键，起初点火烧木柴时，三根烟囱冒的烟是：气雾—白烟—滚滚浓烟—青烟。实践出真知，父亲告诉我："一看，青烟一过；二看，窑门洒湿水'起泡'，检验窑洞里薪柴燃烧的位置，达到原窑门的三分之一，说明整窑'闷火'已经在窑洞里燃烧，此时，当机立断应该停止在火坑烧火，且首先封掉火坑烧火窑门，才不至于窑洞里木柴顶端燃烧成木灰，为了保持火炭成形，3 根烟囱全部用泥土封闭，即'封窑'，窑门底端原预留出'柴水'的通口处也应封闭。"

封窑后，每天都需要巡看火炭窑一至两次，叫"巡火炭"，检查巡看火坑窑门、窑洞窑门、窑顶盖、烟囱等处是否有裂痕，如果漏气就得用泥土掺木灰水刷过一遍又一遍，确保窑洞内绝对封闭，这样抚摸窑门，刷上水不再冒"气泡"，说明新建火炭窑成功，经过一两天，冷却后即可开窑出火炭。

出火炭的时候，事先把砍好的毛竹，砍成竖篾，做成六角形状的火炭笼，在六角笼空间柱体垫上树叶，把开窑的火炭一一装进火炭笼，封上火炭笼盖，就用肩膀挑去圩集上或工厂或市场出售，或由供销社收购，其规格有两种：每笼装 50 斤、40 斤，挑一担 100 斤，或 80 斤。一般说来 300~320 斤薪材烧 100 斤的火炭，整窑出火炭 10~15 担不等，100 斤卖价格 3.3 元，80 斤卖价格 2.8 元。

由此说来，整窑火炭从连片砍木柴开始，到扛木柴至堆场，然后入窑、烧窑、出火炭，砍竹做成火炭笼，完成整个工序需要花七八个劳动日（建新窑的除外）。建好的新窑在出了第一窑炭后，就成了旧窑，需要在窑顶盖上顶棚，加以防护，以免淋雨坍陷，质量好的窑子，能连续使用好几年，越烧越坚固。

在那个年代，城乡差别大，消费层次不同，当城里人用上火炭烧制五谷佳肴，循着味，闻着香，这里的乡下农人人辛苦劳作，在忙碌中寻找快乐。

如今，现代化炊具代替了传统的锅灶，燃气、液化气代替了柴草，烧火炭的这种手艺已经淡出人们的视野，只有在偏远的山区，还留有这种技艺。

（选入 2018 年《陌上芳华》散文集，团结出版社）

作者与中国当代女诗人舒婷女士在龙海月港合影

东溪窑散记

站在南靖县龙山镇梧营村的一座现代钢筋混凝土大桥上，四周青山连峰叠翠，绿水如蓝，放眼眺望，清澈的九龙江西溪从桥下哗哗穿行而过。翘首遥望，前面是一座高大的山，在一条普普通通的土筑公路旁，竖立着一块青石路标，上面镌刻着"东溪头"三个大字。这里曾是一个鸡犬相闻的小山村，住着谢姓人家。溪边的平地上，残留着用青石板铺筑的曲幽小径、民宅的石地基，这些依山而建的房屋建筑遗址，唤起人们的乡愁记忆。

沿着大山间新修的一条树林荫蔽的宽敞公路，我们驱车寻访南靖县东溪窑。

福建省南靖的东溪窑位于南靖县与华安县交界的龙山镇，在永丰溪上游。据专家考证，东溪窑烧造时间从宋代开始，历经元、明、清、民国时期。在明代中后期，随着九龙江出海口漳州月港的兴盛，运载东溪窑的产品的船只从永丰溪起航，沿着九龙江运到月港，行销海内外。东溪窑历史悠久，据普查，南靖赤尾山的南宋遗址规模宏大，窑址众多，从南宋至明末清初，整个东溪窑区域，窑址上万，它遍布南靖、华安两县20多个乡镇，面积3277平方公里。其产品的特点为：种类繁多，以青花瓷为主，白釉米色瓷器是世界名瓷。

沿着弯弯曲曲的山区公路，趁着漫山红遍，秋高气爽的美妙时光，车内几个文友，一路说着"梦圆土楼、筑梦天下"的故事，不知不觉间，就到了探访的目的地。历经几百年的风雨，东溪窑又从岁月中走进人们的视野：看，残留的墙角，长满青苔的青石板古道，无一不在诉说着时间的故事。抚摸着考古学家挖掘出来的明代珍贵的青花瓷、酱油瓷、绿釉瓷，人人心潮翻滚，激动万分。遥想明代永乐、宣德年间，郑和下西洋的壮观场景：当年，郑和与王景弘同为下西洋船队的首席正使，他们把成批成批的东溪窑瓷器作为国礼，随船运到东南亚各地，赠送给南洋各国，深受当地王公贵族的喜爱。目前，在龙山境内，已发现寨仔山窑址、封口山窑址、东坑庵窑址、媳妇寮窑址。南靖县积极组织专家学者调研，发掘文物，并取得重大成效。目前，以南靖县东溪窑为代表的古窑址，正式列入"海上丝绸之路·中国史迹"首批申遗名单，申报世界文化遗产。

一路上，公路的断层泥土中，裸露出许多瓷片和陶瓷碎片，有残缺的碗、盘、碟、罐等，仿佛向我们昭示着这里陶瓷业曾经的辉煌。

明清时期，漳州月港取代泉州港，带动漳窑瓷器的外销。《福建通志》有"漳窑出漳州"的记载，《闽书》有漳窑在"龙溪东溪"的记述。东溪窑是大型民窑，主要分布在南靖与华安两县的交界处。这里山岭耸峙，群山叠嶂，溪流纵横交错，原生植被茂密，高岭土储藏丰富，水路交通便利。

明清时期，南靖窑业呈现大发展态势。据南靖县文物部门考古发掘，南靖县境内明清时期古窑址有：奎洋上洋洋仔坑窑址、船场鼎寮洞内山碗坑盂窑址、书洋奎坑溪尾山窑址、梅林科岭碗坑窑址、金山东建鹅髻山窑址、荆都上窑窑址、荆都下窑窑址、南靖东溪窑窑址等。其中最庞大壮观的是东溪窑群。这些瓷窑，主要生产青瓷，兼烧白瓷、青白瓷，器型有盘、碗、杯、盏、盅、壶、炉、罐等。

拐过一个弯，来到山的半坡，上面矗立着一座新出土的古瓷窑。四周遍布陶瓷碎片，窑坍塌半边，但窑门还在。据当地村民介绍，这就是南靖东溪窑——封门坑窑址，历史上，这一带曾存在一二十座的瓷窑。

在场的龙山镇镇长简景毅告诉我们，据清末杨巽从的《漳州什记》记载，"漳州瓷窑，号东溪者，始创于前明"。它没落于清中后期，瓷器生产前后持续四百多年，位列当时漳州地区窑场之首，在福建仅次于德化窑。当时闽南流传有"有苦竹溪的钱，没东溪窑的富"和"小漳州"之说。东溪窑主要生产瓶、炉、盘等，各种体式具备。窑炉皆砖砌，有阶级窑和龙窑两种，产品器型可分为日用型、陈列型和捏塑型。其分布面积广，数量多，民间号称"东溪十八窑群"。以封门坑、碗窑坑等窑炉遗迹和文化层为中心，规模为22500平方米。

这里，尘封着一部厚厚的东溪窑历史；这里，是漳州的陶瓷之乡；这里，是中国海丝的起点，它见证了一段大航海时代！

我站立在半山坡上，面对历尽沧桑的封门坑古瓷窑，思绪翻飞……

清康熙年间某日清晨，一阵悦耳的公鸡打鸣声，从隔山那边的东溪头传来。一缕阳光从东山射出，把封门坑山坡上的几座茅寮照得一片光亮。几位妇女在清澈的山涧濯洗衣物，"梆梆"的砧衣声，不时打破山谷的沉寂。

三百六十行，行行有行规，行行有自己敬奉的神明，烧窑也不例外。陶瓷窑，建在山脊，如一条长龙，向上延伸。窑主在瓷窑旁边选个吉位，恭恭敬敬地安放"窑公"神位，神龛上贴着大红纸书写的对联："火中取财宝，窑门出真金。"每逢农历初二和十六，窑主都要祭拜窑公和土地神，祈求所烧造各种瓷器上乘，行销对路，贸易兴隆。

南靖东溪窑的工艺主要有：瓷泥开采和加工、施釉、成型、烧制。

山坡的一条小路上，两三个壮年男子正在挑土。烧制陶瓷，黏土的质量最为重要。瓷匠先勘探确定高岭土丰富的地方，铲除上面的杂草、灌木，以及熟化的表土层后，才开挖取土。取土十分讲究：铁矿石含量高的中层土，取做洁具；下层完全风化的白土，供做艺术陶瓷。

在闽南一带，烧造陶瓷的帮工习惯上被呼为"小工"，只有师傅级的，才尊为"大工"。那些小工，把一担担白土挑到工场练土的池坑上。那池坑足有一个房间大小，工匠们因地制宜，用竹简连接水源。挑足土，小工坐在石坎上，掏出烟袋，美美吸上一口烟，随即又轻轻地吐出。烟雾在身前环绕，变淡，散去。

练土是一项辛苦的体力活。随着山涧水沿着竹简"哗哗"地注入练土池中，浸透高岭土，小工们脱掉草鞋，在池中不停地、反复地用锄头翻动、搅拌，用脚踩踏，使其质地密实。汗水不时顺着脸颊流淌，他们用手巾擦擦，又继续劳作。如果是较大型的窑厂，用土量大，则必须借助水牛或黄牛来踩踏。把牛眼睛蒙上，一人在前面牵引着牛不停地绕圈来回踩踏，牛高大体重，省却许多人工，效果又好。直到中午，小工们把练好的白土在池中堆成小山，自己则在竹简边冲洗手上、脚上沾的泥巴。累了一个上午的水牛，则放牧在山边，美美地享受鲜嫩的野草。

这时，工场里就像一个大舞台，师傅们个个有条不紊地忙碌起来了。这边，泥坯不停地转动，在师傅们灵巧的手里，在不停地刮削中，器具慢慢成形。最后，在他们身边，左边，敞口的碗一叠叠，垒到人高；右边，平底的盘、碟，垒成像一堵墙；前后边，大肚的钵、细高的瓶、小口的罐呀，像陈列展览一样，虽然还没上釉成色，但那玲珑模样，那可爱的造型，让人赞赏不已！

那边，用磨具印制的师傅们也忙得不亦乐乎：先切出一块合适的土坯，然后放入模具印制，几经拿扭、修补、把弄，一个个没有生命的泥坯，一经他们灵巧的手，都栩栩如生、活灵活现。看，那慈眉善目的观音；那笑眯眯的大肚和尚弥勒佛；那憨态可掬的土地公；还有麻姑献寿、刘海戏蟾等。做瓷器是细致活儿，一些瓷具后期还需要加耳、脚。茶杯呀，瓶子呀，罐子呀，香炉呀，师傅们必须拿拿捏捏，给它们安上耳朵，一些香炉则必须安上三只脚。

工场外，一道被当地人称为"坑水"的山涧哗哗地往山下流去。那里，一架水车在水槽引水的冲刷下，日夜运转，带动水碓工作。那是窑厂锤炼釉药的地方。窑匠在开采釉矿后，还必须加工捣碎。为节省劳力，同时减轻繁重的体力劳动，窑工们利用当地丰富的水力资源，建起水车碓来炼釉药。这真是古代劳动人民一项伟大的发明！水车碓发出一声声有节奏的沉重的撞击声，成为瓷窑日夜欢唱的劳动号子！

接下来的一道工序是绘图。绘图，也是极有讲究的，一般都是吉利的图案，如在大碗上绘上雄鸡图，象征大吉大利；在瓶上绘上封侯挂印图，象征吉兆；其余的图案如虎，谐音"福"，鱼，谐音"余"，象征年年有余，又有鲤鱼跳龙门的好彩头；桃，寓意长寿；鹿，谐音"禄"。还有福禄寿三星图、状元拜相图、梅兰菊竹四君子图、喜鹊图等等。

制瓷的末道工序是上釉，上完釉，就等着入窑生火了。

入窑生火，事关成败，窑主不敢怠慢，早早就请先生翻开皇历，选择黄道吉日，置办牲礼，吩咐妇女杀鸡宰鸭，恭恭敬敬地祭拜窑公、土地神。因为东溪窑主要是销往南洋一带，南洋，当地人称为"番片"，所以南靖的东溪窑还流行树立"番公爷爷"神庙，祭拜"番公爷爷"，以图顺顺利利。祭拜窑公、土地神的时候，孕妇是不能到场的，秽物请绕道经过，生人切勿旁观，妇女及服孝者切忌进入，以趋利避害，吉祥生财。

然后，窑门旁放一张小桌子，点一盏长明灯；焚三炷香，请来风火神，大声宣告："封窑生火！"窑工立即将点燃的柴薪投进窑门，火焰熊熊燃起，一股浓烟从烟囱袅袅升起，随着微风吹拂，烟的味道，就是家乡的味道，故土的味道。

经过几天几夜的烧造，师傅看火候，封住烧火窑门，封闭窑址所有烟囱，等待慢慢冷却之后即可出窑。

站立在封门坑上，抚摸着坍塌的古窑，我在解码一段东溪窑的辉煌：

一行脚夫，挑着东溪窑生产的瓷器，正沿着古道出发；漳州月港，帆船满载打着"东玉""东兴""永和"等印记的瓷器，正扬帆起航……

（《西部散文选刊》2017 年 2 月）

秋水堂抒怀

秋水堂位于南靖县奎洋镇上洋村，始建于 2006 年 6 月，坐东北向西南，总建筑面积 960 平方米，为仿清式建筑。

站在秋水堂眺望，但见殿顶层叠，屋顶金黄色玻璃瓦在阳光照耀下熠熠闪光；飞檐翘脊，主殿堂内由 60 根大柱支撑，并镏上红漆，隐喻秋水堂所纪念之人庄亨阳享年 60 岁；殿堂内梁柱斗拱雕工精致。秋水堂正殿中央为庄亨阳雕像，高 2.2 米，宽 1.05 米，重 1.5 吨，由一根名贵樟木雕刻而成。雕像身穿清代服饰，头戴官帽，正襟危坐。

雕像两旁的屏风上，用优质木材镂刻的浮雕格外精致。左侧为"刻苦励志，廉洁勤政"，右侧为"造福百姓，科学贡献"。16 个字，高度概括并真实反映了庄亨阳一生的高尚品格和突出贡献。雕像两旁还刻有最高人民检察院原检察长张思卿题写的楹联："两袖清风廉太守，一泓秋水古徐州"，横批："品端行芳"，十分引人注目。秋水堂整个建筑群，气势恢宏，壮观无比。

我徜徉在纪念馆里，默默察看庄亨阳当年徐淮治水的一件件遗物。

细细品读着清人对庄亨阳的褒扬："道南绝学追兰渚，江北高风忆吕梁"，是满族知名人士爱新觉罗·雅尔哈善题写的，镌刻在庄亨阳墓前的两根旗杆上，该楹联高度评价了庄亨阳的学识；"君之生不怍于人，死不愧于天"，是桐城派代表人物方苞为庄亨阳撰写《墓志铭》；"平生不读宋儒书，见到先生信我粗。二月春风淮海有，一枝茂草孔陵无。道高转觉人情迫，星少方知月色孤。遥望铭旗徒洒泪，招魂难见九天巫"，是诗人、文学评论家、《随园诗话》作者袁枚为庄亨阳写的挽诗。清朝吏部尚书蔡新也为他题写墓碑。吟咏着历史上文化名人悼念庄亨阳的楹联诗赋，我深深地被庄亨阳勤政为民、勤于吏治的精神所感动，被他博学多才、文理兼工的才学所折服！

水，在庄亨阳生命中具有特殊的意义。或许，当年庄亨阳曾站在故乡的屋前沉思或遐想，屋前一条清清的溪流……如今的南一水库，给了他回忆的支点：他想起了水患频发的徐州，想起了溃堤决坝的沛县，想起了经常遭受水患的徐州民众……

乾隆七年（1742年），庄亨阳一到徐州就把解除水患对民生的威胁作为自己施政急务，他说"兴利贵在因时，除患务求探本"，他用了近半年的时间，"遍历河干，审察形势，访耆硕而咨官僚，早夜讲求，颇得其所以水患之由，及所以御水之法"。

在徐州三年，庄亨阳每次遇到水灾，都尽全力动员百姓抗灾救灾。黄河水冲决石林，沛县县城危在旦夕，百姓人心惶恐，争相逃窜，庄亨阳驾起小船，率领百姓堵堤筑坝，连续奋战七天七夜，终于保住沛县县城。

时在任上的庄亨阳，眼见水患给百姓带来的疾苦，心急如焚。庄亨阳认为，解决水患"宜导而疏之"，他主张蓄汇兼筹，在上游建水库蓄水，下游开渠泄洪，中游综合治理，因而必须开毛城铺天然减水闸，使黄河水南泄洪泽湖，徐州水患才能平息。开天然坝使得徐州上游的淮河水注入高、宝诸湖，使上游的水患平息。开范公堤而注入海，则兴、盐、泰诸州的水患才能平息。庄亨阳在淮徐期间，组织民众修筑南四湖、黄淮堤防，扩大中小水库库容和修建金沟、境山等数十座水闸，以提高泄洪能力。并清理了黄、沭、睢、汴等河道的沙障，拓宽了运河的狭窄地段，解除了长期困扰徐州的水患问题。这项艰苦繁杂的民生工程，也是庄亨阳一生树口碑、立政声的政绩之一。

南靖是庄亨阳的故乡。南靖东溪窑瓷器曾随郑和下西洋，作为国礼，被运到东南亚各地，深受当地王公贵族、民众的喜爱，促进中外文化的传播与交流。

然而，清政府实施海禁政策，给福建沿海的社会经济带来极大的影响，进而影响南靖东溪窑瓷器的出口。时任徐州知府、淮徐海道按察副使的庄亨阳，与蓝鼎元、蔡新、蔡世远积极主张"放洋开禁"，他在《禁洋私议》中建议清政府"开放海禁"，提出发展海外贸易的理念，他对"放洋开禁"发展国际贸易做出过积极的贡献。

时至今日，追寻海丝史迹，共筑申遗梦。以南靖县东溪窑为代表的古窑址，正式列入"海上丝绸之路·中国史迹"申遗名单，申报世界文化遗产。

那次在南靖县图书馆，有幸查找到《四库全书》关于庄亨阳的记载：庄亨阳，清代著名的文学家、政治家和水利专家，为官刚正廉明，恪尽职守，精通文史、诗书、天文、算数，博学多才，尤其对数学造诣很深，早年研究《九章算术》，后又研究《几何原本》等西洋数学著作，并根据学以致用的原则把数学知识运用到实际生产上，在任分巡淮徐海道时，就运用自己的数学知识来指导修造河防工程，并把研究结果整理成笔记，编成《河防算术》一书，该书被收入《四库全书》，名为《庄氏算学》，英国李约瑟博士著《中国科技发展史》、李俨撰《中国算学史》、钱宝琼写的《数学史》等著作都高度评价了《庄氏算学》。南靖秋水堂，就是为纪念这位古代数学家而建的。

伫立在秋水堂大门前，朝远处望去，只看见白茫茫的一片湖水和天空合为一体，都分不清是水还是天。我为故里南靖有这样一位历史文化名人而骄傲，我被他驾驶轻舟救沛县，为民治水的仁爱之心和"放洋开禁"的事迹而感动。秋水堂庄亨阳纪念馆，无疑是福建省漳州市南靖县的一张响当当的文化名片。

微风吹拂，湖面上泛起一圈圈碧绿的涟漪，湖水里，天光云影，尤其是岸边山峰的倒影，层层叠叠，恍若水墨画，让人浮想联翩。我忽然想起当地流传的一首据说是庄亨阳作的歌谣：

"水淹龟山寺，撞破蜘蛛丝。相传廿四世，子孙要迁移。"

奎洋，原称龟洋。时间倒退三十年，这里还是一片荒山野岭，终年被云掩雾遮。这里的村民以土地为本，日出而作，日落而息，沿袭着古老的农耕习俗，春播秋藏。直到 20 世纪 90 年代，庄姓传至廿四世时，奎洋才在沉睡了几千年之后，苏醒过来。

当年，国家为治理漳州一带的水患，兴建南一水库。南一水库高 96.8 米，坝顶长 195.3 米。总库容 1.35 亿立方米，水库的主要任务是防洪，拦洪错峰。通过调节洪水控制下泄流量，它保护的对象是漳州市区、南靖县城及沿线部分乡镇，它又是九龙江西溪上游、漳州饮用水的取水源头之一。

这首充满玄机、流传了二百多年的歌谣，在 20 世纪 90 年代的一场水库建设中，终于得到神奇的验证：

"水淹龟山寺，撞破蜘蛛丝"，水库建成后，村庄被淹；"相传廿四世，子孙要迁移"的哲人预言，真正印证了！

当我们缅怀这位大山走出的历史名人时，庄亨阳的神奇预测，将成为庄氏族人或漳州人的集体记忆和精神财富。

走进秋水堂纪念馆，我的心灵仿佛经历了一次洗礼，我的灵魂被深深震撼，我的思绪翻飞，穿越时空，与前贤对话……我也终于明白，为什么把闽南第一水库称为"亨阳湖"了！

（《闽南风》杂志2017年6月）

漳州市海茶会会长刘文标到南靖县指导"南靖土楼茶"公共品牌

好竹连山觉笋香

在虎年除夕夜，吃着由冬笋做成的山珍佳肴，我不由想起苏轼的诗句"长江绕郭知鱼美，好竹连山觉笋香"，不由想起老家福建省南坑山区，那漫山遍野的毛竹林，以及入秋后村民挖冬笋的情景。

冬笋，是立秋前后由毛竹的地下茎（竹根）侧芽发育而成的，是春笋的前身。毛竹根芽互生，平行于地里，到了冬天，毛竹刚长出的嫩芽，是极好的烹饪食材。无论和什么食材搭配，都能烹饪出绝佳美味，如冬笋炒肉、冬笋鱿鱼汤、冬笋糊等，味道鲜美，百吃不厌。在闽南老家，还有个习俗，家家过年要有笋，意为"有笋才会稳"。

冬笋，也是小时候山里孩子舌尖上的味道。那时候读书，在学校住宿，学生都自带米菜。在冬笋生长时节，父亲总要进山挖冬笋，让母亲炒一罐香喷喷的酸菜笋，让我带到学校，一吃就是一星期。工作后，在乡村振兴中，我慕名来到石冻谷休闲农场，午餐那道冬笋糊，我如今真的无法用文字来描述它的美味，味蕾触动，只觉得吞咽的那一刻，仿佛连同舌根也跟着进了喉管，吃完，嘴唇一抿，细细品味："真好料！"

在老家，每年冬至到春节前这段冬笋生长时节，家家户户都会进山挖冬笋，既增加家庭年关收入，还为春节期间准备年味。

冬笋虽好吃，但挖冬笋却不容易。它又苦又累，是山里人谋生的一项技能活，同时它又充满乐趣，让人增长知识，收获希望。

在茫茫的毛竹海里，要想挖冬笋，没有经过几年的挖笋历练和经验的积累，是很难有所收获的。挖笋的老农满手老茧，手握笋刀，瞄准目标，用力扎向土里而手不疼痛。没挖过笋的人，手握笋刀扎不了几下，手便磨出水泡，疼痛难忍。

冬笋每年开挖的时间在农历的十月份，毛竹林有大年与小年之分，大年即旺年，竹笋产量较高，但也要结合当年的雨水状况。大年加上雨水多，那产量就丰盛；小年，即衰年，产量相对减少。

走进毛竹林挖笋，首先，要了解它的根部。竹根纵横交错，长的有 10～20 米长。走进毛竹林，不要着急想着马上挖笋，要"进山要看山势"，如果背南山，毛竹根部一般向北走。其次，选毛竹很重要：1. 先选二三年的毛竹，然后看看老毛竹母，看竹鞭叶是否旺（茂盛）；2. 判定好二三年毛竹竹根的走向。竹头有的直下，有的呈海螺状。如果是直下那种，就以竹竿上第一竹根所指为正（前）根，第二竹根为后根。3. 眼力判断，毛竹是一种多年生禾本植物，它是靠地下根茎进行繁衍的，因而，以往年"笋穴"，沿竹根所长方向探寻，长冬笋的地方土壤较为松软，冬笋长得浅的地方，土壤会微裂开痕，地面土包状如馒头。4. 先定竹根在哪个方向，再用笋刀插下定竹根，而后沿竹根两边（相距不超 20 厘米）延续慢慢跟进。为何选择两边？因为冬笋竹根芽互生，平行于地里，有上、下芽，当老农用笋刀挖碰到地里笋时（暗笋，未出土的笋）会发出一种"吱"的声音，此时，老农抽起笋刀往鼻子一闻有鲜笋味，（若碰到石头，刀尖上有烧焦味，若碰到树根，刀尖上有褐黑色），判定有笋，然后用笋刀寻找竹根，看看冬笋生长方向与竹根结合部，找到笋根芽结合部，用笋刀插进去，慢慢切割，直到结合部断开，把刀尖放在结合部，用力一撬，这根冬笋（暗笋）就从地里钻出来了。

南坑山区老农人挖冬笋的工具是笋刀。笋刀是打铁匠人专为挖冬笋而打造的一种特殊工具，它长约一米，宽约四厘米，厚度不到一厘米，由钨钢打制而成，形状像"厂"字，下端尖而锋利，上端有手握的木柄。使用时左手握住中间弯弯的位置，右手握住后方的木柄，用力扎进泥土当中，以探得泥土中是否有冬笋。笋刀，这是祖辈们在长期的挖笋过程中创造出来的一种劳动工具，它最大的好处是不会损坏毛竹的竹根，让毛竹和冬笋得以继续生长。另外还有一种挖笋的工具叫笋锄，它类似锄头，只是比锄头长而窄。这种笋锄挖笋时会挖坏竹根，使之裸露，若遇上台风天气，毛竹容易被风吹倒，匍匐于地面，从此不再生长。因此，笋锄在老家是被禁止的。

笋刀的使用，很有讲究。由于毛竹的根芽是互生、平行于地里的特点，冬笋大都生长在竹根两侧，为此，前辈们总结出了"三刀前进法"：第一次笋刀扎入泥土中，凭手感跟踪竹根，探得竹根位置；而后，在竹根的左右两侧各扎一刀，呈三角形，这就是"三刀前进法"。只要毛竹林中有冬笋生长，"三刀前进法"必将把冬笋挖得一支不留。

总的说来，有经验的笋农用笋刀挖冬笋，沿竹根找出长笋规律，凭着眼力看叶片、定方向、寻裂痕、采用"三刀前进法"，实践出真知，一般都能有所收获。

挖冬笋是又苦又累的山里活。早上吃饭后，挖冬笋的人带上笋刀，背着篓出门，直至傍晚收工。整天待在毛竹林里，要经受毛竹林内蚊虫的叮咬。毛竹林内的黑褐色山蚊子又大又猛，一叮一个包，奇痒难忍。还有毛毛虫，不小心触碰到，皮肤火辣辣地疼。更危险的是生长在毛竹林内的青竹蛇，它长着青竹叶一般的保护色，是毒蛇，一旦被咬，后果不堪设想。因此，上山挖冬笋的人，一般都要穿着长衣长裤保护自己。在毛竹林内，还要常常打竹惊蛇。记得小时候有一次，我和同龄的伙伴到虎伯寮毛竹林挖冬笋，晚霞透过疏密有致的竹林，已是斜阳西下，收工返程路上，听到野狼阵阵嚎叫，循声望去，只见三五匹狼，当时，我俩被吓得魂飞魄散，浑身起了鸡皮疙瘩，眼泪飞出眼角，哭泣却不敢出声。

是往回狂跑，还是一路向前？如何处置？我俩肩膀上各自扛着一根毛竹，手拿笋刀，移步紧贴对方耳边，小声商量，一同发力敲打着毛竹，"咯咯咯"，并同时大声发出"呼呼呼"的声音，狼群一溜烟逃在密林里。

晚风从山峦吹了过来，捎带些许凉意，我抬头呼吸着清新的泥土味，那些惊恐随故乡的风远去了，散去了，心情顿时平复不少。

冬笋采挖比较困难，为了多挖一些冬笋，挖笋的人劳累了，只能就地坐在毛竹林里休息。渴了只能在山沟喝一口山涧水，饿了吃上自己带来的冰冷的干饭。黄昏收工后，背负沉甸甸的冬笋返家，这时，肚中饥饿难忍，体力消耗殆尽。虽然又累又饿，但挖冬笋的人收获了一天的劳动成果，疲惫并快乐着。

实践出真知，挖冬笋还能增长许多科普知识。

在毛竹林里，走进自然，感受自然，亲近自然，记录自然，这里负氧离子充足，空气清新。你还能近距离接触到多种多样的动植物，通过"慧眼观万物"了解自然，探索发现自然的奇妙之处以及变化规律；你还能采摘到很多大自然生长的山珍野味，有红菇、木耳、山药、野橄榄……你有时还能偶遇到山里生活的小动物，如野兔、山鸡、山鼠和野山羊、野猪、野狼等，遭遇到这些小精灵，你

或许会乐趣顿生，或许有惊恐之感；你还能了解到雨林奇观植物的
"绞杀现象""滴水叶尖""板根现象"等。所有这些看得到的，活
生生的动物、植物，都是在学校的课堂里无法接触到。

挖冬笋的过程，也是一个充满希望的过程，笋刀每次扎入泥土
的刹那，都期盼着收获，它使人不畏辛苦、不畏艰难，有了坚持，
终将美好。大自然给予了人类无穷尽的财富，靠山吃山，"山里人
山里闯，山里人山模样"，繁衍和养育着一代又一代人。挖冬笋，
让我们懂得感激大自然的恩赐，懂得人与自然和谐共存的大道理。
"绿水青山就是金山银山"，我们要和祖辈们一样，即懂得获取大自
然的馈赠，也要懂得保护好大自然。以自身的行动，爱护自然，守
护自然。

福建土楼，福地南靖，素有"树海""竹洋"之称，森林覆盖
率73.38%，是第五批国家级生态文明建设示范区之一。

虎年浓浓的年味，大红灯笼高高挂，福建土楼过大年，全家团
团围坐，让我感受到年纪踮起脚尖，翩翩地踏进岁月的门槛。小时
候，过年是一桌的惊喜，现在，过年是一张张家国同庆的笑脸。我
咀嚼着笋香四溢的美味，不由吟起一首闽南古老的《围炉歌》：

二九暝，

全家坐圆圆。

年兜好日子，

围炉过新年。

桌顶酒菜满满是，

鸡鸭封肉红瓜鱼。

一盘长年菜，

一碗金针煮木耳。

红膏鲟、乌鳗鱼，

吃笋稳稳大赚钱。

山珍海味满尽是

大人小孩笑眯眯，

祝阿公阿嫲吃百二，

祝全家平安无代志（无代志：闽南语，意为无事情）。

岁月流逝，时代变迁，如今我早已离开山区，到城里工作生活，但是以前挖冬笋的情景时常萦绕脑海。我时时会想起老祖宗发明的笋刀，想起以前挖冬笋的经历和乐趣，提笔至此，终生难忘。

（《中国散文家》《闽南风》杂志 2022 年 1 月）

感悟乡贤：陈金才的传奇人生

　　2013 年 4 月，带着绵绵的思念，上海，三龙集团董事长赖雪凤女士、上海申龙客车有限公司董事长兼总经理陈大城先生、三龙投资有限公司副总经理陈腾祥先生等三位至亲与我们一起共同追忆缅怀陈金才先生的一面人生。

童年：颠沛流离

　　陈金才，1946 年 5 月 18 日出生在广东潮阳一个极其贫困的农村家庭，由于家庭贫困无力养活，幼年时期的陈金才曾被多次转养，吃不饱穿不暖，这种流浪的生活让他饱尝人间凄苦。但在艰难困苦的日子中，陈金才磨练出了超强的意志力和独立自理能力。

　　17 岁的陈金才只身来到福建省南靖县南坑镇南高村，靠帮人放牛、割草、打柴、烧炭艰难度日。但生活的拮据并没有得到改变，加之烧炭的工作极其危险，陈金才甚至差点因此连命都搭上。冒着生命危险谋生的境遇、与贫穷博斗的经历，造就了他吃苦耐劳的精神、坚韧不拔的毅力、无坚不摧的性格。

　　艰苦的童年，对于有志青年来说，是天赐最好的礼物。孟子曾经说过："天将降大任于斯人也，必先苦其心志，劳其筋骨，饿其体肤，空乏其身，行拂乱其所为，所以动心忍性，增益其所不能。"

一切成就大事业的人，都免不了经历这样的磨炼。赖雪凤女士回忆："每每回想起年轻时的苦难，他总是怀着感恩的心，这是他人生中最宝贵的一笔精神财富，无论经受怎样的困难，无论承受怎样的压力，与童年的艰辛比起来，似乎都算不得什么。"或许正是这种自信与乐观支撑着他开创了一段"客车传奇"。

陈金才没有读过多少书，但一个没有多少"文化"的人是如何成功开创事业的天地呢？他有着与生俱来的商业头脑，刻苦、勤劳，加之良好的直觉判断力，让他的目光投向了更广阔的天地。机会总是给那些有准备的人，功夫不负有心人，陈金才凭着坚韧的性格和过人的胆识，一步一个脚印地打拼，在年青时就脱颖而出、小有所成。

童年的颠沛流离未尝不是一种福报，他的人生正应着这样的古训：穷则变、变则通、通则久。

辞世：意外之外

2013年1月31日，陈金才先生心脏病突发，经抢救医治无效，与世长辞，享年68岁。这位中国客车业的创始先行者就此驾鹤远游。留下了其或投资、或合作、或独资创立的十几个客车整车及零部件服务相关企业，包括中国客车行业新秀——上海申龙客车。

陈金才先生生前为人低调，在客车行业大有名气却很少露面，关于其生平鲜有人知。这个极富传奇色彩的风云人物，用低调而神秘的一生书写了一段"客车传奇"。他跌宕起伏的人生际遇包含着一个又一个励志的故事。陈金才的一生既是普通平凡的一生，又是充满传奇的一生。正如悼词中所言："他少小贫困，颠沛流离，食不果腹，没有文化，却充满智慧。他历经磨炼，品格坚毅。他闯荡四海，创业有成。他感恩知足，慈悲友善……"追悼会上超千人为他送行，其中还包括一些曾经的对手来到灵前鞠躬吊唁。

陈金才先生的人生，如同谜一样传奇；陈金才先生的离世，留下传奇一样的谜。

机遇：时事造英雄

穷则思变，陈金才真正的人生转折发生在他 33 岁那年。1979 年，他移居香港，从在餐厅打工开始，发展到独立开餐厅。正是这家餐厅，成为第一个他商业天赋与社交能力的施展舞台。

回想起来，1979 年是一个百废待举的时代转折点。改革开放，打开了"接受新思维、新技术甚至新生活方式"的那扇窗，香港成为改革开放政策重要的大舞台，陈金才先生的餐厅成为这个大平台下的一个窗口。许多内地政商人士纷纷到香港寻找改革开放、技术引进、招商引资的机会。那时，内地与香港之间，机会众多，但困难也不少，连语言沟通都是困难。

陈金才先生有着内地与香港生活的经历，娴熟的普通话，丰富的人脉关系，天生敦厚热情，倾心帮助来往香港的内地政商友人，许多内地政商友人甚至把陈金才的餐厅当成香港办事的根据地。

陈金才先生以其敏锐的商业直觉，捕捉到一些商业机会，他开始将优秀的汽车零部件比如汽车空调等产品引向内地。随着发展，陈金才开始将技术、资金引向内地，开启了其汽车事业的宏图。在香港，在改革开放环境下，他结识了汽车行业的朋友，时代的转折点给了陈金才先生许多机会，他瞄准市场，准确地抓住了。

陈金才生前总是念念不忘"三个好"：一是国家的改革开放政策好，二是身边的朋友好，三是家人亲人好。三十年前，陈金才起步在中国汽车工业再次发展的起跑线上，起步在国内改革开放招商引资的起跑线上。

赖雪凤女士介绍："那时候，他帮助了很多内地去的人，也建立了丰富的内地人脉关系和纯正深厚的友谊。当他将事业转移到内地时，很多人感念他的帮助，也给了他很多帮助。"

在时代转折点上：他帮助过很多人，因此，他也帮助了自己。

产业：做实客车

经过在香港多年的奋斗，从餐饮服务业到汽车零部件，大大地拓宽他的人生视野。1989 年，陈金才先生带着在香港积攒的资金和人脉关系回到福建，并在厦门首先生根。

回报：乐善好施

陈金才先生 1989 年回内地投资兴业，20 多年来先后在厦门、上海、漳州、南靖、诏安等地创办了潮州城酒楼、厦门金龙客车、漳州金龙客车、上海金旅汽配、上海申龙客车、新福达汽车、漳州龙池港龙工业园、上海物流、三龙集团有限公司等二十多家企业。他创造了从白手起家到成为中国客车行业三大巨头的非凡业绩。他那创业敢拼的精神，令人无比钦佩。

从回内地投资兴业起，陈金才先生凭着其超前的意识和商业胆略，作为勇担社会责任的企业家，带领企业不断发展壮大。这些年，他在国内总投资金额超 22 亿元，职工人数 5000 余人，年上交国家税收 1.6 亿元，为祖国发展、为漳州经济发展做出了积极的贡献，多年来获得漳州市经济建设功臣、漳州市纳税大户、漳州市荣誉市民等多项殊荣。

陈金才先生成功不忘回报社会，他的慈悲胸怀融进他的事业中，他的一言一行，都倾注了他的爱国爱乡之情。长期以来，他热衷慈善公益事业，先后担任福建省、漳州市公安系统见义勇为基金会荣誉主席，漳州市政协委员，在汶川地震、各地水灾等各种灾难出现之际慷慨解囊。这些年来，陈金才先生积极支持老龄、教育、卫生、公园等社会事业建设。并收养孤儿，向慈善机构和受困个人捐款，累计捐款近 1 亿元。

传承：事业与精神

事业与精神的传承，关键是传承人。陈金才先生对传承人的培养可谓用心良苦，他笃信传统思想与文化，信奉多子多福，他对每一个孩子都严格培养和训练。陈大城是陈金才先生最疼爱的孩子之一，2000 年开始去澳洲读书，直到 2009 年毕业，十年澳洲留学生涯，他获得的生活费却和普通同学一样，没有多余的钱用于与学习无关的消费。父亲的严格让陈大城倍感委屈，很多时候不得不靠打零工赚取零花钱，这也培养了大城坚韧不拔的意志和独立自理的能力。以至于大城感叹："对于澳洲留学的经历，我很佩服我自己。"陈金才先生对于在国内读书的其他子女也要求同样严格，孩子们平时的生活费用与他同时资助的孤儿们的生活费用一视同仁，没有特殊照顾。"艰苦与自立的教育方式也是陈金才先生留下的宝贵精神财富。"赖雪凤说。

没休假的假期，儿女们传承着父亲勤业进取的基因。到工人中去，大城的大部分暑假时间是在工厂车间度过的。到客户那里去，大城在 2010 年 11 月正式进入申龙客车后，第一件事就是跟随陈金才走访客户，倾听客户心声。在父亲的言传身教中，大城比别人成长得更快。大城说："我对父亲反复提及的那句话'先做人，再做事，再做成事'，理解越来越深了。"从车间到客户，陈金才如此快速高效地加深了继任者陈大城对客车的理解、对客户的理解。

陈大城没有让父亲失望，上任三年来将申龙带上了一个又一个新台阶。他始终坚持"两条腿"走路，更是在 2012 年实现了国内外市场的阶段性突破。陈金才先生意外长辞，申龙客车公司经营管理并未由此受到任何影响。

正如父亲所期望的那样，以制造实业来带动其他事业，客车是其中最重要的实业板块，陈大城已经爱上了客车这个行业。走在大街上，他关注的不是金融和楼市，而是行走在路上的大巴车。他说："当看到申龙客车奔驰在世界各国的各条班线上时，这种来自实业的自豪感油然而生，我已慢慢地习惯和喜欢这种感觉。"

陈金才先生意外地走了，他的事业将会顺利传承下去。作为一个家族集团企业，家属会议一致认同"继续将老爸留下的产业做强、做大，完成老爸未竟的事业"。在工业实业、旅游酒店、房地产、金融物流四个产业板块中，将继续沿着"以工业实业板块为主，带动其他三个板块慢慢做起来"的思路稳定发展下去。

传承不仅仅是物质财富传递，更优秀的传承来自精神，传承者将决定事业更久远的未来。

传奇：后无来者

陈金才先生没有读大学，社会成为他最好的大学。

他不用笔记，凭借超强记忆力，记住事业版图中的每一个关键环节。

他没有理论，靠敏锐的直觉判断机会、知人善任。

他善于信任，有无数忠贞不渝的事业追随者。

他与众不同，按自己的方式阐述亲情、友情、仁爱。

共事的人、爱过的人、帮过的人、他的事业是他传奇人生最好的见证。

他生活并奋斗在自己的"自在"里。

他是一个简单的人、智慧的传奇，后无来者。

（资料来源：中国道路运输网，内容、标题略有删改）

慈善之行从南高村出发

——记陈金才和他的慈善基金会

企业家陈金才先生

（一）

时序虽值霜降，天气依然炎热。我们采访组一行四人，就是在这样的时节，驱车前往南高村探寻陈金才先生的生平事迹。沿着蜿蜒的山路，迎面扑来的山野柚园青翠欲滴，一点儿也没有秋的萧瑟。我们在村口路边的一棵老橄榄树下下车，与正在捡随稻熟而自然熟落的橄榄的几个村民聊天。大家一听说我们是来探寻陈金才先生生平事迹的，纷纷竖起大拇指赞扬。说起刚刚收到的漳州市陈金才慈善基金会发放的"重阳敬老红包"，捡小半篮橄榄的刘大妈说："漳州市陈金才慈善基金会理事长叫赖雪凤，这孩子很感恩，每年重阳节、春节都会给全村 60 岁以上的老人发红包。"

此时，该村党总支书记兼村委主任张燕珠正要驱车出村去县城开会，见到我们，立即下车，与我们一一握手问好。她说："南高村是漳州市南靖县南坑镇的一个偏远山村，全村共有 13 个村民小组，人口 1438 人。陈金才先生对南高村的深情之爱，除每年重阳节发放慰问金外，还体现在每年的春节、三八妇女节、六一儿童节、七一建党节、中秋节等节点上给相应的村民送红包、送月饼，还为修建村道水泥路捐巨款。"

随后，我们又到鞍后社 1 号别墅（俗称鹰仔楼）参观陈金才先生生平事迹陈列室。陈列室里那一块块奖牌、一张张图片、一件件藏品，仿佛在向人们无声地诉说着陈金才先生传奇的一生。

陈金才先生于 1946 年 5 月 18 日出生在广东潮阳的一个农村家庭，由于家境贫寒，小时候的陈金才多次被转养，饱受苦难生活的煎熬和考验。他 17 岁流浪来到南高村，靠打柴、烧炭、放牛、割草谋生。童年的苦难和青少年的坎坷经历，磨炼了他吃苦耐劳、坚韧不拔的性格与毅力，这成了他日后成就事业的资本。33 岁起，陈金才先生只身前往香港创业。从打杂工开始，一步步起家，凭着广结善缘和过人的胆识走向辉煌。虽然身居香港，但他致富不忘家乡，于 1989 年回国投资兴业。二十多年来，先后在厦门、上海、漳州、南靖、诏安等地投资创办了厦门金旅客车、漳州金龙客车、上海金旅汽配、上海申龙客车、新福达汽车、漳州龙池港龙工业园、上海物流、三龙集团有限公司等20多家企业。如今，他投资的金旅客车和全资的申龙客车已成为世界客车行业具有影响力的企业。他那敢拼会赢的创业精神令人无比敬佩。从回国投资兴业起，陈金才先生凭着超前的意识和商业胆略，带领企业不断发展壮大。这些年，他在国内的投资总额超22亿元，年上交国家税收1.6亿元，为漳州市经济社会发展做出了积极的贡献，他也因此多次获得漳州市经济建设功臣、漳州市纳税大户、漳州市荣誉市民等荣誉称号。

陈金才先生致富之后始终不忘对社会的责任。他生前长期热心于慈善公益事业，在汶川地震灾后慷慨解囊，同时心系家乡，大力支持南靖县老龄、教育、卫生、公园等社会建设事业，向慈善机构和受困个人捐助款项累计达1亿多元，深受社会各界、父老乡亲的赞誉，在社会上传为佳话。他曾担任福建省、漳州市公安系统见义勇为基金会荣誉主席。

2013年1月30日，陈金才先生心脏病突发，经抢救医治无效，与世长辞，享年68岁。

秉承陈金才先生遗愿，2014年1月，经漳州市民政局批准，漳州市陈金才慈善基金会正式成立，注入原始基金200万元，由上海三龙投资有限公司董事长赖雪凤女士负责实施。该基金会致力于扶老、助学助教、赈灾等慈善公益活动。

2015年6月开始，漳州市陈金才慈善基金会每年向漳州市慈善总会捐赠50万元善款，作为定向资助特殊教育的办学资金，主要用于特教学校建设，教学设备、康复器材和图书资料的购置及经济困难学生的生活补助。此项善款，资助漳州市聋哑学校、芗城开智学校以及南靖县、龙海区、漳浦县、云霄县、诏安县、东山县、平和县、长泰县等的10所特教学校，每所学校各5万元。

2018 年 4 月 28 日下午，闽南师范大学"党建之友"基金揭牌仪式暨赖雪凤"党建之友"基金成立座谈会在逸夫楼三楼会议中心举行。校党委副书记钟发亮在致辞中向此项基金的首位捐赠者赖雪凤女士表示衷心的感谢。他指出，"党建之友"基金奖励不仅是一种物质奖励、一项崇高荣誉，更是资赠人和学校党委对师生党员的关爱和期许。他强调要用好基金，把基金用在刀刃上，切实推动学校党建工作创新发展；要严格管好基金，保证基金使用管理规范合理；同时也希望借此良好开端，深化与上海三龙投资有限公司校企融合发展，实现双方互利共赢。

赖雪凤董事长代表捐助方致辞。她高度肯定了闽南师范大学办学特色与办学成就，表示捐助"党建之友"基金是个人和公司回馈社会、体现关爱的最好形式。强调优秀党员作为学校广大师生中的佼佼者，理应受到关注、尊重与激励，这是捐赠"党建之友"基金的初衷。同时希望通过此举，带动更多有社会责任感的企业与爱心人士关注并助力高校教育发展。

会上，赖雪凤董事长捐赠 100 万元作为"党建之友"基金。闽南师大党委书记吴彬镪代表学校向赖雪凤董事长颁发捐赠证书，并共同为闽南师范大学"党建之友"基金揭牌。

2019 年 1 月 10 日，南靖县慈善总会、陈金才慈善基金会、县教育局、县残联的代表来到县特教学校看望师生，希望特教老师们对这些孩子付出更多的细心、耐心、爱心，真正把残障儿童培养成基本自立、有一定基础知识、有一定劳动技能并能够自食其力的人才，并向孩子们分发了慰问金和礼品，给他们送去新年的问候和祝福。随后又到县社会福利中心，向老人们送上了慰问金，祝福他们新春快乐，同时，希望社会福利中心的干部职工能够精心照顾好老人的身体，确保老人们身体健康，安度晚年。

漳州市陈金才慈善基金会自 2020 年起，设立南靖县百岁老人慰问金，三年来共慰问 58 位百岁及以上老人，每人每年 2400 元，合计 139200 元。今年 103 岁的陈美英接过县委书记李志勇亲手发给的万元红包后，激动地说："感谢党，感谢政府！"她次子黄建龙在外工作，得知政府万元红包中有 2400 元是陈金才慈善基金会的专项慰问金后，还多了一句："还要感谢陈金才先生，他人走情未凉！"是的，漳州市陈金才慈善基金会敬老爱老的脚步是不会停歇的，赖雪凤董事长的爱心传承将会继续。

漳州市陈金才慈善基金会的善举层出不穷：2014 年，捐 10 万元给漳州市总工会；捐金旅客车 1 辆给双十中学漳州校区。2017 年起，年年为本公司职工发放医疗费补助金，至 2022 年，合计 549380 元。2018 年，捐赠金旅客车 3 辆给昌吉回族自治州人民政府，捐赠价值 30400 元的图书给南靖一中图书馆。2019 年，捐赠 120000 元给福建中学校友会，作为汇青希望工程义教助款。2019 年起，年年为闽宁对口扶贫捐款，至 2022 年，共捐 500000 元；2020 年至 2022 年，共为抗击新冠肺炎疫情捐款 1100000 元；为龙海区白礁村扶贫捐款 106072 元。2020 年，为资助革命老区贫困山区中心小学建立爱心图书馆捐款 10 万元……

慈善是为国分忧、为民解难的崇高事业。漳州市陈金才慈善基金会的无疆大爱，除了以上列举的事迹外，还体现在捐资助学、奖学奖教等方面，这些义行善举，功在当代，利在千秋！

（二）

南高村是福建省漳州市南靖县南坑镇下辖的一个行政村。2019

年 12 月，南高村入选第一批"国家森林乡村"；2021 年 2 月，南高村被评为"福建省第十届（2018—2020 年度）省级文明村"；2021年 6 月，南高村入选"福建省第四批省级传统村落"；2021 年 9 月，南高村入选"第二批全国乡村治理示范村"；2021 年 11 月，南高村被福建省爱卫办命名为"2021 年福建省卫生村"；2022 年被南靖县委授予"五星级党组织"。置身于此，一幅农业强、产业兴、乡村美的画卷就在眼前徐徐展开……

南高村是个山高路远，居住分散，村民有 1400 多人的山区村。但是，这么一个看似不起眼的小村落，却人杰地灵，人才辈出：不仅出了厅级干部、县处级干部，科级干部也不少，还出了福建省知名企业家陈金才先生。近十年来，南高村的优秀学子更是层出不穷：厦大博士后刘凤娇（女）、北京体育大学博士张灵婕（女），硕士研究生张明燕（女）、张艺红（女）、沈启金、张艺玲（女）、张雪莉（女）、张锦虹（女）、张志强、刘长煌、张亚锦、张委滨，留学英国研究生张凯霖，留学新加坡张昱洋、刘文智；还有考入北京大学的张力、张丁乐等。

全村有本科生上百名。2014 年以来，考上本科的学子达 80 多人。有本科就读既是"211 工程"大学，也是"985 工程大学"厦大、现就读上海财经大学金融硕士张雪莉（女），就读北大的张力、张丁乐，以及就读"211 工程"大学中国药科大学的刘启祥、张艺培，张至锋（福州大学），沈锦研（福州大学），陈翔鹭（中山大学）等。这些真人真事，展现了南坑人杰地灵、人才辈出的灿烂画卷，体现了广大群众重视教育，培养人才的中华美德代代相传。

南高村之所以能够人才辈出，与该村有着"耕读传家、崇文重教"的优良传统分不开。秉承陈金才先生遗志，于 2014 年 1 月正式成立的漳州市陈金才慈善基金会，自 2014 年起，每年重金奖励南高村优秀学子：2014 年，134000 元；2015 年，67000 元；2016 年，71000 元；2017 年，52200 元；2018 年，75000 元；2019 年，64000 元；2020 年，82000 元；2021 年，39000 元；2022 年，41000 元。

考上清华、北大，第一年一次性重奖 3 万元，以后在校每年奖 1 万元；读研究生，奖励 1 万元；考上"985""211"大学，在读奖励 3000 元，普通大学本科 2000 元、专科 1000 元，考上南靖县重点高中在读期间每年奖励 200 元。

据统计，近 10 年来，陈金才慈善基金会为南高村学子共 165 人次，发放助学金总合计 625200 元。

2019 年 8 月 28 日，一个风和日丽的下午，漳州市陈金才慈善基金会助学基金发放仪式在南高村村部隆重举行。副县长张鸿钦、漳州市陈金才慈善基金会相关人员、南坑镇相关领导、南高村主任张燕珠、南高村乡贤原县人大副主任张荣仁、厦门大学博士后刘凤娇、两位嘉宾——作家魏民、唐松，及受奖学生与家长 60 余人参加了助学基金发放仪式。此次共向南高村 13 位优秀学生发放了 65000 元奖学金。考入北京大学的应届生张丁乐喜获 3 万元重奖，一中考入北京大学的张力（2018 年）、在读博士的张灵婕各喜获 1 万元奖励。

张灵婕代表获奖学生发言。她缅怀陈金才先生，怀着感恩之心说："我从考入北京读大学，到现在已经 10 年了。处在异乡的时候，'老乡会'变成一个特别温暖的词汇。这 10 年来，我见过全国各地的风景，也接触过五湖四海的人，发现福建人是最团结的，乡土之情是最浓的，而我一直是同学羡慕的对象，因为至今我都没听说过有谁、有哪个地方和我们一样，有陈金才慈善奖学金这个机制，成为一个成功且持续发展的企业已经非常难了，更难的是有这份回馈家乡、帮助后辈的心！我从 2014 年奖学金开始设立就获得帮助，至今已经 6 年了，之前由于学习工作关系，很难有这种机会，今天借此机会，我代表所有接受过陈金才慈善奖学金帮助的南高学子，向你们说声谢谢！作为南高人我很骄傲！最后，再次感谢漳州市陈金才慈善基金会的奖学金机制，感谢南高村提供这一平台，让我能与家乡的学子们交流分享，祝愿大家学业有成，前途似锦！"

获奖学生张力（北大马克思主义学院读研），"慈善助学，对于保障学生学业，具有积极激励促进作用，它使我们有更多的精力投入到学业中，在有限的时间内，获取更多的知识，培养更强服务社会的能力，更重要的是，他正能向上，引导我们这些观念尚在成型阶段的学子，树立了一种非常积极的价值观、财富观——'达则兼济天下、回馈社会'，为建设社会主义共同富裕贡献力量"。

获奖学生张雪莉（上海财经大学读研金融硕士）也以线上形式发表感言："很荣幸获得这次奖学金，我感受到了家乡对学子的深切关怀和殷切期望，我将不忘初心，砥砺前行，学成后回报祖国，回报家乡，以慰陈金才先生的在天之灵。"

现任南高村主任张燕珠深有感触地说："漳州市陈金才慈善基金会奖学金发放这么多年来，有陈金才慈善基金会跟各位成功人士对全村的学子这样的鼓励，对于年轻人说，不要觉得领取这些奖学金是理所当然的，而是要存感恩之心，学业有成以后能够返乡创业，反哺家乡。乡村振兴需要众多人才与新生力量。撸起袖子加油干！"

提笔至此，受资助的三龙投资在职员工子女洪珍如（中山大学研究生）以"慈善融真情　爱心无止境"为题，代表 127 位受助大学生连线感恩陈金才慈善基金会。

以上列举的激情发言感人，撼人心魄。每一位受助获奖者，无论学生、教师、职工子女，都是陈金才慈善基金奖学金的亲历见证者、资助受益者，此时此刻，他们的肺腑之言无不唤起乡亲对企业家陈金才先生的缅怀、追思。

金才念桑梓，浓浓助学情，

先生音容永存，乡亲思念绵长。

（三）

2020年9月10日上午，秋高气爽，又逢第36个教师节，在这特殊又美好的日子里，漳州市陈金才慈善基金会奖教奖学金颁发仪式在南靖县教师进修学校举行。

南靖县进修学校会议厅里，掌声雷动，气氛热烈。2020年漳州市陈金才慈善基金会南靖一中奖教奖学金颁发仪式正在这里举行。上海欣成祥汽车配件有限公司第二事业部副总经理、龙海市九龙座椅有限公司总经理陈志煌，陈金才基金会代表，南靖一中校领导，2020届高三毕业班优秀教师，2020年高考优秀学生、家长代表及南靖一中高一年级前十名学生共80多人，参加了颁奖仪式。

会上，上海欣成祥汽车配件有限公司第二事业部副总经理、龙海市九龙座椅有限公司总经理陈志煌，代表漳州市陈金才慈善基金会做了热情洋溢的发言。他说，希望通过这次奖教奖学活动，表达漳州市陈金才慈善基金会的一份回馈社会的爱心，呼吁全社会都来关心教育事业，使教育事业健康有序地发展。他在会上简要回顾了陈金才先生的创业经历和成功不忘回报家乡、回馈社会，生前长期热心于慈善公益事业的善行善举，以及漳州市陈金才慈善基金会秉承先生遗志，广施善举、助学助教的历程。同时，他勉励一中莘莘学子刻苦学习，奋发图强，学好科学文化知识，掌握过硬的本领，早日成才。他表示，今后会一如既往地关注学校的发展，支持学校的工作，希望一中今后的发展蒸蒸日上。

会议隆重表彰南靖一中今年高考的优秀师生和提前招考优秀生。对 2020 年被"985"以上重点高校录取的南靖一中高三学子，和就读一中高一提前招考前十名学生，及南靖一中高三毕业班优秀教师，颁发了奖教奖学金，共计 14.5 万元。

奖励分几个等级：1. 清华大学、北京大学录取的学生，每人奖励 3 万元；2. 全国十大名牌大学录取的学生，每人奖励 1 万元；3. "985" 院校录取的学生，每人奖励 5000 元；4. 高一录取前十名学生，每人奖励 2000 元；5. 南靖一中高三年段教师奖励 6 万元。

漳州市陈金才慈善基金会于 2014 年 1 月建立，秉承陈金才先生遗志，广施善举，助学助教，每年捐资对南靖一中贡献突出的教师及优秀学生进行奖励，激励莘莘学子刻苦学习、立志成才，促进南靖教育事业更好地发展。

回顾往昔，自 2014 年起，漳州市陈金才慈善基金会年年为南靖一中高考优秀师生颁发奖教奖学基金，其中 2014 年发放 177000 元；2015 年，165000 元；2016 年，149000 元；2017 年，125000 元……截至 2022 年，为南靖一中颁发奖教奖学基金 782 人次，总计发放 1363000 元。

除南靖一中外，漳州市陈金才慈善基金会还于 2014 年、2018 年、2022 年三次向南靖县实验小学捐款达 506300 元；于 2014 年向南靖县南坑中心小学捐款 200000 元；捐资南靖县慈善总会助学款，

2014 年至 2022 年，总额达 374000 元。

（四）

2022 年 8 月 26 日，又到一年开学季，依然桃李香满园。在新学期来临之际，上海三龙投资有限公司携手漳州市陈金才慈善基金会，为在 2022 年高考及研究生升学考试中取得了优异成绩的三龙投资在职员工子女颁发奖学金，这是该项基金自 2018 年开始，连续五年面向三龙投资有限公司内部在职员工子女发放。

2018 年发放 49000 元；2019 年，103000 元；2020 年，89000 元；2021 年，96000 元；2022 年，72000 元。五年来共资助在职员工子女 127 人次，奖学金合计发放 409000 元。

2022 年，共有 21 名三龙投资有限公司在职员工子女获得表彰和奖励。其中，考取博士、硕士研究生 3 名：胡旭东，南京理工大学材料科学与工程博士研究生，每年奖励 10000 元；王琳，福建农林大学食品加工与安全硕士研究生，每年奖励 10000 元；周丽君，新疆医科大学公共卫生硕士研究生，每年奖励 10000 元。本科院校新生 11 名：一本黄铭羽，西北大学中国语言文学，每年奖励 3000 元，其余 10 人考上二本院校，每生每年奖励 2000 元，考上专科院校 7 名，每生每年奖励 1000 元。

此外，漳州市陈金才慈善基金会从 2014 年起，还资助贫困学生林燕祯、黄志坚、黄婉祯、张美祯等学杂费。2014 年 12100 元，2015 年 39190 元，2016 年 52685 元，2017 年 34545 元，2018 年 51430 元，2019 年 74300.9 元，2020 年 62870 元，2021 年 20000 元，8 年总计 347120.9 元。

2016 年，漳州市陈金才慈善基金会捐赠福建平和广兆中学教育基金会助学金 1000000 元。

漳州市陈金才慈善基金会的理事长赖雪凤女士，还是三龙集团有限公司董事长、政协第十届南靖县常务委员会委员、南靖县工商联名誉主席。

赖雪凤女士经营的三龙集团在追求企业利益最大化的同时，不忘关心和支持地方经济发展，积极履行企业社会责任，致力于慈善和公益事业。2017 年，三龙投资有限公司旗下漳州市陈金才慈善基金会，再次捐资助学，支持漳州市高等教育事业；扶危济困，关注贫困家庭；此外，位于漳州诏安的惠民工程"金才幼儿园"2017 年动工建设（该项目总投资 2500 多万元），填补了漳州诏安高端学前教育的空白，将让更多的少年儿童得到最优质的教育资源。据不完全统计，三龙集团多年来，对见义勇为、公益事业、赈灾、乡村道路建设投资、慈善事业支出达数千万元还捐赠汽车等物品，累计捐款捐物达 1 亿多元，在社会上具有良好的社会形象和很高的信誉度。而 2014 年至 2022 年，仅助学助教这一项，捐资总额就达 1000 多万元。

近十年来，三龙集团为莘莘学子求知圆梦，给力起航，既从思想上予以精神鼓励，又从经济上助一臂之力。获奖受助的学子感恩激励，奋力拼搏。他们学成后，在不同的岗位，焕发青春，放飞梦想，争作贡献。

三龙集团所属企业的业绩和财税的突出贡献，也受到当地人民政府的表彰和充分肯定。漳州市陈金才慈善基金会荣获的奖旗、奖牌、奖状、奖杯等荣誉满室生辉，其中福建省慈善总会授予的"情系教育，造福千秋"和漳州市民政局授予的"AAAA 中国社会组织""兴学懿范 立德嘉行"等牌匾格外醒目。

站在休闲旅游庄园偌大的假山景观上，俯瞰碧波粼粼的蓄水灌溉池，眺望金碧辉煌的陈氏宗祠和巍峨壮观的陈金才先生之墓，我缅怀忆念，浮想联翩，感慨万千……陈金才先生的慈善之行，从这个被誉为"慈善之村"的南高村出发，走出福建土楼故里、走出闽南地区、迈向八闽大地、迈向华夏神州……

大善无言。陈金才先生的遗愿已化作"润物细无声"的春雨，正催放着万紫千红的春天！

大爱无疆。漳州市陈金才慈善基金会秉持"社会当担、勇于奉献、孝老爱亲、乐善好施、助学重教、慈心文明"的初心，永远行走在慈善大道上。

（本文以《洒向人间都是爱》在《福建侨报》2023 年 2 月 24 日刊发）

塔石崇传说

群山绵绵，不断地伸展开去，好像哲理似的奥妙莫测，它的灵魂仿佛是在群山的巍峨的形态中，见证着大自然的不可思议的创造。远处高耸入云的山顶上，有块摩天巨石，在那不可思议的气氛里隐隐约约地屹立着。

巨石突兀而立，石身入云，站在巨石底下抬头仰视，难见其顶。巨石的背后是灌木丛生的山顶，驻足于此，游目驰怀，晴天可一眼看到漳州的战备大桥，阴天也是一览众山小，令人心旷神怡，浮想联翩。

巨石是一块如同刀削的巉岩，表面粗糙嶙峋，宛若百岁老人裸露的身子。奇怪的是，巨石脚旁还有一块小石与之相依。这块小石也就是行军床那么大小，据说凡人只要在这块小石头上躺下，眯上片刻，便会有仙祖托梦，让其心想事成。五十年前，有位童年时代多次被人收养，靠着打柴烧炭、放牛割草过生活的小伙子，一年四季日出而作，日入而息，一到晚上"满面尘灰烟火色"，汗水涔涔，却始终得不到温饱，于是就跑到这块石头上睡了一觉，梦中得到了仙祖给的一块金元宝，后来，这个小伙子从打杂工开始，一步一步起家，经过二十多年奋斗，成了漳州的首富；四十年前，一个高中毕业的年轻人，不知道前面的路往哪走，在迷茫惆怅中，跑到石床上来睡了一宿，梦见仙祖给了他一支笔，不久后便考上南国的一所重点大学，而后成为一名闻名华夏的散文家；据传还有不少小伙子，因家境贫寒，讨不到老婆，就来到这石床上躺下，睡上一觉，或者眯上片刻，讨得仙祖的一两根红头绳，很快就会有漂亮的姑娘爱上他，成家立业，过上幸福的好日子。这些故事不知是真是假，但谁都希望这是真的。有心人抬头仰视，果然能发现巨石上有一副仙祖眯缝着双眼，凝神沉思的面容。那深深的眼窝、长长的鼻子、宽宽的大嘴，栩栩如生。至于那块巨石是什么质地，是花岗石还是石英石，众说纷纭，争论不休，只能留给地质学家去做鉴定了。不过，这无关紧要，因为这巨石的魅力，在于它的来历，在于它的神奇，在于它能够护佑众生……

在南靖县山城镇象溪村与南坑镇南高村山脉分界处塔石崠的这块巨石到底从何而来？

相传当年美猴王大闹天宫，天庭一时被恐怖氛围所笼罩，大小仙官人人自危，太上老君生怕再有孙悟空这样的"造反派"生事，就想在自己居住的"大赤天太清仙境"里建两座石塔，以作为第一道屏障阻止小字辈们无是生非。

这太上老君依仗着自己是至尊天神，做事一向我行我素，建塔之事并没向玉皇大帝请示汇报，也没有召开"仙长办公会议"讨论研究，更没有征求广大仙民意见，便自行其是，画了图纸，准备开工。料备齐了，塔基也整好了，这才发现少了两块基石，在天宫上寻了千百度也没能找到可用作塔基的巨石，于是，他便想到了赤脚大仙。

赤脚大仙是仙界的散仙，一般情况下，他总是在四处云游，以其赤脚装束最为独特。他最大的本事就是身负千斤重担还能疾步如飞。接受了太上老君给他的任务后，他立即从仙界下凡到人间，寻找太上老君想要的那两块巨石。当他来到博平岭时，便发现了两块非常符合太上老君要求的巨石，一块在南靖山城北面的山脉上，另一块在漳州圆山脚下的岱仙岩仙祖的庙门口。这赤脚大仙也算是个善仙，下凡来到人间时，常常帮助人类铲除妖魔。他性情随和，平常以笑脸对人，对有心向善的妖怪会网开一面，对邪恶妖怪却从不留情，但他也有软肋，最大的缺点就是行事毛毛糙糙，见到两块自己想要的巨石，一兴奋，顾不上仔细瞧一瞧，掏出从仙界里带来的神索便缚了，穿上扁担，挑了就走。他不知道，圆山脚下的那块巨石其实并不是石头，而是仙祖的真身。那天天气炎热，仙祖从庙里出来，正蹲在门口打盹，没想到就被赤脚大仙当作巨石给缚了。这仙祖那可是闽南地区人人敬仰的地方神，这一带没人不知晓。仙祖忧心忡忡，不知道赤脚大仙要带他去哪里，心里却很明白，这一走，恐怕就很难再回来了，正好这时路上来了个正在坐月子的女人，那女人认识仙祖，仙祖也认识她。于是，仙祖向她使了个眼色，那女子见仙祖变成一块巨石，也不知是怎么回事，随口大喊一声："赤脚大仙，你挑石头干什么？"赤脚大仙本以为凡人只能见到他挑的是鸭子，不知为何会天机泄露，心里"咯噔"一声，愣了一下，这一愣，大仙肩头上的铁扁担"啪啦"一声断成两截，担子前头的仙祖石便掉在了南高村与象溪村交界处的茫茫群山中。

　　从此，承载这块巨石的山头，人们便将它取名叫"塔石崇"。不知过了多久，玉帝得知此事，打开天庭窗户一看，见那仙祖风餐露宿，日晒雨淋，动了恻隐之心，就在天庭上找来一条神被送给仙祖。那神被落入人间后，化为一条蚂蟥，爬到仙祖身旁，因而也被称为"蚂蟥被"，就是我们肉眼能见到的那块卧于仙祖石脚下、行军床大小的石头。据说，"蚂蟥被"能屈能伸，小则可盖一婴儿，大则可盖几十个汉子，盖在身上舒舒服服，冬暖夏凉。传说中，凡人只要在这块小石头上躺下，眯上片刻，便会有仙祖托梦，让其心想事成。据传石中还隐藏着一段文字，有缘人才能看懂，双手合掌，叩三下头，顺读三遍，再倒读三遍，喊声"开"，那块行军床大小的石头便能即刻变成一床被褥。

而从赤脚大仙的肩上掉下来的另一块巨石落在南坑镇南塘村的一座山上，与塔石崟的这块仙祖石遥遥相望，人们称之为"望石"。

（江山文学网 2019 年 6 月 4 日）

别样的生日火样红

1982 农历九月的日子里，距今已经整整 40 年了，一个小生命在南靖县南坑镇南高村楼仔前张家古厝呱呱坠地，她就是我的女儿。

那天晚上，我不悲不喜，心里只有一个信念，爱妻十月怀胎，一朝分娩，平安就好。

金秋的午后，大山里有着温柔曲线的梯田，围起金灿灿的稻子，收割之后便是冬藏，农家在这稻花香里说丰年，按当地民俗，每年冬祭谢冬，在葛藤坪保生大帝庙前，如往常举行热闹的庆丰收演出。

我的妈妈与往常一样，也和邻里的乡亲们一起，拿着木板凳，早早来到葛藤坪保生大帝戏台前看"社戏"（芗剧）。

戏台前面的观众人挨人，昂首翘望，沉浸其中，突然，戏台前挤进一位身穿青年装，搭配卡其布裤的小伙子，急急忙忙挤进在观戏台，他四处张望，寻找一个人。这个小伙子就是我。我是来寻找妈妈的，急盼着她回家给快生下第二胎的妻子当接生员。

妈妈被我叫到戏台旁，听我说明来意后，连忙回到戏台前，扛起板凳，急速赶回家里。

青砖灰瓦的闽南建筑古厝，楼上大厅边的房屋里，透出亮亮的灯光，天上星星不时眨眨眼，似乎给这家人带来喜庆，预示着添丁又添财。

在那个年代，家庭生活十分困难。由于妻子没有分娩前的准备，我的妈妈赶到家里时，妻子已经在凄叫声中顺产了。没有麻油，没有接生工具，妈妈只找到一把做衣服的剪刀。

我的妈妈用点燃的灯火将剪刀烤一烤，然后涂上备用茶油，给爱妻当"接生员"。当我听到女婴的哭声，心上的一块石头终于落了地，母女平安，就是我那时最大的心愿。

在国家实施计划生育政策的年代，次女的出生属于超计划生育。为此，我怀揣忐忑的心情，回到原单位上班，于 1983 年 1 月被降薪一级，从 45.5 元/月降为 38.5 元/月，并征收 1.5 元/月社会负担费（从出生之日起到 16 岁）。当年每月只拿 36 元工资养家糊口，过着清贫的日子，在单位里"夹着尾巴做人"，更加努力学习、发奋工作。

回想往事，当年青春年华，我们夫妻志同道合，自由恋爱。如今，一晃就老了，双双退休，40 多年来，孩子从未有过生日的习惯。今天他们一家四口家庭，有好的工作单位，有崭新的房子，孩子上学，读初中，其乐融融，幸福满满。尤其是张艺玲，2022 年 9 月 10 日，在厦门市教师节表彰大会上被评为先进个人，受到市领导看望慰问，看着她手捧着沉甸甸的奖牌，我倍感欣慰。"别样生日火样红"，当在蛋糕上的生日蜡烛点燃时，大家拍着手，唱起《祝你生日快乐》，祝愿女儿：生日快乐，幸福美满！

第三辑 奇山
秀水

● ● ● XIANGYUCHUNFENGNAMOLV

麒麟山兰桥

清晨，朝阳冉冉从东方升起。

我迎着朝阳，踏着轻盈的脚步，来到麒麟山脚下。仰望兰桥，挂满五颜六色的风车，以及大红灯笼，兰桥被打扮得五彩缤纷，宛如彩虹，格外喜庆。风车轻轻随风转，我的心跟着轻风奔跑，把快乐紧紧拥抱。我的步伐不由得欢快起来，一路飞奔，想一睹兰桥的"美貌"。

走进大门入口处，有麒麟山景观工程游览示意图。环视四周，只见兰桥飞架山峦，我想起陈毅的《幽兰》一诗："幽兰在山谷，本自无人识，只为馨香重，求者遍山隅。"盘旋而上，"彩虹"兰桥上，处处洋溢着空谷幽兰的文化气息，而且那么富有诗意。

绕过步行道，拾级而上，穿梭于儿童公园的树林间，徒步登上兰桥，真是人在景中，景在林中，清风缕缕，风车摇曳。一些早起的市民们或三两组队，或十几人成群，他们在公园中跳着舞，唱着歌，打着太极拳。游人如织，个个把欢快的笑意挂在脸上。我拿起心爱的手机，按下快门，把兰桥游览的时光定格在那一瞬间。

不知不觉，已爬上桥体。一桥飞架山峦，横跨西环路，似巨龙，把儿童公园与麒麟山紧紧相连。它色彩鲜艳，呈弧形，悬空耸立，宏大壮观，犹如雨后的一道艳丽的彩虹，更像是鹊桥，直通天上云间。一行人，挨肩接踵，行走在桥上，成了牛郎织女。居高望远，四周的城市建筑，尽收眼底。

过桥后，来到观景台，可以环视县城。南靖县按照"先生态后城市，先规划后建设，先配套后开发"的发展理念，以生态、美丽、宜居为目标，不断改善县城环境，优化人居条件，深入实施"八大公园连一体，八大片区齐发力"的发展战略，加快城东湿地公园、麒麟山兰桥的城市景观工程建设，打造荆江两岸"一江八园"的风景格局，绘就"诗意南靖"。

南靖县，因为"小县城大城关"的大手笔，被列入"中国醉美县城区域榜"。我在观景台环视县城，品读这座"醉美城市"，品读县城诗意的传说，品读南靖人兰谷追梦的故事，品读南靖人演绎的"天行健，君子以自强不息；地势坤，君子以厚德载物"的新故事。

此时，我邂逅南靖县民间流行音乐协会成员，他们以歌会友，带来音响、话筒等设备。看，那位刚才在人群中热舞的阿姨，头戴一顶紫色卷边小帽，面颊绯红，来到观景台演唱处，拿起话筒，演唱着汪峰编曲填词的《飞得更高》：

我要的一种生命更灿烂，

我要的一片天空更蔚蓝，

我知道我要的那种幸福，

就在那片更高的天空……

歌声飞扬，情感动人，把我的心绪带向充满诗意的梦境。

（南靖乡讯 2019 年 3 月 11 日）

山海乐土情深意长

——厦门大学与南靖县的校地情缘

博平岭下，和溪之畔，有一片生物乐土——南亚热带雨林。这片乐土以大山的博爱、林涧的柔情，孕育生长着数不清的花草藤木和禽兽虫鱼，为国内外高校和科研机构提供源源不断的动植物标本。

五老峰下，鹭江之畔，也有一片教育乐土——厦门大学。这片乐土以大海的包容、礁岩的坚毅，培养出千千万万的天之骄子，在祖国各地为民造福，为国争光。

是什么样的精神，能把山的乐土奉献给海的乐土？是什么样的情缘，能把海的乐土与山的乐土连接在一起？让我们以探寻的目光，回望这段历久弥新的峥嵘岁月。

一、雨林的发现和保护

南靖县和溪镇乐土村的六斗山上，有一片南亚热带雨林。雨林南侧的林坂村，是宋代和明清时期，海上丝绸之路重要造船用材供应基地，当地神农谷景区内的神农宫，至今还供奉着一尊明代黄袍加身的炎帝彩绘雕塑神像。雨林东侧的林中村，有座建于宋朝的慈济行宫，供奉着海峡两岸民众共同敬仰的保生大帝。文天祥、郑成功等民族英雄，都曾在和溪一带活动过。厦门大学校外实践教学和科研基地，就坐落于这被浓厚历史氛围笼罩着的雨林中。在厦门大学百年华诞即将来临之际，我们再次走进这片神奇的土地。

厦门大学与乐土雨林的校地情缘，可谓缘远情长。早在 1953 年，厦门大学著名的生态学家何景教授在闽南进行植物调查时，发现了南靖县和溪镇六斗山上有一片典型的南亚热带雨林。当地看管龙湖祠（黄氏宗祠）的黄姓老人向何景教授讲了有关雨林的传说和保护雨林的故事。

乐土雨林自明代起就被作为黄氏宗祠的风水林地而保护下来。数百年风风雨雨，南靖人民始终默默地守护着这片生命乐土，使这份绿色财富得以代代相传。这种绿色传承的深情守望，不正是习近平总书记谆谆教诲的"要像保护眼睛一样保护生态环境，像对待生命一样对待生态环境，让中华大地天更蓝，水更绿，山更青，环境更优美"的真实写照吗？

何景教授调查后十分高兴，认为这片雨林非常适合作为厦门大学生物系野外实习基地。返回厦门后，他将实习调查的论文发表在《厦门大学学报》上，随后提出必须加以保护的意见。福建省人民委员会和厦门大学一起将和溪乐土森林林区由集体林改为国有林，1960 年划为禁伐区。1963 年 1 月 8 日，福建省人民委员会批准乐土雨林为永久封禁区，省长魏金水签署了"（63）省科魏字第 0183 号"布告："查南靖县和溪公社乐土大队六斗山森林，属亚热带雨林，具有重要的科学研究价值，必须严加保护。现省人委决定，将此处森林的林权收归国有，并实行永久封禁保护，供国家科学研究机关管理使用。具体封禁、保护范围：东和东南至白塘坑，东北至古坑村，西和西北至崩红心，西南至乐土大队业进厝。所有机关、团体、部队、学校、工矿企事业和群众，应一律遵照执行，不得随意进行砍伐、破坏。违者，视其情节轻重予以惩处。"该布告的石刻碑，至今还立在雨林保护区入口处，虽经风雨侵蚀，字迹依然清晰。

1981 年，原省林业厅副厅长路湘云到南靖视察，提出应在原 22 平方千米的乐土南亚热带雨林自然保护区的基础上，扩大保护面积。1982—1983 年，省林业设计院庄垂智等科技人员专程到树海林区做详细的专题调查，建议尽快建立自然保护区。1990 年，省政协组织十多位专家、学者，先后两次在树海林区进行考察，并向省委、省政府提交考察报告，建议把大岭村周围较典型天然次生阔叶林连片划出 5000 亩左右作为自然保护区。与此同时，省政协也对大岭村邻近的象溪、北坑村的虎伯寮小区做出关于"尽快建立南靖虎伯寮自然保护区"的提案，并由省林业厅下文南靖县林业局，要求南靖县尽快提出区划意见和报告，报往上级人民政府审定和批准。根据上级有关部门的意见和要求，县委、县政府经过反复认真的研究，认为虎伯寮原始天然林多，未受破坏，保留了较完整的生态环境，可建立自然保护区。遂于 2001 年建立了包括乐土雨林在内的福建虎伯寮国家级自然保护区。

1996 年秋，时任福建省委副书记的习近平到南靖视察，对乐土雨林的保护表示满意。

二、得天独厚的乐土雨林

南靖县位于福建省东南部，东经 117°0′12″—117°36′36″，北纬 24°26′20″—24°59′58″，九龙江西溪贯穿全境。这里气候温和，雨量充沛，属南亚热带季风气候区。优越的气候条件、地理环境，孕育了南亚热带雨林。林冠浓密，垂直层次较多，林相常绿。林内树干通直，树皮光滑。建群种常有明显的板状根。林内的藤本植物相当丰富，其粗大的木质藤本，为各地所罕见。乐土雨林有一株密花豆藤，单茎长 250 米，茎宽 52 厘米，分枝总长 2000 米以上，其茎自然扭曲，蟠龙附柱，蔚为壮观。兰科和蕨类附生植物到处可见，如密花石豆兰、石仙桃、石斛兰等。此外，榕属的绞杀植物以及它和水同木、水东哥等具有的茎花现象到处可见。林下散生有山姜、金粟兰、柏拉木、秋海棠、走马胎等具滴水叶尖的植物。沟谷旁常见密生的金毛狗、福建莲座蕨、单叶新月蕨和多种省藤。沟谷湿地分布有巨型植物如海芋、野芭蕉以及高达 5 米的树蕨。南靖县亚热带雨林特征明显。乐土雨林是我国东南部唯一保存完整的南亚热带雨林性质的较原始的森林群落，是东南沿海低纬度、低海拔地区不可多得的珍稀植被，它和虎伯寮、鹅仙洞及紫荆山等片区共同构成一座天然绿色基因库，是各种生物繁衍栖息的理想场所。这里有维管束植物 224 科，803 属，1759 种；裸子植物 8 科，12 属，12 种；被子植物 177 科，719 属，1577 种；双子叶植物 147 科，552 属，1261 种；单子叶植物 30 科，167 属，316 种。这些物种中，有许多是珍贵稀有物种，被列入国家重点保护植物名单。

全区有野生动物 625 种，其中兽类 7 目 20 科 42 属 55 种，鸟类 18 目 42 科 103 属 155 种，爬行动物 3 目 12 科 39 属 67 种，两栖动物 2 目 7 科 10 属 25 种，鱼类有 19 科 55 属 61 种，昆虫（含蛛形纲）15 目 70 科 362 种。这些野生动物中有不少是国家一、二级保护珍稀动物。

乐土雨林气候湿润，腐殖质丰富，适宜真菌的生长，仅大型真菌就达 187 种，其中食用真菌所占比例较大，淡黄长裙竹荪、闽南灵芝、银耳、毛木耳在这里都有天然分布。

被誉为"闽南西双版纳"的乐土雨林，就以如此丰富的动植物资源，傲然屹立于世界雨林之中。

建南堂前，芙蓉湖畔，厦门大学生命科学院生物标本博物馆里，也有一片"乐土雨林"。在这片凝固的雨林里，成千上万的动植物标本，正向每个来访者深情诉说着对南靖故乡的怀念。

三、野外实习见真情

据相关资料记载，厦门大学于创办后的第二年（1922 年）就设立了植物、动物两学科，延聘海内外知名学者来校执教。美籍教授莱德的文昌鱼研究引起国际学术界的反响；钟心煊、秉志教授的海洋动物、林区昆虫、白蚂蚁研究颇具盛名；而历年发现的新种，计有陈嘉庚水母、林文庆海星、丁文江黄鱼等数种。其他如文昌鱼等食用鱼类，以及海参、牡蛎、矽藻、寄生虫等经济生物，于渔业及医学上，均有重大贡献。此外，教授们在授课之余，定期带领采集小队，足迹遍及我国东部各省，北至烟台、青岛，南及海南、东沙，三年内收集动植物标本达几千号，标本数量冠于全国，成为当时全国生物标本供应的主要基地之一，不但国内大中学所收存之生物标本，多为本校采集供给，而且欧美各大学生物学实验之文昌鱼，均由厦大供给。因此，20 世纪 20 年代，厦门大学的生物科学闻名海内外。

1927 年厦门大学毕业的动物学系学员仅 1 人（伍献文），植物学系学员也仅 1 人（薛万鹏）。1954 年，厦门大学生物系在乐土雨林进行了第一次野外实习，由何景教授亲自带队，实习师生 50 多人。当时参加实习的学生中就有后来成为工程院院士的林鹏教授（已在国内外发表论文 300 多篇，著书 14 部，获国家自然科学二等奖和国家科技进步三等奖）。据厦门大学生物系张娆挺教授回忆，她是 1955 年去乐土雨林实习的学生。那年夏季，学校用大卡车把他们师生 50 多人加上福州大学来的 20 多位同学，一并送到和溪镇，住在厦大在南靖的第一个实习基地里，吃的干粮都是雇人从漳州徒步背来的。这个实习基地为一破庙，叫碧云寺（建于明代，供奉着主宰科考的文昌帝君），是 1932 年 4 月中国工农红军东路军攻克漳州途中休整的地方，庙墙上还留有"红军是工农的军队"等革命标语。庙下汀漳古道旁的几棵古榕树，不但见证过当年毛泽东发出"目标漳州——向着胜利前进"的豪言壮语，还见证过 1937 年 12 月下旬厦大在抗战烽火中被迫西迁长汀时，徒步行走的 239 名学生和 83 名职工肩挑手提行李书籍在此歇脚的情景。实习的第一课，就在这里接受红色教育的师生们克服种种艰难困苦，硬是把这里作为厦大的第二课堂，学到了许多课本上学不到的知识，为今后的人生奠定了"自强不息，止于至善"的坚实基础。

1957 年，厦门大学购置了和溪镇的一处房产，建立了自己的实习基地，从此告别以庙为学的尴尬。时光流逝，40 多年后，该基地的房子成了危房。时任和溪镇党委书记的厦大校友张荣仁看在眼里，急在心头。他及时地赶到厦大资产管理处向黄国石处长汇报，引起校方高度重视，后经实地考察，多方协调，南靖县人民政府在选址（和溪镇财政所与企业办的三角核心地带）、规划、征地（15 亩）、拆迁（6户）、建设等方面给予大力支持，使迁建工作得以顺利进行。该基地与乐土雨林相距 3 公里的水泥路（投资 150 多万元）也投入使用。新的实习基地大楼 2003 年竣工时，厦大副校长杨勇及校资产管理处、后勤管理处、生命科学院等的领导，南靖县委书记林晓峰及和溪镇党政领导出席了庆典仪式（详见附录延伸阅读（二））。

新的实习基地是一栋三层小楼，共 33 间，建筑面积为 1148 平方米。因一年只使用一次，实习期一过就闲置不用了，厦大为回报南靖人民，就把闲置期间的空房让给和溪镇作为临时招待所使用，还请镇里规划办的同志把前面院子改造成一个篮球场。从此，这里也成了当地一个难得的体育锻炼场所。

教学实习时间，早期安排在大学四年级，后来改在大学三年级第二学期结束的暑假，时间 1 个月左右。在 2005 年厦门大学实行 3 学年制以后，实习改为大学二年级的第三学期，教学时间约 5 周。

教学实习内容在早期按照动物专业和植物专业划分。植物专业实习内容一般有植物分类学、植物群落学和土壤学。动物专业的实习内容一般有滨海动物、两栖两爬、昆虫和鸟类等。在备选专题方面，南靖药用植物资源利用、南靖花卉植物资源利用、南靖两栖动物和爬行动物多样性及其生境调查、南靖蜥蜴调查、南靖夜间昆虫调查等，成为许多学生的自选课题。

四、对外开放的生物学人才培养基地

1995 年，厦门大学生物系并入生命科学学院。生命科学学院现有硕士生 457 人、博士生 322 人、本科生 834 人（2019 年统计），拥有生物学系、生物化学与生物技术系、生物医学科学系、农业生物技术系等 4 个系；拥有细胞应激生物学国家重点实验室、国家传染病诊断试剂与疫苗工程技术研究中心、天然产物源靶向药物国家地方联合工程实验室、滨海湿地生态系统教育部重点实验室、国家级生命科学实验教学示范中心、寄生动物学研究室、分子诊断教育部工程研究中心等国家级教学与科研平台；拥有近 5 万平方米的教学科研用房和价值超亿元的现代生物学实验仪器设备，形成了生物医学、分子细胞生物学、生物化学与分子生物学、免疫学、代谢生物学、肿瘤生物学、神经生物学、寄生动物生物学、水生生物学和农业生物技术等富有特色的生物分支学科。所有这些，都是全面开展南亚热带地区生物多样性和濒危野生动植物的保育与可持续利用研究的有力支撑。

厦门大学生物学人才培养基地——福建虎伯寮国家级自然保护区除了为厦门大学培养生物人才外，还承担了国家基础科学与人才培养基金野外实践能力提高（生物学野外实习）项目。按照项目的计划任务，基地面向全国高校、科研机构开放，接受全国生物学师生前来乐土雨林实习：2009 年至 2019 年，共接待了 22 所高校（台湾大学、台湾东海大学、北京大学、北京林业大学、东北师范大学、东北林业大学、华中师范大学、兰州大学、南京大学、南京农业大学、南京师范大学、南开大学、内蒙古大学、宁夏大学、山东大学、上海交通大学、四川大学、西北大学、云南大学、浙江大学、中国农业大学、中山大学）235 名师生。实习开放活动受到了外校师生的一致好评。

该项目申报现场论证时，国家自然科学基金委员会专家认为：厦门大学生物学野外实习基地极具代表性，为培养我国生物学国家基础科学人才的能力提供了良好的野外条件。厦门大学指导野外实习的师资力量较强，学科配置合理，野外研究积累丰富，为本基地建设的顺利完成提供了可靠的保证。该野外实习基地有独特的地缘优势，为海峡两岸的生物学科人才培养的合作提供了广阔的空间与创新性合作的模式。

为促进校地共同发展，落实生态文明建设，加强科研合作和促进教育事业的发展，2018 年 1 月 13 日，福建虎伯寮国家级自然保护区与厦门大学生命科学院签署了战略合作框架协议。双方一致同意，发挥各自在动植物资源、科研技术和规划设计的优势，重点在以下五个方面开展合作：

1. 厦门大学科研教学基地建设。在虎伯寮国家级自然保护区建设一座由厦门大学投资，可容纳 150 人的科研教学基地大楼。之前，虎伯寮国家级自然保护区四个管理站的部分管理用房（含生态定位监测站）无偿供厦门大学作为科研教学基地用房。2. 厦大生命科学学院协助策划设计虎伯寮国家级自然保护区生态文明建设成果展示。3. 开展虎伯寮国家级自然保护区珍稀濒危植物和地方保护植物研究。4. 开展生物多样性研究。5. 开展技术合作交流。双方互设办事处，建立日常工作交流机制，加强工作机构日常交流，研究解决重大问题以及合作中遇到的具体问题，提出意见和建议，推动双方合作的深入开展。

回顾厦门大学与南靖县的校地情缘，不难发现，无论教学、科研和生活条件如何艰难，无论社会如何发展变化，参加实习的厦大师生们的热情始终没有变，与大自然的亲密交流始终没有变，传承厦大的"四大精神"（陈嘉庚的爱国精神、罗扬才的革命精神、西迁长汀艰苦办学的自强精神、王亚南与陈景润的科学精神）始终没有变，厚植百年的家国情怀始终没有变，南靖人民对厦门大学的大力支持也始终没有变！

往事历历在目，雨林依旧茂盛。厦门大学的生物实习课与南靖县山水林田湖草一起，见证了一代代厦大人对知识孜孜不倦的追求和对大自然的深深眷恋，也见证了一代代南靖人对厦门大学的深情守望和呵护。

山海乐土，情深意长！南靖厦门，续写辉煌！

（《生态文化》杂志，首届"美林杯"生态散文佳作奖，入选《百年厦大》征文）

回望将军山

　　2018 年，因茶而缘，我有幸与方德音教授一同赴广东省梅州市雁南飞茶田景区学习考察。在交谈之中，两人谈起老年终身教育话题，也因这个话题，广东考察回来后，我报考了与退休后挂职关联的云霄唯美职业培训学校中级评茶员班。

　　云霄唯美职业培训学校环境优美，它坐落在将军山麓，紧挨着云霄县委党校。相聚在这里，相识是缘，既可聆听老师的授课，接受职业技术的培训，相互学习，又可在功课之余，趁机会游览巍峨的将军山。

　　将军山系闽南名山，位于国家历史文化名城漳州发祥地的云霄县城西郊，因唐仪凤二年（677 年）葬奉诏戍闽的归德将军陈政而得名。

　　漳州，这座素有"海滨邹鲁"美誉的城市，距离 686 年建州已经过去 1300 多年了。我置身于此，绵绵的思绪穿回到 686 年，穿回到和漳州历史有着密切联系的武则天女皇帝执政时期，是她于 686 年（唐垂拱二年），敕建漳州府，府治为今云霄县西林村，辖怀恩、漳浦 2 县。因州治依漳江而名漳州。历史上，漳州走出了林语堂、许地山、扬骚、黄道周等文化名人。

　　我伫立在将军山公园，罗哲文先生为将军山陈政墓棂星门撰书的石刻匾额："开漳始祖"，及楹联："万里赴戎机，饮马漳江开岭表；千秋承德泽，寻踪故垒谒将军"映入眼帘。罗哲文先生是古建筑泰斗，是中国文物保护学会会长，他曾师从建筑大师梁思成，生前一直为保护长城而奔走，被誉为"万里长城第一人"。他的楹联，简练而形象地概括了陈政父子在漳州铲平祸乱，开拓漳州立下的不朽功绩。云霄人民一直牢记他们父子的恩情。

据报道，云霄县在将军山高起点规划，兴建以陈政墓为中心，开漳文化为主题的"将军山公园"。公园在建设中，维持旧区墓园原貌，依享堂轴线向东延伸，分三个庭院层层展开，以东大门、龙湖、归德楼依次前后列，建一道中轴线，再进入墓区的棂星门、大门、长廊、御碑楼，沿上再连接碑亭、牌坊。其建筑规模宏伟，庄严肃穆，经玉带桥与原文物核心保护区融为一体，整个公园弥漫着历史文化氛围。

今天，在全域旅游的大背景下，这里成为一处名副其实的主题文化旅游公园，使将军山声名远扬。

遥想唐总章二年（669 年），承袭父业的陈元光将军在云霄建置漳州府，实行屯田、兴修水利、创办书院的政策，将中原先进技术和灿烂文化带到闽南各地，从此，云霄县人丁兴旺，五谷丰登。老百姓感恩于这些开漳先哲，出于对英雄的崇敬和热爱，给他们建祠立庙，虔诚祭拜，祈祷他们能够像活着的时候那样保境安民。

在云霄，陪同我们的云霄县海峡两岸茶业交流协会副会长刘小英及方德音、王金焕老师，盛情邀请我们一行，来到将军山的云霄县茶叶协会，他们操着云霄地方口音，系统地介绍了该县茶产业的现状、规模、发展的重点以及黄观音茶。黄观音系铁观音与黄旦中培育出的新品种。黄观音茶，属半发酵青茶类，其工艺综合了闽南乌龙和闽北乌龙制茶工艺特色，茶叶外形紧结，色泽油润，香气清高细长，滋味清醇甘甜，汤色橙黄明亮，叶底软亮，绿叶红镶边，有武夷茶的品味、广东单丛的香，独具花香蜜韵。2018 年 6 月，云霄黄观音获得"天福杯"暨第 15 届"闽茶杯"金奖，第十二届国际名茶评比金奖。

陪同我们的云霄朋友，还娓娓叙说云霄悠久的茶叶历史，尤其提到了火田镇白石大茂山茶叶的传说。

相传当年开漳圣王陈元光将军带兵平定"蛮獠啸乱"，经过大茂山时，天气酷热难耐，士兵头昏脑涨，萎靡不振。陈元光将军也唇焦口燥、胸闷疲累。这时，他看到山间生长着许多野茶树，绿叶柔嫩鲜美。他走过去采摘几片含在嘴里，凉丝丝的，嚼着嚼着，头昏胸闷的症状不见了，精神顿时爽快起来。他立即命令部下采食野茶叶，这些士兵吃过之后，疲惫消除、士气高涨。陈元光将军大喜，遂发动军民在大茂山广泛种植，当地群众为了纪念陈元光将军，就将该茶命名为"陈将军茶"。

沿着古驿道前行，在这里，我仿佛看见了一代帝师蔡世远陪同乾隆皇帝款款而来，君臣在古驿道讨论"九龙岭下日日冬至，六鳌海上夜夜元宵"的精美佳联。遥想当年，乾隆皇帝曾品用云霄大茂山（陈将军茶）、漳浦县的梁山茶，此副佳联广泛流传。

斟一杯黄观音茶，慢品细呷，不知不觉间到了晚间。用过工作餐，点上一盘将军山烧窑鸡特色美食，吃茶配饭，余兴未了。凭栏远眺，回味着《舌尖上的中国》里的这段话："无论脚步走多远，在人的脑海中只有故乡的味道熟悉而顽固，它就像一个味觉定位系统，一头锁住了千里之外的异地，另一头永远牵绊着记忆深处的故乡。"

　　下山的路上，我透过车窗，看到窗外薄暮迫近，云霄街巷灯影摇曳，窗外的微风吹拂。将军山和将军与茶的故事，摊开在脑子的书页中……

（红罗山书院平台2019年4月26日）

百花丛中再访坂场村

2021 年 10 月 27 日，南靖县文联组织部分作家组成"乡村振兴采风团"，深入到和溪、奎洋等镇进行采风。

采风团一行乘坐中巴，从山城文化中心出发，顺着靖东大路往丰田高速公路急行，驶过漳龙的高速公路，很快抵达第一站和溪。再经"和月公路"，蜿蜒而上，我们一行抵达坂场村"和溪花卉苗木营销展示中心"。长方形钢构的展示厅，四周装有透明玻璃。花卉苗木生机勃勃，山坡上柚树硕果累累，满目苍翠，清新的空气夹着泥土的气息，令人心旷神怡。

陪同的坂场村党支部书记兼村委会主任李阳山，与我曾在同一个单位工作。老朋友久不见，甚是欢喜，他用本地自产的灵芝茶热情款待。

李阳山紧接着介绍坂场村：

和溪镇地处九龙江西溪源头，与龙岩、漳平、华安三县市交界，而坂场村位于和溪镇东北部，辖 8 个村民小组，1524 人，其中党员60 人，是福建省"乡村振兴示范村"，这里山多地少，在乡村振兴大潮中，党支部引领村民，发挥地理、气候资源，以及市场配置的独特优势，大力发展花卉苗木产业，全村种植花卉苗木约 6000 亩，其中本地种植约 3000 亩，村民外出承包种植 3000 亩，主要品种有竹柏、茶花、桂花、罗汉松、含笑、毛杜鹃、红花檵木、红叶石楠等，年出售大小苗木 3000 万棵，销售收入约 7000 万元，村民年人均收入 2.3 万元以上。

我们到达坂场村已是暮秋时节，暖阳下，放眼望去，和溪镇坂场村漳和花卉示范场，却是一派春意盎然、群芳争艳的景象。

看那杜鹃花，有粉的，有红的，据说喜欢杜鹃的人都是纯真无邪的人，杜鹃花代表着对于爱情的喜悦，它总是开得热烈，开得灿烂，有着一往无前的美感。蜀国曾闻子规鸟，坂场可见杜鹃花。那杜鹃花便是花中的西施，此时开得灿烂，美得惊世骇俗。

瞧，那十字形花瓣的不正是龙船花吗？古时相传十字形咒符可以辟邪去瘟，端午期间，划龙船的百姓把它与菖蒲、艾草一起插在龙船上，龙船疾驶时，船上的人和岸上的人互相抛花以求热闹吉祥，久而久之，这种花就叫龙船花了。"碧叶花团锦簇船，每逢佳节喜开颜"，而今，虽非佳节，或许是龙船花见到我等文人墨客，正笑逐颜开。

只见苗木花卉示范场内，朵朵红茶花正含苞待放，"岂怜高韵说红茶"说的正是这红茶花，唐朝的司空图夸红茶花时说："牡丹枉用三春力，开得方知不是花。"在司空图的眼里，即使花王牡丹也不能与眼前这红茶花相提并论。如今，它已走进乡村美丽的大街小巷，走进居民的庭院。

低矮的蓝色小花，是蔓长春花吗？此时也不甘示弱，争相斗艳。

"裁为合欢扇，团团似明月。"看那些较大的浅粉色花儿，莫非是粉纸扇？

展示厅的花房里还有竹柏、茶花、桂花、罗汉松、含笑、毛杜鹃、红花檵木、红叶石楠，以及许多我叫不出名字的花儿。

和溪镇以坂场村为中心，辐射到整个"和月公路"沿线的林坂、月星、月明等村，形成供应花卉苗木的示范场一车又一车的竹柏、茶花、桂花、罗汉松、含笑、毛杜鹃、红花檵木、红叶石楠等正在源源不断地销售到江苏、浙江、广东等省，走出一条因地制宜、因花卉苗木致富的乡村振兴模式。

沿途风光明媚，神农谷的水清澈，清新的蓝，怡人的绿，醉人的美，如今，乡村振兴的和溪，金山与青山共存，产业与乡愁同在，人与自然共生的和溪，一幅锦绣新画卷正铺开。

短暂的采访即将结束，通过座谈，现场采访，我见证了农民既是乡村振兴的参与者，也是受益者，一旦踏上和溪农村创业热土，一幅"农业强，产业兴，乡村美"的画卷正在徐徐铺展，各项事业蓬勃发展，势头强劲，和溪——福建省"省级文明乡镇"焕发生机，一场场建设富美乡村的战役还在持续打响，幸福花儿迎风绽放……

新时代，新乡村，人人参与，大有可为，和溪镇坚持党建引领，敢想敢干。村企共建，合作社打头阵，共同打造乡村新生态、新模式、新产业，因地制宜，发掘乡土特色，走出的乡村振兴模式值得借鉴，推动乡村振兴提速增效值得探讨。

（《张氏杂志》2022 年 1 月）

我与孙子爬黄山

　　黄山位于安徽省，因拥有世界自然与文化遗产而闻名遐迩。常言道："五岳归来不看山，黄山归来不看岳。"黄山在中国名山中的地位，由此可见一斑。

　　2019年暑假的一天，我和孙子慕名来到黄山。爷孙同行，黄山又是"世遗"胜地，移步即景，孙子十分高兴。

　　站在黄山脚下，望着那巍峨的黄山，山峰一座挨着一座，千峰竞秀；每一座山峰都拔地而起，气势磅礴。我不由想起一首写黄山的诗："一座石骨棱棱气象殊，虬松织翠锦云铺。天然一管生花笔，写遍奇峰入画图。"心想：这座山可真高大！我鼓励孙子，要用自己的双脚征服它，站在山顶上一睹黄山的秀丽风光。于是，我和孙子迈开大步，开启了爬山之旅。走着走着，老天爷突然变脸，几片乌云遮住了明媚的阳光，而山路也变得陡峭，年纪还小的孙子体力不支，气喘吁吁，心里打起了退堂鼓，作为爷爷的我，用鼓励的眼神回头看着孙子，拍拍孙子的肩膀，微微一笑，对他说道："乖孙子，无限风光在险峰，继续走吧，加油！"站在半山腰上，孙子边走边玩，此时，我教会孙子，出外旅游，走路不看景，看景不走路，才能保证出行安全，乖巧的孙子点头示意，望着对面的山峰，在爷爷的鼓励下，改变退却的想法，表示自己一定不放弃难得的与爷爷第一次旅游的机会。前面的路也许会更难走，天气也许会更恶劣，但是经过自己的努力才能到达顶峰，欣赏到最美的黄山。坚定的奋斗目标指明了前进的方向，孙子鼓起了勇气，迈开大步，继续往上攀登。

老少同行，其乐融融。

走着，走着，峰回路转，爬过一路又一峰，乌云渐渐散去了，太阳像个大火球，火辣辣地照耀在我俩的脸上，爷孙两人汗流浃背，豆大的汗珠从额头流了下来。也许走累了，放弃的想法再次袭来，孙子一屁股坐在了台阶上，皱起了眉头，一脸沮丧的神色。

爷孙小憩一会儿，在此期间，我讲起了《水浒传》景阳冈武松打虎的故事。而后，我转身指着光明顶，大声地说："光明顶上的风景可美啦，我俩抓紧一些，时候不早，争取时间还可以看到黄山落日，加油，乖孩子！来，我牵手前行，一起攀登顶峰吧！"我们一鼓作气，冲向山顶，随着"三二一——我们胜利喽！"的一声欢呼，我们站在了光明顶。

往下望，黄山雄、峻、秀、险的美景展现在我们眼前，黄山落日、迎客松、云海……孙子顿时感觉自己是一名"登山英雄"，脸上露出喜悦的笑容，面对滔滔云海，我们一起大声背诵着古诗："会当凌绝顶，一览众山小"；背诵着厦门著名诗人汪国真励志诗《山高路远》：

呼喊是爆发的沉默

沉默是无声的召唤

不是激越

不是宁静

我祈求

只要不是平淡

如果远方呼唤我

我就走向远方

如果大山召唤我

我就走向大山

双脚磨破

干脆再让夕阳涂抹小路

双手划烂

索性就让荆棘变成杜鹃

没有比脚更长的路

没有比人更高的山

此时，我还讲述关于汪国真有着"中国诗歌最后一个辉煌诗人"之称的故事，他的代表作为《年轻的风》系列诗集。在 2013 亚太经合组织（APEC）工商领导人峰会上，习近平主席曾经引用过汪国真的诗句："没有比人更高的山，没有比脚更长的路。"

爷孙一同攀登美丽的黄山是辛苦的，在此过程中，我结合爬黄山的经历，给孙子灌输了这样的理念：如果想在旅游中得到很好的收获，观赏无处不在的风光，首先就要具备坚韧不拔的意志和坚持到底的精神。同样地，要想在学习中取得更好的成绩，就必须刻苦学习，刻苦钻研，否则，就不会达到目的。

是啊！人生就像爬山一样，既然选择了奋斗的目标，就不要停下行进的脚步。

生命不息，奋斗就不应该停止。人生，就像此次在风雨中登山一样，不断抵达一个又一个顶峰，如此，才能赢得更多的掌声！

（红罗山书院平台 2020 年 4 月 22 日）

朝鲜见闻录

2019 年 3 月 28 日，我们一行人从厦门乘飞机抵达大连，然后换乘动车前往丹东市，当晚入住丹东市的泊夜大酒店。

鸭绿江是中朝的界河，因水鸭子和青芦苇多，得名鸭绿江。1911 年日本殖民机构驻朝鲜府总督铁路局，建成横跨两岸的鸭绿江大桥。1950 年 11 月至 1951 年 2 月，朝鲜战争期间，经美国飞机多次轰炸，毁为废桥，只剩下半截，朝鲜一侧只留下光秃秃的几个桥墩。鸭绿江断桥现为国家重点文物保护单位。

第二天早上，在丹东火车站，换乘丹东至平壤的国际列车。我们乘坐的国际列车从丹东火车站缓缓启动，经丹东口岸，雄赳赳、气昂昂跨过鸭绿江，驶入朝鲜新义州市。遥想当年，战火纷飞，鸭绿江大桥被炸断，仅存五孔，留下战争的印记。

抵达新义州市，办理朝鲜入境手续，我们前往朝鲜民主主义人民共和国首都平壤。朝鲜民主主义人民共和国总人口 2500 多万人，平壤市人口 300 多万人，平壤与北京时间时差为平壤快 30 分钟。

朝鲜具有悠久的历史和灿烂的文化，山清水秀，旅游资源丰富。朝鲜民主主义人民共和国是一个社会主义国家，实行的是计划经济体制。依靠国家的统一领导和各企业的相对独立性与创造性的有机结合，依靠自己的资源和技术、自己的力量，实现的民族经济计划。

朝鲜实行 12 年制的免费义务教育、免费就医，完全由国家负担，住房、就业、交通、养老等都由政府提供服务。

在朝鲜，我们参观了如下景点：

一、国际友谊展览馆。我们一行人，乘车前往朝鲜五大名山之一的妙香山，参观了国际友谊展览馆。展览馆收藏着五大洲各国政党领袖和国家领导人及著名人士向金日成和金正日赠送的礼物。

展览馆为 6 层楼，是独具特色的朝鲜建筑，看似木结构，其实没有使用一根木料。参观之后，我们敬仰之情油然而生。

二、凯旋门。为了纪念金日成主席带领朝鲜历经 20 年抗战而兴建。

三、友谊塔。为了纪念牺牲在朝鲜战场上的中国人民志愿军烈士而建造。在纪念碑前，我们敬献鲜花、默哀、三鞠躬，友谊塔上刻有碑文："高举抗美援朝、保家卫国旗帜，同我们一道在这块土地上打败共同敌人的中国人民志愿军烈士们，你们留下的不朽业绩和用鲜血凝成的朝中人民的国际主义友谊，将在我国繁荣的疆土上永放光芒！"我们迈着缓缓步伐前移到纪念馆。在纪念馆，抚摸馆藏的英雄名册。英烈名垂青史，朝中友谊代代相传，流芳万古！纪念馆内部绘有壁画，在《胜利篇》前，我凝望壁画，它描绘着同朝鲜人民在一个战壕里，并肩战斗的中国人民志愿军指战员们，以及高呼万岁，共享胜利喜悦的朝鲜人民。

回忆儿时，千里马电影制片厂制作的抗美援朝电影里，中国人民志愿军勇士们与朝鲜人民军在长津湖畔、清川江沿线、上甘岭等战斗中，密切配合，共同作战，敢于牺牲，建立丰功伟绩，涌现出黄继光、罗盛教、邱少云、毛岸英等战斗英雄，我不由得立正，向英雄敬礼！

四、千里马铜像。是在千里马运动蓬勃开展的 1961 年 4 月建立的，意为"以跨上千里马的气势向前奔驰"。铜像高 46 米，塔身由 360 多种形状的 2500 多块花岗石砌筑而成。

五、金日成故居——万景台。朝鲜民族的伟大领袖金日成主席在此诞生并度过童年时代。

六、万寿台大纪念碑。坐落在平壤市中心万寿台岗上，1972 年 4 月建造，是为了纪念金日成同志领导的朝鲜革命的光辉历程和他的永不磨灭的革命业绩。

平壤市是朝鲜的政治、经济、文化中心，也是朝鲜旅游的中心，平壤有许多具有现代气息的纪念碑式建筑，其中具有代表性的景点有锦绣山太阳宫、万寿台大纪念碑、主体思想塔、建党纪念塔、千里马铜像、金日成广场、万寿台议事堂、祖国统一三大宪章纪念馆等。

4 月 2 日，我们一行人，满载旅游喜悦，笑容定格在每个人的脸上，返程回国。

（当代文谈平台 2019 年 4 月 22 日）

泰姬陵，爱的永恒见证

　　距新德里195公里的阿格拉城郊的泰姬陵，是我们"印度金三角经典6日游"行程中最重要的景点。它是印度莫卧儿王朝第五代帝王沙贾汗为心爱的王后——慕玛泰姬·玛哈尔修建的陵墓，与我国的万里长城、埃及的金字塔、巴比伦空中花园、意大利的罗马大斗兽场、利比亚亚历山大墓和土耳其圣索菲亚大教堂，并称为全球七大建筑奇迹，被誉为"印度明珠"，1983年被列入"世界文化遗产名录"。

　　泰姬陵园区分前后两个庭院。我们站在前后院之间那座雄伟华丽的红砂石门楼中，放眼望去，泰姬陵像仙山楼阁，在淡淡的晨雾中若隐若现。

　　初见泰姬陵，没有不被它的宏伟壮观惊羡的。它东西长580米，南北宽305米，四周筑有红砂石围墙。从大门到陵墓，有一条红石铺成的直长甬道，两旁是人行道，中间是正方形大花园和十字形喷泉水池。我们跟着游人的脚步前行，很快来到陵园中央。

　　陵园中央是一座边长各95米、高7米的方形台基，四角各有一座40米高的圆塔，这种塔俗称拜楼，是伊斯兰教信徒们向麦加圣地方向朝拜的塔楼。台基之上，是74米高的圆顶寝宫。寝宫四壁，各有1扇大拱门和6扇小拱门。寝宫正上方，有一面石鼓，承托着一个顶端有金属小尖塔的大圆顶，周围有4个小凉亭环绕。

寝宫共有5室，中央宫室里有一道雕花的大理石围栏，里面置放着泰姬和沙贾汗的大理石石棺。

泰姬陵主体结构和整体布局，前后左右，一一对称，就连两侧附属建筑——清真寺翼殿，也是彼此对应，给人以四平八稳、风雨不动安稳如山的感觉。

由于泰姬陵的主体建筑是以白色大理石构成，而两座翼殿则由红砂石砌就，这就把主建筑那银辉耀眼的雪白，衬托得更加典雅、圣洁。

关于泰姬陵，导游通过一个传奇的爱情故事，将我们带到1607年的阿格拉宫廷集市。那年，15岁的库兰王子在集市上遇见兜售小玩石的14岁的阿姬曼·芭奴，两人一见钟情，五年后举行婚礼。1627年，库兰王子在父王查翰格驾崩后继位，成为沙贾汗，阿姬曼·芭奴被封为泰姬。从此，这对恩爱的夫妻形影不离，沙贾汗每次出征，泰姬都以军事顾问和御玺掌管人的身份随军而行，在短短的19年内生育了14个儿女。当39岁的她在随夫征战德干高原途中于营帐里生下第14个婴儿时，突发急病，临终前，请求沙贾汗为她建造一座世界上最美丽的陵墓。忧伤过度而一夜白头的沙贾汗遵其遗嘱，于1631年始，花二十二年时间，动用两万余名工匠，为其修建了这座见证伟大爱情的无与伦比的泰姬陵。

这座回教式陵墓，历时22年建造，耗资巨大，陵墓全部采用来自德干高原的洁白大理石建成，泰姬陵是印度穆斯林艺术最完美的瑰宝，是世界遗产中的经典杰作之一，被称为"完美建筑"，又有"印度明珠"的美称。

沙贾汗原想在河对岸用纯黑色的大理石为自己建造一座陵墓，然后再筑一座银桥，把两陵连接起来。不承想，篡立的儿子奥朗则布把他囚禁在自己亲手督建的阿格拉城堡（俗称红堡）内。在被囚禁的八年里，沙贾汗只能透过囚室窗口，遥望泰姬陵叹息，直到他74岁郁郁而逝后附葬在泰姬棺旁。

演绎凄美爱情的壮观陵宫，就这样静静地伫立在亚姆纳河南岸，为每个来访者讲述震撼心灵的人间真爱。此时此刻，我忽然想起印度大诗人泰戈尔，因为他曾经说过："泰姬陵是印度面颊上的一滴永恒的眼泪。"马克·吐温也说过："爱情的力量在这里震撼了所有的人！"

回程途中，我品味着导游的介绍：泰姬陵从不同角度观赏都是美丽的，在每一季节，甚至每天的每一时刻，泰姬陵都有它自己的色彩。雾气蒙蒙的冬日能呈现梦幻的景象，月圆之夜显出美丽撩人，游客被透明纯朴的美感所震撼；随着季节的变化，树叶也为墓碑添上一层可爱的布景；雨季的云彩更增添了它的美感；每天的日起日落让它具有魔幻般的动人魅力；风平浪静时，有亚姆纳河反射到大理石的光线的变化，更让游客对泰姬陵拍手称绝；尤其是在暗淡的月光下，其圆屋顶犹如悬挂在空中的珍珠与星星相伴着。

啊！泰姬陵，一块无瑕的宝石，一个印度人永恒的爱情见证，它如同一朵鲜艳妩媚的玫瑰花，永远留在我们的记忆里。

（江山文学网 2019 年 10 月 7 日）

重温树海精神　坚定理想信念

——南靖县老干部"迎国庆、不忘初心、牢记使命"侧记

2019 年 9 月 29 日，南靖县老干局在庆祝中华人民共和国成立 70 周年之际，组织南靖县部分离退休老干部，从县城出发，由南坑镇前往"树海浪花"。路上，沿着学习领悟初心使命之强国篇、富国篇、建国篇、建党篇教育长廊，我们踏上素有'闽南西柏坡"之称的这块红土地。

一路上，山路弯弯，放眼望去，林木葱茏，竹海涛涛，"闽南西北坡"南坑镇大岭村隐藏在虎伯寮国家保护区。不知不觉中，我们乘坐的车已经到目的地停车广场。

（一）

走进"闽南西北坡"南坑镇大岭村的纪念馆，大家以崇敬的心情观看一幅幅图画、一件件文物，仔细聆听讲解员的解说。用心灵去感知先烈们的当初的心声。在林文生、李真领寻的带领陪同下，我们重温入党誓词，瞻仰南靖革命烈士纪念园，考察闽南地委干训班旧址等。

难忘树海，树海精神永放光芒，长期的革命斗争中，优秀的中

国共产党人和革命先辈用生命和鲜血构筑、凝聚成伟大的树海精神，树海精神是非常丰富的，其中最主要的是：

革命必胜的坚定信念；

不怕牺牲的进取精神；

实事求是的思想路线；

一心为民的群众观点；

艰苦奋斗的优良作风。

树海精神激励一代又一代人砥砺前行，奋斗不息！

重温党的誓词，面对党旗宣誓，我身处其间，激发斗志，耳际传来毛泽东当年提出的著名的"两个务必"：

"在胜利面前，务必使同志们继续保持谦虚、谨慎、不骄、不躁的作风，务必使同志们继续保艰苦奋斗的作风，只有这样，才能永葆党的青春与活力。"

（二）

我们伫立在闽粤赣边纵队第八支队"挺进树海""解放闽南""接管漳州""，解放厦门立大功"等展馆前，久久驻足、凝望、沉思，思绪被拉回那段光辉的岁月。

厦门城防图

解放时期，国民党为攻下厦门制作了一张军事碉堡图——厦门城防图，当年闽南地下党员秘密地将这张城防图复制成功，并由中共闽南地委交通讯员陈光培将其转移出厦门，他先通过水路从厦门乘船到漳州，再通过陆路将城防图密送树海地区，历经艰险最终将城防图送到解放军指挥部。城防图的获取在解放厦门战役中发挥了极其重要的作用，因此也被称为"解放厦门城防图"。

树海电波传捷报

据《福建中央苏区纵横·南靖卷》载，1949年6月14日，闽南地委无线电台和《前哨报》报社，随同地委机关从靖和浦边区的尪仔石山，转移到树海的白咏村，由刘洁珍任台长，盛夏酷暑的白天，工作人员为了抓紧时间译出电讯稿，供地委领导参阅，顾不得去拍打或赶掉山林中不时飞来的山蚁、小黑蚁；入夜，天气闷热，人人汗流浃背，他们点上煤油灯，收抄电讯，电台在这里"安家落户"，出版《前哨报》至南靖解放，收到许多令人欢欣鼓舞的胜利消息，电台人员心情特别愉快，干劲倍增。

官兵平等乐融融

中共闽南地委机关进驻树海期间，各部门都集体睡地铺，借用群众晒稻谷用的"谷笪"当床垫。粮食主要由永和靖县工委千方百计运送上山，供应非常困难，游击队员一天只能吃两餐饭，平时只有食盐，少有酱油，配饭菜就是咸菜、萝卜干、地瓜叶，如有石竹笋煮咸菜或南瓜空心菜，加上一小片猪肉，就是改善生活了。领导和战士一样，不搞任何特殊。一次，地委副书记陈文平胃病发作，炊事员只煮稀饭给他吃，没有另外煮菜。困难时期，事务长到群众家中买咸菜、借米，都要打借条，说："有借有还，解放后可向当地人民政府讨回。"以此表明"兵民是胜利之本"。

（三）

纪念馆分为六大部分，我由于在南靖县委党校的任教过，目光投向在那铮峥嵘岁月。查阅《中共闽南地委干训班简介》得知，从1949年8月中旬至9月中旬，地委连续举办3期干训班，第1期培训对象：各战线干部队伍、地方工团分批抽调知识分子骨干30人；第2期培训对象：抽调南洋的归国华侨及香港同胞20人；第3期培训对象：抽调厦门大学、厦门侨师、香港达德学院地下党输送的具有大专以上文化程度的学员30人，进行集中学习培训，共培训了80多人。培训班班训：将革命进行到底。主题：端正入党动机，明确形势任务，掌握方针政策，参加新区接管和城市政策，新华社重大新闻、社论等。主要课程：由闽南地委副书记陈文平、闽南地委宣传部副部长高明轩、龙溪军管会副主任陈子瑜授课。通过培训学习党的方针政策和毛泽东论著，明确了形势和任务，增强了解放闽南接管政权的信心和决心，在这期间，干训班里，厦门大学的老校友陈明、陈野、吾惠冬、陈今生、蔡莳、杨涛、徐因、周立方、毛涤生、刘振美（女）、刘正坤（女）、吴东南，陈相计，李岗，马香钧（女）等革命先驱铭记"自强不息，止于至善"的厦门大学校训，发扬厦门大学的四种精神：罗杨才烈士的革命精神、陈嘉庚先生的爱国精神，抗日战争时期厦大内迁闽西艰苦办学的自强精神，王亚南校长、陈景润的科学精神。

干训班结束后，成立了150多人的"龙溪军管会，"并于1949年9月21日胜利抵达漳州，开始进行接管工作。

今天，重温树海精神，坚定理想信念，温故而知新，常学常新，参观"闽南西北坡"，瞻仰中共闽南地委培训班旧址，通过严格的党性锻炼，结合开展"不忘初心，牢记使命"主题教育，进一步增强"守初心、担使命"的责任意识，筑牢信仰之基，补足精神之"钙"，把稳思想之舵，奋力走好新时代的"赶考路"。

大家认为这是一次荡涤心灵的党性寻根之旅，接受革命传统的熏陶，纷纷表示将砥砺前行，学到老、活到老、改造到老，做一个合格的共产党员。

第四辑　兰谷

● ● ● XIANGYUCHUNFENGNAMOLV

书香

走，到南靖看兰花

　　在人口只有 37 万人的南靖县里，不仅拥有世界级的文化遗产"福建土楼"，更有个"兰谷小镇"，享有"中国兰花之乡"的美誉，令人不能不刮目相看。

　　兰花，叶秀花香，没有醒目张扬的艳态，没有硕大的花和叶，却具有质朴文静、高洁典雅的气质，与梅、竹、菊并列"四君子"，历来受到国人的喜爱。孔子赞其"王者之香"，诗人屈原，更是躬耕百余亩，种植兰花，用兰花沐浴，叫"沐芳"，还缝兰花香袋佩戴，算是兰花的痴情者了。

　　人们还常用兰花比喻美好的事物，如以"兰章"比喻诗文的美，以"兰交"比喻友谊的真诚美好。1985 年 5 月，兰花被评为中国十大名花之一。

　　中国人喜爱兰花，还和文人的"兰德"情结有关。兰生于山林幽谷，经受风雨，而能立定悬崖峭壁，繁衍生息，因为其聚簇而居，丛生固本。这就是"兰德"中的团结奋进、自强不息的高尚精神。

　　中国文人向来有崇尚隐士、淡泊名利、归隐山林的情结。看，兰花生于幽谷岩崖，朝沐清风，晚伴明月，与樵牧为朋，与梅竹为友，在深山老林中孤芳自赏，这与陶渊明的"采菊东篱下"、诸葛亮的隐居隆中，"不求闻达于诸侯"的情怀何其相似！纵使置于闹市的朱门庭院，它依然一尘不染，素雅清高，幽香依旧。这就是淡泊明志、洁身自好的高洁之德。

人们喜爱兰花，还因为其香清幽、纯正、悠远，令人脱俗，使人神醉，从古至今兰花被誉为国香、香祖、天下第一香。兰花，无论是身处冰天雪地的北方，还是多雨的江南；无论是身处深山老林，还是在繁华的都市，它每每开花，清香四溢，将美好祥和洒向人间。这就是兰花的奉献精神，兰德之所在。

总之，中国人对兰花的热爱，是刻在骨子里的。兰花的品格早已成为中国人集体性格的一部分，被国人看在眼里，刻进字里，绘在画里，写在诗里，说在话里，注入心里。

南靖，古称"兰陵""兰水"，气候温和多雨，境内山多林密，竹木参天，土壤肥沃，优越的自然生态条件适宜兰花的生长，所以南靖自古以来盛产兰花，且野生兰花资源十分丰富。南靖是全国四大兰花原产地之一，是全国最具特色的墨兰、四季兰、寒兰的主产地，也是福建省种植规模最大的兰花集散地。

改革开放后，市场经济被激活，南靖县人民政府更加重视开发兰花资源，把兰花列为高优农业项目。1994 年，南靖县成立兰花协会，在政府的支持下，县兰花协会在丰田农场创办 2.5 公顷的国兰示范场，引入 34 家台商与大陆商人投资。该场建有兰花管理房 40 多幢，种植兰花 200 多亩，1000 多万株，是闽南第一个集兰花销售、展览、储运与信息交流，以及技术咨询服务、观赏旅游于一体的新型兰花观光园，也是当时全省最大的国兰专业市场。

1997 年，南靖县把兰花确定为"县花"。

1998 年 10 月，南靖县被中国特产经济委员会授予"中国兰花之乡"称号。通过花展、花节，南靖兰花驰名四海，大量销往广州、南京、北京，并出口韩国、日本、新加坡等国家。

南靖兰花享誉海内外，先后被工商总局授予集体地理标志商标、福建省著名商标、中国驰名商标。2013年，南靖县国家级兰花栽培标准化示范区更是顺利通过由省质监局、省农业厅、省林业厅、省农科院、省海洋渔业厅等五单位组成的第七批国家级农业标准化示范区验收组的考核。许多兰界朋友慕名前来参观考察。中国花卉协会会长、农业部原部长何康视察南靖时，挥毫题下"南靖山水秀，幽谷佳兰香"。

2016年，南靖兰花搭乘"天宫二号"开展太空育种，开创中国兰花太空育种的历史先河。兰花已成为南靖走出福建，跨出国门，跻身世界，遨游太空的独特品牌。

南靖也是福建省种植规模最大的兰花集散地。至2019年，南靖兰花产业已形成南坑镇村雅村、南高村、南坑村三个兰花示范村，山城四公里（四公里是地名）、丰田兰花市场、南靖（凤翔）兰花展示交流中心、省林业科技中心等兰花示范园的发展格局。全县兰花企业86家，专业合作社7家，兰花种植户2800多户，种植面积4560亩，从业人员2.1万多人，年产兰花8大类1000多个品种9000万株，组培兰花苗300万株。年产值14.5亿元，年销售额达10亿元。

南靖县建立兰花专业网络营销队伍200多支，开辟网上兰铺2500多家，每日平均外销兰花2万多件，全年网络销售总额达4亿多元。

为了打造兰花文化与兰花品牌，南靖县自1997年首次举办兰花文化节，以花为媒，以兰会友，以兰招商，至今已经成功举办了九届兰花文化节。最有特色的，我以为是2019年3月8日，在南靖田中赋土楼群开幕的第九届南靖兰花文化展。此次兰花文化展通过系列活动，把南靖的两个王牌"兰花"与"土楼"结合起来，看，兰花为媒，土楼迎客，"花田喜事·文旅兰会"，诗意十足了！它不仅全方位展示了南靖"世遗土楼·中国兰谷"的独特风采，而且提升南靖的知名度和对外影响力。

田中赋土楼群位于南靖书洋镇田中村，土楼群依靠狮尾山，傍临潭角河，群山环抱，山清水秀，小桥、流水、人家，与自然环境融为一体，给人一种安静祥和的视觉感受。目前，田中赋土楼群由福建乌托邦置业有限公司经营。

经整治后的潭角溪，整洁清新，溪水清清的、静静地在流淌，一架小桥连接两岸。彩旗、气球在小桥上飘扬，兰花在小桥两边的廊道上绽放，一队打扮得花枝招展的旗袍女人，撑着花伞，在桥上走秀。溪水一边是平展的田洋，搭起临时会场，周边开始绿化，绿油油的新铺草地，以及新植的小树；一边是青山下，溪岸边的土楼。田中赋土楼群由七幢土楼组成，其中大学楼是接待体验中心。一盆盆获奖的兰花在这古朴的土楼里展示。土楼天井里筑起一座层级式的花坛，土楼里的一个个房间，修饰一新，打造成一个个展厅。这次兰花赛参展的2000盆国兰、洋兰精品，评选出的146个获奖作品，包括总冠军1名、特金奖5名、金奖20名、银奖40名、铜奖60名等，都在这里展示。哇，这是总冠军建兰"三明鱼鱿"，那是特金奖墨兰"白玉素锦"、蕙兰"福星"、春兰"下山新品线艺三星"、蕙兰"七彩虹钻"、春剑"红素霞"！

　　田中赋土楼群的竹林楼是土楼文化展示交流中心，通过高科技手段立体呈现；辅楼为文化艺术长廊，集美育、普及、寓教于乐于一体，展现艺术家以土楼为题材的艺术作品；光辉楼为民俗展示馆，通过历史的遗物遗迹，表现土楼人的生活常态；顺兴楼是宗祠馆；外楼为小吃一条街，举办了富硒农产品展；溪边吊脚楼为会所。当天，溪边吊脚楼也是最亮丽的地方。门外石道上，在兰花的香风熏陶下，在摄影师与游客的镜头下，一个个香艳的女人在那里婀娜多姿地走秀。在古色古香的楼内大厅里，赏花、品茗、听音乐，还有一排身着旗袍的窈窕女子在表演茶艺。置身其境，真有点乐不思蜀啊！

　　这天，真是热闹非凡：上午的开幕仪式上，漳州市副市长兰万安，中国兰花协会副会长陈少敏、王重农、孙智勇，省文艺志愿者艺术团团长宋闽旺，省对外文化交流协会副会长卢承圣等近千名海内外嘉宾参加了开幕式。出席开幕式的领导还共同上台浇启兰花。

　　这天，真是成果累累：开幕现场 4 个项目举行签约仪式，总投资 112 亿元。

　　这天，在主会场上，土楼文艺节目精彩纷呈，歌声嘹亮，舞姿翩跹。

　　在南靖，一年四季，兰花花香不绝。春兰谢了，蕙兰吐蕾，秋兰刚凋，寒兰开放……如期而至的兰博会，在南靖体育馆举办。倘若站在兰花的花海里，只想让那沾满了尘烟的衣袖，在漫天花海里轻舞，人间至爱是清欢，朵朵怒放的兰花，汇成兰花的世界，便是心灵的放飞好去处！

　　岁月匆匆，2020 年已经挥手而去，2021 年春天的花朵正灿烂开放。在"中国兰花之乡"福建省南靖县，即将迎来新的喜事、盛事：第三十届中国（南靖）兰博会！

陈清仙诗曰：

南靖心馨四海扬，凤翔园圃媚花场。

迎春朱紫炫娇色，凝露素黄浮艳光。

远上天宫催种影，携来玉宇郁芝香。

会须畹静熏风拂，岁岁芬芳兆吉祥。

（齐鲁文学 2019 年 6 月 5 日）

雨林赏兰

十年前，我游览了福建南靖的乐土雨林。自此后，乐土雨林无数美丽的山水画卷，就深深烙在了我的脑海里。"青山""绿树""常年云雾缭绕""气候温和""雨量充沛""景观独特""资源丰富"，除此以外，我似乎找不到其他词汇来描述她的美。

时间，恍如流水，一晃而过。十年后的今天，我从静生园山门进去，拾级而上，顺着绿荫小道，信步来到虎伯寮国家级自然保护区的核心区——福建南靖乐土亚热带雨林。面对熟悉而又陌生的景区，我大有"前度刘郎今又来"的感慨。

乐土雨林面积 320 亩，是我国东南沿海唯一的原始植物群落，素有"东南小西双版纳"之称。区内生长着 1100 多种珍稀植物，80 多种鸟类，林内植被完整，古木参天，其植物结构多达六七层次。仅藤本植物就有 184 种，它们或爬蔓地表，或缠绕树干，或宛如龙腾蛟舞，蔚为壮观。据雨林守护人林国忠介绍，区内有一种叫密花豆藤的红叶藤本植物，素有"中华第一藤"之称，它构成了南靖雨林神秘奇观，使乐土雨林倍增光彩。在中央电视台《神州风采》第 99 期，曾专题播出过，引起国内外广泛关注。被国家列入10 种一级保护植物之首的刺桫椤，是 3.8 亿年前的古生代志留记时期的裸蕨植物，曾是地球上最繁盛的植物，与恐龙同为"爬行动物时代"的两大标志，其冠像一把绿色的雨伞，形态端庄秀丽，风格独特，亭亭玉立，令人倾慕，其踪迹如今已十分罕见。难怪乐土雨林被世界林业会议定为"珍贵稀有的亚热带雨林"。

林中，古木参天，最令人惊叹的千年红栲树奇观：它那裸露在地面上，有如一堵墙似的板状根，竟长 3 米多，细瞧板状根，如动物、如植物、如山川……各种造型，无不栩栩如生，惟妙惟肖。远看放射性板状根，形似一堵墙，挡着你前行步伐。山门前，有"五大金刚"之称的那棵千年红栲树，虽然"寿树通天"，仍依靠板状根吸吮着大地的营养，至今仍枝繁叶茂，郁郁葱葱。大树底下，它那裸露出地面上，高过藤盖的板状根或向四方辐射，或似波浪凝固，或似驼峰凸起，或如鱼脊浮现，或像小狗匍匐，就连主干上那粗糙的树皮，也被岁月雕成目光锐利的"山鹰"，望月沉思的"金猴"，宛如在树头护林不歇的卫士。真乃神功造化，令人叫绝！

正徒步走着，微风吹来一股香气，扑面而来，幽香清远，馥郁袭人。蓦然回首，不知不觉来到了观兰亭。仰望树上兰花，其叶风姿优雅，伴随着小溪泉水叮咚，成为雨林一绝。这里是建兰的主产区，被誉为"建兰的故乡"，盛产报岁兰。报岁兰春节开花，香气清新醇正，沁人肺腑，浓而不烈，香而不浊，闻之清新，古人云："崇兰生涧底，香气满幽林。"2400 年前，中国文化先师孔子曾将兰花称为"王子之香"。闽南一带家家户户有春节贴春联，在主厅堂摆上一盆报岁兰的习俗，意为"大吉大利"。同游的兰花协会的刘老先生说起有关兰花的一则故事：2001 年第二届全国兰花节，南靖县一株水晶墨兰拍出 38 万元的惊人价格，被广东兰商买走。

南靖县，古时称为"兰水"，雅称"兰陵"，位于"闽南金三角"，地处东经 117°30′，北纬 24°26′，属于南亚热带气候区，温湿多雨，境内山多林密，竹木参天，土壤肥沃。优越的自然生态环境为兰花的生长提供了良好的条件。南靖县是我国四大兰花产地之一，自古以来盛产兰花，是"中国兰花之乡"，兰花为南靖县县花。全县种植兰花4500亩，年产8000多万株，从业人员1.3万人，遍布全国各地，年产值超14.5亿元。

南靖山好，水好，人好，兰花更好。南靖人民爱兰，也善于种兰，基本上家家户户都种兰。兰花已成为当地农民手中的"绿色股票"，花农们还上网开辟了"网上兰铺"，足不出户在家中上网售兰。在刘老先生的记忆里，20世纪90年代初，南靖兰花用麻袋装论斤买。现在借助网络，实现了"兰花草"到"兰花金草"、"绿色股票"的华丽转身。农业部原部长何康视察南靖时，曾欣然题词："南靖山水秀，幽谷佳兰香。"

兰花具有观赏价值，国兰品种的特点是香，洋兰如蝴蝶兰、跳舞兰的特点是漂亮。国兰适宜的生长温度是15℃~35℃，相对湿度以40%~70%为宜。在南靖，高山密林，野生兰花资源十分丰富。溪涧润地自然生长兰花共有9大类1000多种。以建兰、墨兰、寒兰，春兰品系为多，珍稀品种约400多种，如矮种叶艺晶艺、奇花墨兰、山城绿、四季素心建兰、奇花建兰、素心中华寒兰，深受海内外兰花爱好者青睐。兰花因此成为当地农民手中的"绿色股票"。

中国人自古有养兰、爱兰、种兰的习惯，历代文人墨客留下了许多咏兰诗篇。战国末期楚国的屈原，在《九歌》中咏兰："绿叶兮素华，芳菲菲兮袭予。秋兰兮青青，绿叶兮紫茎"；唐朝韩伯庸写的《幽兰赋》，表达对兰花的纯洁无瑕、冰肌玉质，具有君子淡雅清高风度的喜爱及赞美之情；晋朝陶渊明的《移居》诗曰："闻多素心人，乐与共晨久"……总之，绿素高雅，黄素高贵，白素高洁，红素大吉，爱兰赏兰各有情趣，乐在其中。

坐在观兰亭赏兰，此时，正值中午，游客陆续来到此地，歇歇脚步。哎，身心回归大自然，收藏阳光满心胸，惬意极了！太阳的光线丝丝穿透层层叠叠的乐土原始森林，有的绿得发黑，深极了，浓极了；有的绿得发蓝，浅极了，亮极了。在翠绿色的森林怀抱里，显得耀眼。一伙人穿行在山林小径，置身于群山环抱，小溪旁、山林里长着的兰花与树上兰花，在微风中摇曳着，摇出一片恬静与温馨，此时，我的耳际传响着陈毅元帅的《幽兰》诗："幽兰在山谷，本自无人识，只为馨香重，求者遍山隅。"

徐徐走在绿荫小道，雨林的清风缕缕，拂过面颊。在这里，曲径通幽，过了这山到那山，可免费享受负氧离子非常充分的天然氧吧中的"森林浴"；在这里，探寻大自然的奥秘，体验生态科普旅游：这里有一级保护植物刺桫椤，有二级保护植物观光木，有三级保护植物闽楠，有树上绽放的兰花等，既增长知识，又开阔眼界；在这里，倾听鸟语低诉，万啭蝉鸣，让来此的你，体会"蝉噪林愈静，鸟鸣山更幽"的绝妙境地，置身于此，心中所有烦恼涤荡全无，物我同化，人与自然和谐。

到了雨林主峰，登高望远，群山连绵起伏，对岸的石崆山隧道，漳龙高速从南靖穿境而过，它像墨绿的飘带系在尖峰山山腰上，与田园风光交相辉映，把全国生态名县南靖点缀得分外妖娆。俯视雨林山下乐土富美乡村，一列列动车从龙岩开往全国各地，319 国道各种车辆来往穿梭，好一派繁荣景象，这是党的富民、惠民政策给农村带来的巨大变化，也是漳州市建设"田园都市，生态之城"的真实写照。

（获"建设生态漳州，打造美丽家园"征文三等奖）

稻花香里说丰年

金秋十月，正是稻菽金黄的季节。我慕名来到南靖县船场镇高联村，参加南靖县首届农民丰收节暨"稻花香"民俗文化节。

汽车沿着盘旋的山间水泥公路行驶，群山连绵起伏，最让人震撼的是环绕着山的一丘丘梯田，依地形有规律地排列着，层层叠叠，一望无际。时值秋收季节，田野一片金黄，沉甸甸的稻穗在微风中摇曳着，散发出丰收的芳香。

在这片金黄色的田野上，梯田一层层，一片片，稻穗金光闪闪。极目远眺，犹如大地流金，美不胜收。扫视左右，群山拥抱，山青水绿，挂满果实的百果园，翠绿的茶园风光……真是生态环境优美。

丝丝的秋凉，伴着清新的稻香，把你带入世外桃源的田园牧歌式的生活。

远处，是一幢幢土楼民居，不时有农民从田间路、茶园路、鹅卵石路走过。不远处，鸡鸣犬吠，溪流潺潺，滋润着一方土地，可谓是"一方山水，养一方人家"。

此时的我，在这里感受着秋天，感受着收获的季节。当秋风吹过田野，吹黄了稻子，金灿灿的稻穗笑弯了腰，父老乡亲感受到了劳动的甘美，感受到丰收的喜悦。他们被太阳晒成古铜色的脸庞上，绽放出甜美的笑容，那不知流淌了多少汗水，换来丰收的果实，就在一眼望不到边的山上与田野。

船场镇高联村是个小盆地，村民们自古辛勤劳作，日出而作，日落而归，民风淳朴，热情好客。村庄由五座山脉环抱，村庄末端有个大池塘，形似猪槽，人称"五猪拱槽"，是一块风水宝地。时光飞逝，如今的高联村，耕地面积1120亩，蔬菜、杂稻面积1960亩。据全县土壤抽查检测，高联村土壤含晒达0.966mg/kg，这里生产的富硒大米、特色农产品，投放市场后，受到消费者的青睐。

不远处，几只水鸭从清亮的大池塘水面掠过，一圈圈涟漪向着岸边荡漾，我的思绪也回到儿时：

往事难忘，当年跟着母亲学插秧，用着"画行器"。当年推广矮秆、密植，淘汰高秆，墙上都写着这些标语。在平整的农田里，与土地亲密接触，我默默低吟着诗：

> 手把青秧插满田，
> 低头便见水中天。
> 心地清净方为道，
> 退步原来是向前。

恍惚中，我似乎听到牛铃叮当，牛把式仍在扶犁耕作，一声吆喝伴随一声长鞭的脆响，犁翻了行行沃土。这铃声牵动着春种秋收季节的更迭，牵动着农家人的日月，去体会那农耕文化、农业文明。

随着社会的大分工，农业文明开始，大地上的稻田里，常常以风景的形式，以诗化的记忆，萦绕在我的心胸，农事干活无不贯穿着忙碌、艰辛、汗水、变迁。

漫步在金黄色的田野，开镰收割惹人醉，农民们为农事干活做好准备，诸如镰刀、打谷桶、谷笪、麻袋等农具。只见农民们躬身挥舞着镰刀，收割着成熟的稻穗，一垄三至五行，唰唰前行，在其身后留下了一堆堆整齐的稻堆。然后，打谷的农民把这稻堆往打谷桶里打稻穗，打一遍翻一遍，直到一粒粒金黄色的稻谷打满谷桶，稍事休息，把稻谷装在麻袋里，以肩扛运到晒谷场，或用谷笪晒稻谷。几经暴晒的稻谷，浑身的湿气已经蒸发得无影无踪，只见老农用手抓起一把，从中随机拿取 1 粒至 3 粒，往嘴里塞，用牙齿咬一粒在嘴里，"嘎嘣"作响，凭经验晒干后以便储藏，这与稻共舞的场景，成为山乡别样的风景。

回首儿时，每逢稻谷收获的季节，我放学后，和同伴们三五成群，来到田野，阵阵的稻香漫溢在村庄的上空，那沁人心脾的香味能使人的心情由浮躁归为沉静，由怨愤变成纯善，透出如镜的宁静清澈。生活如秋空，如此表里如一的和谐使得村庄拙朴自然，喜气安稳；看着随秋风起伏着金色稻浪滚滚，沉甸甸的谷穗被风吹得弯下了腰，我欣喜若狂，在收割水稻的热火朝天的劳动现场，我和小伙伴们融入，帮着乡亲们，拿稻堆，拾稻穗，扎稻草，帮看牛……

我想，在这稻花香的时节，一旦踏上这块"乡村振兴，村庄美丽"的土地，闻着泥土的芳香，品尝丰收带来的喜悦，你一定会有不一般感受！

（南靖之窗 2018 年 11 月 1 日）

在快乐阅读中共同成长

据统计，中国人均读书 4.3 本，比韩国的人均读书 11 本、法国的人均读书 20 本、日本的人均读书 40 本、犹太人的人均读书 64 本少得多。可以说中国人年均读书量世界最少。所以，我们要从学校开始做起，让我们国家也成为一个充满书香的国度。

书是我们永远的朋友，它陪伴我们走过人生的春夏秋冬；书是我们的精神之树，在我们的生命中生根、发芽、枝繁叶茂。书中有人类无穷的财富，我们可以从中自由地汲取营养。书是够用一辈子的干粮，是一把解开疑团的万能钥匙，是一扇窥视世界的窗……

小而言之，读书可以养性，可以陶冶自己的性情，使自己温文尔雅；"读书破万卷，下笔如有神"，多读书可以提高写作能力，写文章就会才思敏捷；"旧书不厌百回读，熟读深思子自知"，读书可以提高理解能力；读书可以使自己的知识得到积累，可以使我们增长见识，不出门便可知天下事；可以使我们在激烈的竞争中立于不败之地。"两脚踏中西文化，一心评宇宙文章"的林语堂大师说过："当我们把一个不读书者和一个读书者的生活上的差异比较一下，便很容易明白，那个没有养成读书习惯的人，以时间和空间而言，是受着他眼前的世界所禁锢的。"

大而言之，阅读书籍会让我们穿越历史的长河，与伟人对话，与高人并肩，与可爱之人携手，陶冶我们的性情，开拓我们的视野，放飞我们的心灵，张扬我们的个性。阅读的作用又何止是欣赏！

阅读是幸福的源泉，做一个读书人，就是做一个幸福的人。阅读不应该是一种任务、一种负担，而应该是一件快乐的事。这就是阅读的最佳方法，也是阅读的最高境界。让我们热爱读书吧，让我们多读书，读好书，会读书，勤读书，让我们期待，书声永琅琅，书香飘满园；让我们共同努力营造书香校园。

阅读要从童年抓起，童年是生命的春天。从小养成阅读的习惯，文学创作也要从小做起，借此机会谈一谈我对创作的一点体会。

我的文学创作道路是从"养"与"练"开始。

什么叫"养"？"养"就是多阅读，阅读和吃饭、喝水、呼吸、穿衣，其实是一模一样的事情。在"养"的过程中，做到三勤：勤于阅读，勤于笔记，勤于思考。自觉地养成良好的阅读习惯。这种阅读习惯的养成，学生自觉性、主动性不够，需要在家长与学校共同配合，共同监督下。"练"就是勤于模仿，模仿优秀作品，但不是照搬照抄，而是要用自己的语言文字把它表达出来，用自己积累的阅读知识体现出来，写成好的文章。文学创作是一项寂寞的事业，要沉得下来，要甘于寂寞，持之以恒。同样，阅读也是一项任重道远的工作，重在培养兴趣，难在积累，贵在坚持，只要持之以恒，不断积累，必有成果。

在知识爆炸时代，信息技术发达年代，阅读纸质图书更难能可贵，这是中华传统文化，不能丢弃。我长期在基层工作，政务繁忙，仍勤于笔耕，走到哪里，记到哪里，思考到哪里，文学创作从未停止过，把所思、所见、所闻，一有所得就凝结成文字，用文字把它表达出来，既益于工作，又丰富自己。马克思说："在科学上的道路上没有平坦的大路可走，只有在崎岖小路的攀登上不畏劳苦的人，才有希望达到光辉的顶点。"

今天，学校在这里隆重举行"我阅读，我快乐，我成长"课外阅读星级考核活动启动仪式，搭建阅读交流、考试平台，此次活动目的是培养孩子们课外阅读习惯，激发孩子们的课外阅读兴趣，提高孩子的阅读能力和语文综合素养，从而营造校园浓郁的书香氛围，为孩子们全面发展和终身发展奠定坚实的基础。

同学们，我想借此机会郑重地向大家提出建议：让我们与好书为友，与博览同行，享受读书的快乐，享受生活的快乐。在快乐中阅读，共同成长，共创美好明天！

今天，我们来到这里，为了增添"在快乐阅读中共同成长"的氛围，见证"阅读星级考试考核活动启动仪式"。作为一名作家，我始终牢记创作是作家的中心任务，作品是自己立身之本，要静下心来，精益求精搞创作，把最好的精神食粮奉献给人民。我也带来多年来自己创作的作品《乡情未老，兰谷追梦》等三本散文集，赠送给小朋友，为"书香校园"的阅读加油、鼓劲！

文学的魅力在于创作出更多正能量的作品，作家温欣、谢新鎏（唐松）、魏鸿志、徐东升等赶到现场，参与活动并赠送作品。谢新鎏先生结合自己创作经验，做了"文学的魅力"专场演讲同时，希望越来越多的社会各界人士关注儿童阅读。

最后，祝全体同学学有所成，共同进步！祝全体老师工作顺利，家庭幸福！祝家长朋友们万事如意！

（江山文学网 2020 年 12 月 31 日）

思母校历程 感师恩校泽

——76级哲学系政治理论班座谈会侧记

翻开厦门大学《哲学集刊》历年毕业生名录，豁然映入眼前的是1976级政治理论班（"社来社去"），"社来社去"是在全国高等教育招生之前特定的办学形式，它是特定历史阶段的产物，我们哲学系全班有56位同学，在厦门大学求学期间，它和中文系群众文艺创作专业社来社去试点班、生物系社来社去植保专业社来社去班一样，它是我们人生旅程的起点，有幸在厦门大学度过人生最好的时光，得到老师的栽培，在这里受到校主"自强不息，止于至善"校训的滋养……

2016年4月6日，那天，我们全班20多位同学，从各自所在的地方，重聚在厦大人文学院南光楼320会议室，召开别具生面的座谈会，参加庆祝厦大母校95华诞暨76年哲学系"社来社去"政治理论班座谈会，座谈会由林法良同学主持。

座谈会由人文学院党委书记王炳华致辞欢迎，哲学系主任曹志平介绍了哲学系的发展情况。

该班原任课教师，原厦门大学党委书记、副校长吴宣恭教授，原厦门大学党委宣传部副部长、党校副校长洪成得教授，国际学院院长郑通涛教授，参加座谈会，并分别发言。人文学院党委书记王瑛慧，哲学系主任、副主任曹剑波教授、欧阳锋教授，哲学系行政秘书符苹老师，哲学系学生代表，本班 20 多位同学，40 年后厦大重聚首，师生欢聚一堂，回顾母校业绩，缅怀先师恩泽，共庆厦大 95 华诞。

　　绵绵的思绪，被带回到 40 年前在厦大哲学系"社来社去"政治理论班求学期间，是母校给予我们成长的力量，大家对母校依依眷恋，那时我们有对青春岁月的无悔追求，有对同窗好友的无尽牵挂。曾记否？美丽厦门大学，在上弦场操场上，有我们运动的脚步，钟鼓山隧道（那时人防洞清理土石渣）有我们劳动的欢歌，五老峰树荫下有我们琅琅读书声，胡里山炮台附近的海防哨，有我们飒爽英姿，厦门大学原职工食堂的二楼（理论班）宿舍的灯光，体现的是同学们对知识孜孜不倦的追求，校歌"知无央，爱无疆"，在耳边回响。如此一一说来，同学们你一言，我一语，谈母校变化，畅述工作心得。如：赖丁荣一家门四厦大学子，即岳父、本人、儿子、媳妇均是厦门大学毕业；林国元两次厦大深造；吴亚松感师恩校泽；张荣仁宣读了詹石窗同学（曾任人文学院副院长、哲学系主任，因他受外交部和国家教育局委派，将出访奥地利参加国际《道德经》论坛，没能如期参加本班座谈会）从遥远的北京发来贺信。

詹石窗贺信

厦门大学人文学院哲学系尊敬的各位领导、敬爱的老师，1976 级政治理论班的同学们：

　　值母校 95 华诞庆典之际，本院 1976 级政治理论班同学相约返校，作为本班的一员，我感到十分高兴，本人因受外交部和国家教育局委派，将出访奥地利参加国际《道德经》论坛，无法返校参加庆典，特以此信祝贺母校 95 华诞。

40 年前，我有幸与班上同学一起，走进厦门大学学习，得到老师栽培，临毕业之际，我和荣仁等同学申请参加 1978 年高考，得到校长批准，当年 9 月，我如愿以偿，再度走进厦门大学，经过四年学习，我告别了母校，到三明市干校工作，后又两度入蜀（四川），授受研究生教育，并获博士学位，1998 年 9 月我回厦门大学任教，达十年之久，我这一生三进厦门大学，在这里我获取源源不断的精神之滋养，厦门大学培养了我，这恩情我牢记在心，俗话说："万丈高楼平地起。"我尤其珍惜与政治理论班全体同学在一起的那一年时光，因为那是我学生生涯的起点。

日月如梭，光阴似箭，转眼间我已过花甲之年。此时此刻，我更加怀念母校，怀念栽培我的老师，怀念曾经朝夕相处的同学，祝母校永远朝气蓬勃，祝老师同学节日愉快，身体健康，万事如意。

詹石窗写于北京

2016 年 4 月 5 日

他还写道："厦门大学是塑造人生的起点，我在这里收获了知识和成长，厦门大学是赋予了我施展抱负的舞台，我在这里收获事业与幸福。我们秉承'自强不息，止于至善'校训，在各自的工作岗位上，融入当地经济建设和各项事业发展，做出自己的积极贡献，以不平凡的业绩报答母校厦大栽培。"

母校开放、民主、包容的文化，激发我们奋进，给予我们的鼓励，有这几件事萦绕于心中难以忘怀，在"社来社去"政治理论班就读的日子里，我们农村的户口转至厦门大学，毕业后哪里来回哪里去，跟普通班不一样，毕业就国家统招统配，我们这些"社来社去"政治理论班学生毕业后还得转至农村，那时城乡差别大，到厦大求学，毕业后居然还没有实现"农民"至"居民"靓丽的转身。因而，1977年恢复高考，我们这个班在1978年7月即将毕业、找工作，在前途上惆怅时候，有人提出回去参加高考，詹石窗、张荣仁、吴亚松、周志达等4位同学正式递交申请书给哲学系，要求提前毕业回去报考1978年高考。这件事，恩师国际学院院长郑通涛，当时任我们班辅导员，时任哲学系主任邹永贤、书记罗芬，特事特办，立说立行，及时把情况反映到厦大党委及组织，经批准，果然同意获批，我们4位参加1978年7月的全国高考，只有詹石窗上了厦大录取线，又回到哲学系，开始了四年的学习生活。这次高考的落选经历对我来说，也是一种磨炼。1978年7月，我们拿着厦大的组织介绍信，记得介绍信写着："××县教育局，××同学，在我校学习期满，准予毕业，请于××接受安排。"这样，我就和大家一样到中学任民师，担任政治课教学，领着每月26元的工资。

1980年，福建省为了贯彻落实国务院批转教育部《关于普通高等学校"社来社去"毕业生分配问题》的请示报告。通过全面考核择优录用"社来社去"各类毕业生。我们理论班考试分为两项：到原厦大考专业课，科目为中共党史、哲学、政治经济学；福建省人事厅出卷考中文写作、政治理论两科，总共5科。我们班参加这次录用考试，成绩达到录取线，大部分转为正式教师，终于解决后顾之忧。他们有的成了学校骨干，有的转行当干部，尔后，大多成了县、乡科级干部，或成为当地市、县领导。

回想这点点滴滴时光，这几件事记忆犹新。母校党组织和领导的关心与厚爱，铭记心中。开放、民主、包容的风气陶冶、哺育我们健康成长。它将成为厦大哲学人代代相传的集体记忆和精神财富。

会后，厦大领导和院系领导同大家合影留念。76级"社来社去"政治理论班赠送给厦门大学人文学院哲学系纪念品为全国剪纸艺术大师高小萍制作的《再创辉煌》，祝贺母校厦门大学 95 华诞！祝贺厦门大学昂首阔步，走进世界，迈向一流。

（厦门大学校友网）

厦门大学吴宣恭书记合影

禾下乘凉话隆平

袁隆平骤然离世，我不由想起了在福建南靖土楼景区接待过袁隆平夫人邓则的往事，据说那回袁隆平也要一起来的。

袁隆平是"共和国勋章"获得者、中国工程院院士、国家杂交水稻工程技术研究中心主任、杰出的农业科学家、杂交水稻之父，被称为"解决了中国人吃饭问题的男人"。他将全部精力倾注在杂交水稻事业上，践行了他"发展杂交水稻、造福世界人民"的宗旨，为中国乃至世界的粮食生产发展做出了重大贡献。先后荣获国家发明特等奖、首届国家最高科学技术奖和联合国教科文组织"科学奖""沃尔夫奖""世界粮食奖"等20多项奖励，并当选为美国科学院外籍院士。

《新史记·袁隆平传》中有这样一句："百十年间，天下无一处再为贫荒扰，无一人再为饥寒忧，无一年再为天灾苦。水稻一株，救民亿万，功在当代，利在千秋。其以凡人之力，比肩天上神明也。"

近日在网络上读到一些文章，感慨良多。文章说："1978年，袁隆平参加完国家科学大会后不久，很多荣誉纷至沓来。首先是当选为农业部科学技术委员会委员，接着又当选为中国作物协会副理事长、中国遗传学理事、湖南育种学会副理事长……他还没仔细品味一下荣誉加身的感觉，就当了农科院的名誉院长。"

　　袁隆平那次回到家里，向邓则说明了组织上想让他任领导职务的事情："我想听听你的意见，我是不是应该当官？"邓则道："你自由散漫惯了，搞科研还成，当官一定不是个好领导！"知夫莫若妻，邓则果真是袁隆平的知己。于是，袁隆平笑道："有了你的支持，我的心里就更有底了！"

　　以后，不少的民主党派人士慕名找到袁隆平，想让他加入自己的组织，可是这些人的好意都被袁隆平婉拒了。后来，虽然又一次当选第六届全国人大的代表，但袁隆平屡次请辞，最终辞去了人大代表的职务。虽然袁隆平是全国政协常委、湖南省政协副主席，不过他和有关组织"约法三章"，那就是除了特别重要的会议，一般活动一律不要通知他参加，即使通知了，他也可以不参加。

　　袁隆平视权力为过眼云烟，视官帽子为不必要的累赘，他就是这样一个非常务实的科技工作者，为了搞好育种，他可以抛开一切虚名，一生事业为民。

　　可是有一个职位，袁隆平却一直干得乐此不疲，那就是湖南杂交水稻科研中心主任，因为有了这个职位，他才可以在杂交水稻领域大展拳脚。

　　袁隆平先生对杂交水稻的执着由此可见一斑，而从这件"不当官"趣事中，我还看出他们夫妻之间的相处之道，看出了他们夫妻之间是何等情投意合，夫询问妻意见，妻知夫之所想，何等默契！

　　而当年，本人何其有幸，曾在福建省南靖县接待过袁先生的夫人邓则。那年，我工作的单位接到福建省政协关于袁隆平院士要来南靖的函，单位安排我陪同接待，深感荣幸，后来，袁先生因"放心不下"杂交水稻没有来，但他的夫人邓则随考察团来了。现在回想起来，这是一种很温暖的情怀。邓则是一位朴实无华的普通妇人，全身上下都透着一股子温和，你看不出一点家里人有如此大成就的傲，相处起来，让人如沐春风。

当时我们将接待地点安排在世界文化遗产——福建土楼景区的福建省作家协会创作基地（土楼会所）。一阵寒暄握手过后，我正式汇报了世界文化遗产的保护、全域旅游等工作，而后邓则向我问了个问题："你们南靖县杂交水稻的种植面积有多少？"

我心想，不愧是袁先生的夫人啊，出门在外还不忘关心先生的事业，当然，我只是在心里开个玩笑，同时，开始默默计算，当下我没有立即回复邓则大姐，因为我不想草草给个不准确的数字，这是极其不负责任的，我说："后续我们做好调查，再将统计数据给您。"

事后，我立马将此事上报，并让我们县对口的业务部门提供最准确的数据。我们县将这事当成头等大事，袁老的杂交水稻为全中国做出如此大的贡献，那么关于南靖县杂交水稻种植面积这个问题，应该严谨对待，第一手的数据很快就出来了，只是数据出乎我的意料……

"我们南靖县种植杂交水稻的面积不多，"2010 至 2014 年间，杂交水稻推广达到高峰，年复种约 18 万亩。主要是 Y 两优 1 号、晶两优华占杂交水稻品种，相较于全国杂交水稻年种植面积约 2.4 亿亩，这仅仅是小数。但毕竟是袁隆平杂交水稻在南靖的一次次生动实践。

邓则听完这句话，没有立马回答我，只是笑了笑。我循着她的视线望去，但见云水谣的水车慢悠悠地转着，不悲不喜。她说："种植面积不多，说明什么？"她看着我问，可还不等我措辞得体地回答，她又接着说道："说明你们南靖县人民生活水平高，不愁吃。"

手中有粮，心里不慌，脚踏实地，喜气洋洋，说完，只听到周围哈哈哈的笑声。当时，我的心头有些震撼，那种感受上无法言说。

有了接待袁先生家属的这段经历，后来，我便不由自主地关注起袁隆平先生有关信息。作为"杂交水稻之父"，袁隆平一直有两个梦，一个是禾下乘凉梦，一个是杂交水稻覆盖全球梦。禾下乘凉梦是袁隆平先生对杂交水稻高产的一个理想追求，是袁隆平的中国梦，他梦到他和助手们就在禾下乘凉，梦里水稻长得有高粱那么高，籽粒有花生米那么大……

当我了解到他的梦时，先是感到好笑：袁先生就像个小孩子一样，爱做梦。后来想想，如果他没有至纯的赤子之心，怎能对杂交水稻事业如此执着呢？

袁隆平曾在采访里，提到自己研究水稻的初心："你们年轻人没有经历过饥荒，不知道粮食的重要性，一粒粮食能够救一个国家，也可以绊倒一个国家。"他从很早就意识到"要想不被欺负，国家必须强大起来"。因此，他始终将个人前途与国家利益紧紧相连。他有过体育救国的梦想，也曾打算参军报国，最终，他将自己对祖国的热忱，结成了一串串饱满的稻穗。

回忆起那段攻坚克难的日子，袁隆平记忆里最深刻的细节之一，是背着足够吃好几个月的腊肉，倒转好几天的火车，前往云南、海南和广东等地辗转研究，只为寻找合适的日照条件。袁隆平说，这样的经历"就像候鸟追赶着太阳"。

1996 年，农业部正式立项超级稻育种计划。4 年后，第一期每亩700 公斤目标实现。随后便是 2004 年 800 公斤、2011 年 900 公斤、2014 年 1000 公斤的"三连跳"。

1979 年 4 月，杂交水稻国际学术会议上，袁隆平宣读了自己的论文《中国杂交水稻育种》，中国第一次将杂交水稻研究的成功经验传递给世界。

我想，这是杂交水稻覆盖全球梦。

因为"为保障世界粮食安全和解除贫困展示了广阔前景"，并"致力于将杂交水稻技术传授并应用到包括美国在内的世界几十个国家"，2004 年，袁隆平获得了世界粮食奖。

20 多年来，他带领团队开展超级杂交稻攻关，分别于 2000 年、2004 年、2011 年、2014 年实现了大面积示范每公项 10.5 吨、12 吨、13.5 吨、15 吨的目标。最新育成的第三代杂交稻"叁优一号"，2020 年作双季晚稻种植，平均亩产达 911.7 公斤，加上第二代杂交早稻亩产 619.06 公斤，全年亩产达 1530.76 公斤，实现了周年亩产稻谷 3000 斤的攻关目标。

"共和国勋章"颁奖词称：袁隆平为我国粮食安全、农业科学发展和世界粮食供给做出了巨大贡献。

袁隆平田间筑梦——禾下乘凉，守望稻田，"东方魔稻"每年为全世界多养活 7000 万人。

写到这里，我想起伟大的人民教育家陶行知有句座右铭："捧着一颗心来，不带半根草去。"以它来诠释稻田守望者——袁隆平胸怀高远，情系杂交水稻，一生事业为民再合适不过。

袁公千古！神农不朽！

（《闽南风》杂志 2020 年 9 月）

"海上丝绸之路"从泉州港起点

海上丝绸之路以泉州港为起点

唐朝末年，王审知统一福建，建立闽国政权，其间大力发展造船业，开海上贸易风气之先，为"海上丝绸之路"的发展奠定了坚实的基础。宋元时期，泉州对外贸易十分发达，有诗赞曰："市镇繁华甲一方，古称刺桐赛苏杭。"泉州文化底蕴浓厚，为东亚文化之都，有"海滨邹鲁"之誉。

泉州港古代称为"刺桐港"，是中国古代海上丝绸之路起点，古代世界第一大港。位于泉州市东南晋江下游滨海的港湾，北至泉州湄洲湾内澳，南至泉州围头湾同安区莲河。港口资源优越，海岸线总长 541 公里，是福建省三大港口之一。

笔者日前来到古城泉州采访获悉：泉州最早开发于周秦两汉，260 年（三国时期）始置东安县治，唐朝时为世界四大口岸之一，被马可·波罗誉为"光明之城"，宋元时期为"东方第一大港"，是国务院公布的首批历史文化名城之一、联合国唯一认定的"海上丝绸之路"起点。拥有著名的泉州十八景，是多种宗教聚集的地区，素称"宗教胜地""世界宗教博物馆"。联合国教科文组织将全球第一个"世界多元文化展示中心"定址于泉州。

泉州是全国 18 个改革开放典型地区之一，被评为"东亚文化之都、国际花园城市、国家园林城市、感动世界的中国品牌城市、中国大陆最佳商业城市"，获得"联合国改善人居环境最佳范例奖"。

泉州港与泰国、柬埔寨、北加里曼丹、印尼、苏门答腊、马来西亚、朝鲜、琉球、日本、菲律宾等 47 个国家与地区有直接商贸往来。又通过菲律宾吕宋港，与欧美各国发展贸易。

提起泉州在海上丝绸之路中的地位及意义，人们首先想到的是宋元时期梯航万国、潮声起伏的刺桐古港，谈论的是东方第一大港的声誉与辉煌。殊不知，早在五代十国时，泉州在"开闽三王"的治理下，就已大力发展海上交通贸易，为海上丝绸之路的风生水起奠定坚实的基础，成为宋元时期海上丝绸之路闻名遐迩的首发港口。

885 年，王潮、王审邦、王审知三兄弟于河南光州固始县率近百姓氏农民起义军入闽，统一福建，建立政权，史称"开闽三王"。三王治闽 33 年，采取一系列有利于经济、贸易、文化、海交等政策和措施，广施德政，治发闽疆。五代十国时，其他地方尚在战乱之中，泉州、福州乃至福建全省却是一派繁荣景象，使"蛮荒海辙"变成"海滨邹鲁"。"开闽三王"致力发展海上交通贸易，成为海上丝绸之路最早的开拓者之一。

海上丝绸之路转折于唐末五代

泉州早期的海外交通史因文献记载的缺失，存在不少引起国际学术界长期争论的问题，学者们众说纷纭，莫衷一是。不过，将唐末五代这一历史时段视为泉州海外交通宏观发展周期的一个转折点，却为学术界所普遍认同。泉州海交馆原馆长、"开闽三王"后裔王连茂告诉我们，这一时期对之后泉州社会、经济与文化的全面进步，尤其是对泉州港在宋代成为中国最大的贸易港，确实具有不容忽视的深刻影响和直接的关联性。

"有些学者认为，泉州的海外交通实际上是到了唐末五代才迅速发展起来的，是宋代闽南大踏步快速发展的起始阶段"。王连茂介绍说，国际著名学者王赓武教授将五代之后的中国海外交通称之为"泉州时代"。他认为，五代南方各个"自然区域"对南海的单独贸易，虽也产生不少新的市场，但最显著的发展乃是"泉州时代"的到来。因为五代的泉州不仅是一个"能够满足南唐需求的南海商品中心"，而且已发展成为"一个可以与广州、福州匹敌的港埠"。

造船技术纯熟为航海贸易开路

王连茂认为，若非王氏兄弟统一福建，建立政权，并在长达33年间，使福建境内"时和年丰，家给人足"，经济文化得到很大发展，很难想象会有后来留从效、陈洪进治泉时海外交通的持续发展，也不可能在北宋初出现那么活跃的海上交易。

在王潮统治泉州的7年间（886—892年），他"招怀离散，均赋缮兵"，又"兴义学，创子城，罢役宽征，保境息民，泉人德之"。王审邽接任泉州刺史后（893—905年），"居郡十二载，勤劬为牧，俭约爱民，童蒙诱掖，学校兴举，制度维新，足食足兵"。

王审邽卒后，其子王延彬对发展泉州海外贸易做出了较大贡献。他忠实执行叔父王审知"招来海中蛮夷商贾""尽去繁苛，纵其交易"的政策，在其任内，"岁屡丰登，复多发蛮舶，以资公用，惊涛狂飙，无有失坏，郡人藉之为利，号'招宝侍郎'"。他的确做得很成功，不仅农业生产屡屡获得好收成，且因派发了许多船舶到海外贸易，赢得了民众爱戴。更加让人惊叹的是，26年间所派发的众多贸易船，居然无一失坠，均平安往返。这比之前王审知"岁自海道登、莱入贡，没溺者什四五"，显然要幸运得多。其实，它暗示着此时泉州的造船与航海技术，已经有很大进步且臻于成熟，这无疑是"泉州时代"到来最重要的条件之一。

"三王"重视海交催生海商阶层

当然，五代时期泉州的海外交通发展的重要性并不仅止于此。王连茂认为，纵观泉州海交史，无论是五代所发生的海上交通的重大转型，还是由此引发的一系列社会观念形态的新变化，均具有决定性的意义，而且影响深远。

其一，军阀割据所导致的海外商品流通渠道的阻断，促使地方统治者转而致力于开展对南海的直接贸易。这不仅使泉州汇集了大量来自南海的香药珍宝，而且从此开拓了海外的广阔市场。

其二，王氏兄弟对海外贸易采取鼓励政策，为后来泉州海外贸易的极盛奠定了基础。

其三，由官方鼓动起来的海外贸易热潮，催生了海商阶层。它大大刺激了造船业的发展，并形成一支日益庞大的善于航海的专业技术队伍，为宋元时中国商船"取代穆斯林在东亚和东南亚的海上优势"准备了重要条件。

唐末五代王氏部队入闽，是历史上最大规模的一次北人南迁，也是唯一一次建立了移民政权。人口的骤然增加，大大促进了福建的开发，从而增设了许多州县。泉州地区在这一时期就增设了德化县、同安县、桃林县（今永春县）、清溪县（今安溪县）。新设县经济的快速发展，使泉州港的海外贸易有了较为发达的经济腹地。

唐末五代，由于大批北方移民的进入，出现了许多新的家族。王氏兄弟从一开始便很重视招贤纳士，使大批的政治精英和文化精英聚集于此，还创办义学、书院等，这对于彻底改变福建文化、教育的落后面貌具有划时代的意义。北宋时福建能成为文化发达之区，其基础正是五代奠定的。

大批南来的北方文化人中，也有一些演艺界人士。王延彬当政期间，这个多才多艺、风流倜傥的帅哥，为了"求伎，必图己形，而书其歌诗于图侧，题曰：'才如此，貌如此'，以是冀其见慕也"。果然，他的"宅中声伎皆北人"。这是中原乐伎来到泉州最早的文献记载。他们所带来的中原音乐必定会有所流传，并对后来的地方音乐与戏剧产生影响。在留从效任内，从詹敦仁的一首诗《余迁泉山城，留侯招游郡圃作此》中，能够看到当时泉州的歌舞之盛："当年巧匠制茅亭，台馆翚飞匝郡城。万灶貔貅戈甲散，千家罗绮管弦鸣。柳腰舞罢香风度，花脸妆匀酒晕生。试问庭前花与柳，几番衰谢几番荣。"王连茂称以此短文纪念王氏兄弟入闽1130周年，并对祖先的伟大业绩顶礼膜拜。

（2018 年 7 月 16 日南靖乡讯）

浅析海峡谱牒文化　弘扬家国情怀新风

"羊儿跪乳"是感恩妈妈的养育之恩;"落红化作春泥更护花",是对大树的感恩;夜空中,璀璨银河点缀其中,那是对天空的感恩……感恩让我们懂得生命的真谛,感恩让人间变得温暖,感恩让世界变得丰富多彩。

我们与父母的感情血浓于水,打从我们出生的那一刻起,他们就一直为我们的成长默默付出着,从小学到初中,初中到高中,高中到大学,甚至更远。没有他们无条件的付出和默默的陪伴,我们不可能成长得如此顺利。父母为我们的人生撑起了一片天,是我们可靠的避风港。

俗话说:"滴水之恩,当涌泉相报。"父母的爱说不尽,道不完。父母为子女的付出不仅仅是"一滴水",而是"一片汪洋"。我们长大成人,也应该让关爱父母、孝敬父母常驻于心。台湾知名律师吕传胜,系第十一世吕祖廷玉公渡台传下的第六代孙,距今仅六代。吕廷玉至吕传胜的谱系为:开基一世廷玉——二世辉碧——三世仕蕊——四世沦水——五世乌九——六世石生——七世传胜、秀荷、秀莲。

台湾《吕氏族谱》中这样写道:"宇宙中万物皆有源,族谱可溯其源。先祖大政公,历经千辛万苦,由汀洲府杭县迁永定金丰里大坡头定居;次子良箴公自永定再迁往南靖县书洋社,建龙潭楼而居，艰辛创业。到雍正期间，迁台始祖廷玉公翻山越岭，冒着九死一生的危险，乘风破浪，自厦门渡海来台，在桃园埔子开基耕耘，奠立基业，今其贤俊之士，不乏其人，功绩彪炳，鼎盛，特撰《吕公廷玉子孙大族谱》，以励宗风祈达敦睦族之诚。"由此可见，吕氏对宗族谱牒的重视。

（一）从吕传胜五次回南靖土楼寻根谒祖的爱国情怀说起

孝是善的行为，善是美的重要内容。"百善孝为先"，一切美德都源于对他人的关切和对故土的热爱。纵观福建土楼，故里南靖，它不仅以其造型和谐完美、独特，给人以美的享受，而且最早出现于唐末宋初的闽西南土楼（南靖土楼），就把孝道视为一切人伦关系得以展开的精神基础和实践起点，认为孝不仅是对父母、对家乡长辈的尊敬，也是对自身品德和精神的重塑。在这里，举个南靖土楼龙潭楼吕氏宗族的后人、台湾名人、孝子吕传胜，从台湾五次回乡寻根谒祖的爱国情怀佳话美传作为例子。

2003年10月9日上午，福建省南靖县书洋镇田中村吕厝社龙潭楼张灯结彩，楼内垂挂着"龙潭龙种开天辟地峡岸传新不忘本，桃园桃华融冰消雪海天胜芳可慰宗"的大红布条。只有二百多人的吕厝社男女老少穿着盛装，与乡邻乡亲等候在村口和公路两旁，敲起锣鼓，吹起唢呐，欢迎由台湾知名人士吕传胜率领的吕氏宗亲返乡寻根祭祖团。他说："回家最温暖。"据中共南靖县委对台办主任林耀光介绍，吕传胜先生这趟已是第五次组团返乡寻根谒祖。

第一次：1989年4月11日，由吕传胜率领的台湾桃园吕氏宗亲恳亲团一行35人首次返乡寻根谒祖。吕传胜心中的夙愿终于实现了。初次返乡谒祖，宗亲相见，倍感亲切。吕传胜在祭祖仪式上发表了热情洋溢的演讲，他说："吕家祖先人才辈出，吕祖谦是南宋三贤之一，吕蒙正是宋朝的三朝宰相，还有更多忠厚善良的列祖列宗在默默地耕耘，才使吕家成为中华民族的一条支流，悠久的中国历史，吕家祖先是占有一席之地的，希望海峡两岸的吕家子孙共同奋发图强，创造美好的未来，以告慰祖先的在天之灵。"

第二次：1991年8月10日，吕传胜踏进吕厝祭祖，为表达对吕家祖先最高的崇敬和永恒的追思，捐款修建延玉公的祖父颖资公的墓园，并亲笔写下了墓志铭："闽台一海亲情隔，跋山涉水回故园。登临坟前诚祭祀，荒冢蔓草向黄昏。归程怅望泪满襟，乐捐数万区区款。重建墓园表孝思，永无止境求发展。青山绿水永相伴，代代儿孙福绵绵。"

第三次：1993年7月18日，由吕传胜、吕锡松率团返乡谒祖、祭扫颖资公坟墓的就有71人之多。这是吕传胜第三次回吕厝。他们还先后拿出人民币60多万元，用于重建祖祠、维修龙潭楼、铺设水泥路，同时设立奖学金，奖励在校读书的吕氏子孙。

第四次：2001年3月23日，吕传胜又一次踏上故土。当他与夫人吕郑如峰和女儿吕丹琪及众宗亲回到吕厝时，受到了祖地宗亲的夹道欢迎，使他又一次感受到了无限亲情。正如他的女儿吕丹琪在演讲时说的："时间在变，身边的人事都在变，但是有一样东西是永远不会变的，那就是我们的亲情。"吕传胜先生数次真实感人的寻祖事迹，确实令人动情，叫人欣慰。古人云："百善孝为先。"孝在中华传统文化中的地位显而易见。那么，何谓孝道呢？按照孔子的说法，即"无违"，也即"生，事之以礼；死，葬之以礼，祭之以礼"。据我理解，孝道当指善待父母及其先辈之道。中国人民历来非常重视对孝道的弘扬。早在元代，郭居敬就编写了儿童启蒙读物《二十四孝》，并很快被社会所认同与接受，成为弘扬孝道的一种纲领性著作。清代中叶，李毓秀编写的《弟子规》中，继《总叙》之后的首篇即《入则孝》。自古至今，经过历代人们的不断实践以及总结、升华，逐渐形成了中国人民的孝道文化。

综上所述，南靖土楼龙潭楼吕氏宗族旅居台湾孝子、律师界名人吕传胜不忘故土，孜孜不倦，从 1989 年 4 月至 2003 年 10 月间携带家眷、子孙，不畏艰辛，跨越海峡，克服重重艰难险阻，五次返南靖土楼龙潭社拜会乡亲，捐资助学，修建祖祠、祖墓。在南靖县，像吕传胜这样不远千里，越洋返乡谒祖的生动例子不胜枚举，足以表明南靖土楼人传承中华传统文化。尊师敬贤、尊老爱幼、友爱手足、扶危济困、热爱人民、忠于祖国的传统孝文化，不断被时代赋予新内涵。

（二）海峡两岸的家教家训斑斓多彩

家教、家训、家规是中华姓氏族谱文化的一个永恒的主题。家训，顾名思义是一个家庭或家族的教育形式。有些族谱里，常把家训、祖训和族规统一起来。据史料记载，我国的家规家训萌芽于五帝时期，产生于西周，成形于两汉，成熟于隋唐，繁荣于宋元，鼎盛于明清。我国的家规家训源远流长，卷帙浩繁，仅历代帝王将相的家规家训就有 200 余部，其他名门望族的家规家训更是不计其数。随着历史的不断演变，家训内容开始变得十分宽泛，既包括家庭生活、个体修身、交友处世，也包括出仕从政、建功立业等。在数量庞大的家规家训中，对后世影响最为深远的有：北齐颜之推的《颜氏家训》，南宋袁采的《袁氏世范》，明末清初朱柏庐的《朱子家训》，清代李毓秀的启蒙读本《弟子规》等等。这些堪称中国家训之宝典，传诵之广，影响之大，已成为我国古代家庭教育思想史上的一座座重要里程碑。

朱子家训，如："一粥一饭，当思来之不易；半丝半缕，恒念物力维艰"；又如："见富贵而生谄容者，最可耻；遇贫穷而作骄者，贱莫甚"；再如："施惠无念，受恩莫忘"。

颜氏家训，如："与善人居，如入芝兰之室，久而自芳也；与恶人居，如入鲍鱼之肆，久而自臭也。"

曾国藩家训，如："早起，黎时即起，醒后不沾恋。"

查阅报纸杂志、书籍辞典，不难知晓一些名人家训，如近代学者王湘绮："戳破窗纸容易补，败坏道德最难修。"

冯玉祥将军："欲除烦恼须无我，历尽艰难做好人。"

吴玉章老人："创业难，守业亦难，明知物力维艰，事事莫争虚体面；居家易，治家不易，欲自我作则，行行当立好楷模。"

陈毅元帅："九牛一毫莫自夸，骄傲自满必翻车；历览古今多少事，成由谦逊败由奢。"

人民作家老舍："劳逸妥安排，健康多福，油盐休浪费，勤俭持家。"

这些家训，既有齐家治国平天下的箴言，也有励志向贤、学会做人的劝谏，读来耐人寻味，发人深思。

（三）两岸族谱弘扬创新的家国情怀新风

南靖县"五好文明"家庭，金山镇河墘村 91 岁"好家教老人"吴西河一生勤勉谨严，言传身教，后辈一代胜一代。其大厅的正堂上悬挂着一块醒目的"家训牌"，上书："吾今已逾九十年，西窗维情惜当年，河清水秀度晚年，一生勤奋在青年，生平快乐助老年，为党工作六十年，人盼我寿上百年，好事多磨到晚年，榜上有名好老年，样传后代学老年。"吴西河说，这是他九十寿诞时创作的，以教育子孙代代勤奋，一代胜一代，成为奋发有为的社会主义建设人才。他的"家训牌"是打油诗，朗朗上口，是长辈对子孙族裔寄托"勤奋向学，诗礼传家"厚望的家训。

他教育子女最多的是一个"勤"字："家勤则兴，人勤则健"，"劳则善心生，逸则淫心生"，"勤则有材而见用，逸则无能而见弃"。在他的言传身教下，吴家养成了勤勉谨严的家风。长子吴金钟是一名经济师、优秀党务工作者；二儿子吴信钟是河墘村男女老少公推直选的"五好"村主任，在他的带领下，河墘村先后获得"全国小康建设明星村标兵""福建省文明村""全国造林绿化千佳村"等殊荣；三儿子吴明钟是漳州市人大代表，福建省闻名遐迩的农民企业家，两个女儿的家庭都是金山镇文明新风五好家庭，如今一家内内外外 37 人，个个有出色，人人孝敬父母，成为漳州市、县百姓学习的好榜样。

与时俱进，家训创新

为了早日实现中华民族的伟大复兴，朝气蓬勃的社会主义核心价值观应运而生。其基本内容是：富强、民主、文明、和谐、自由、平等、公正、法治、爱国、敬业、诚信、友善。

世界温氏宗亲联谊总会提出"四个第一"，即团结第一、奉献第一、诚信第一、感恩第一。

他们提倡："和睦宗亲，联络宗谊、弘扬祖德，共谋发展。"将家训、祖训、族规融为一体："孝父母，亲兄弟；和邻里，睦宗亲；

慎教诲，励子孙；慎交友，正世风；勤与俭，持家远；戒轻生，保平安；俭丧葬，改陋习；戒酗酒，保身家；戒赌博，保社会；戒毒品，保家庭。"

近年来，人们对祖先的崇敬表现出很大的热情，八闽大地修族谱、建宗庙、修祖厝，寻根谒祖，这无可厚非，中华民族是个尊祖敬宗的民族。这是人类的文明之举，一代传一代，将会促进社会文明发展，增强我们民族的向心力。

尊祖敬宗的思想稳固地树立在人们的心中，除了民族性外，儒家思想的"忠孝"和"天、地、君、亲、师"的传统教化，一直影响着我们，并渗透到人们的生活中去。还有一条是文化纽带，它维系着这种尊祖敬宗的思想。最为直观的是族谱。它把家族、家庭的血统承袭表现出来，在那里，血脉绵延，传承赓续，生生不息，祠堂在，祭如在，倍思亲，一切在。使得人们对祖宗的崇敬更加具体化。因此，族谱对人们祭祀祖宗起到指导作用。

良好家风不是一天两天就能够养成的，它需要不断地创新构建和推动。家规家训作为中华民族文化的重要组成部分和营造良好家风的一种方式，应该在现代社会与时俱进地传扬、发展和完善，让中华民族优秀的传统家规家训文化更好地为现代家庭服务，为中华民族伟大复兴服务。

（福建省闽南文化）

浅论"海丝"之路保护神妈祖
与福建土楼文化的关系

在世界文化遗产地的南靖土楼梅林镇梅林村，虽地处深山，村民却信奉海神妈祖。土楼妈祖文化节形成独特的人文景观。在土楼里开展纪念妈祖的民间活动，给这里注入了更深刻的文化内涵，为南靖土楼增添一道美丽的风景线。南靖县梅林所在地的魏氏开基祖

四一郎公于元朝末年从宁化石壁迁此定居，至今已传 25 代。魏氏子孙为生计不断有人漂洋过海，先后到中国台湾以及印尼、泰国、缅甸、新加坡等国家谋生。祖地父老乡亲为了祈求神明保佑在外游子的平安，便从莆田湄洲岛"割香"请回救难济世、普度众生的圣母妈祖到山里祭拜，同时也寄托对海外亲人的思念之情。梅林的先民于康熙十年（1671 年）建造了一座精美的天后宫来供奉妈祖。每年的妈祖诞辰日（农历三月廿三），居住于世界建筑瑰宝土楼中的村民都会举行隆重的祭祀朝拜活动，形成一道独特的人文景观，这一习俗延续至今已有 300 多年。妈祖文化原本是一种民间信仰，最早流传于我国东南沿海地区。自北宋以来，妈祖从一个民间女子逐渐演变成至高无上的海上女神、天妃、圣妃、天后、天上圣母；从一个地方巫婆上升为皇帝举行祭典祭祀的全国性神祇；从航海者的精神依托发展成为中国东南沿海乃至世界华人华侨聚集地的普遍信俗，并在国家政治、经济、文化与百姓生活等方面产生了深刻的历史影响，实属罕见。经过 1200 多年的传承与发展，妈祖信仰已经发展成为跨越国界的海洋文化，并成为世界非物质文化遗产。目前全世界共有各种妈祖庙 5000 多座，分布在 35 多个国家和地区，信徒达 3 亿多人。妈祖文化传播之广、影响之大、信仰人数之多，可谓是前所未有。认真研究妈祖信仰的形成与发展，以及妈祖文化在古代海上丝绸之路上传播的时间和空间，不但具有深远的历史意义，还有重大的现实意义。

一、妈祖文化的诞生过程

妈祖，原名林默，本是一位善良、勤劳、美丽，又乐于助人的民间普通女子。传说在北宋建隆元年（960 年）三月二十三日，兴化军（现莆田市）莆田县湄州屿的林家诞生了一个女婴，从出生到满月，女婴一声不哭，父母便取名"林默"。林默从小天资聪慧，虚心好学，过目成诵，知识面广。少年时期，林默就熟习水性，洞晓天文气象，并懂得"灵慧巫术"，还掌握了不少医学知识和防疫消灾之法，经常为百姓驱邪避灾，治病救人，深受乡亲邻里的赞赏。

林默的故乡位于湄洲湾入海口处，周边大海茫茫，礁石林立，经常出现海难。从小在海边长大的林默，看在眼里，记在心里。她潜心研究海洋气候，掌握沿海地区气象变化规律，经常提醒乡亲们注意台风暴雨。每当海上能见度不佳时，她就登上湄峰顶，举灯引航，深受渔民和航海者爱戴。史书记载："世传通天神女也，姓林氏，湄洲屿人。初，以巫祝为事，能预知人祸福。既殁，众为立庙于本屿。"更难能可贵的是她终身不嫁，矢志从事善事，为乡亲们排忧解难，避凶趋吉、驱魔治病，渐渐地声名远播。

虽然林默的人生短暂，但在百姓眼里，她却是真善美的化身。据史书记载，宋雍熙四年（987 年）九月九日，林默在海上搭救遇险船只时不幸遇难，终年 28 岁。林默失踪后，当地百姓怀念她的生前功德，将其生平事迹代代相传，且越传越神。有关妈祖"灵迹"的记载甚多，有人说她小时候得高人指点，能知天文地理，谓之"神女"；有人说她自幼熟悉水性，16 岁那年其父渡海舟履，泅水救父，因孝闻名，谓之"孝女"；也有人说她经常救护海上遇难渔船，被称为"龙女"，还有人说她"初为巫祝"，常替人驱邪治病，屡验不爽，谓之"灵女"……宋代兴化文人李俊甫在《莆阳比事》中记载："湄洲神女，生而神异，能言人休咎，死庙食焉。"后人尊称她为"娘妈""神女""神姑""妈祖"等。林默虽然离开了人间，但她乐善好施、助人为乐的大爱精神却永远活在人们心中。沿海百姓为了纪念林默，将妈祖遇难说成是神女升天，并于宋雍熙四年（987年）在湄峰上建庙祀祭，成为世界上第一座妈祖庙，史称湄洲祖庙。据史书记载，湄洲祖庙"落落数椽"，"粉墙丹桂辉掩映，华表耸突过飞峦"，"祈祷报赛，殆无虚日"。

在妈祖从人到神的演变过程中，兴化商人立下了第一功。北宋时期，福建沿海商贸发达，海运繁忙。但因交通工具简陋，海难事故频发，能够拯救海难的妈祖自然备受人们崇敬。于是，莆田及其周边沿海的船工、海商、渔民等与水打交道的人们开始祈求妈祖显灵，保佑商船航行平安，这种精神上的寄托往往发挥了意想不到的效果。据说，宋"元祐丙寅岁（1086年），墩上常有光气夜现，乡人莫知为何祥。有渔者就视，乃枯槎，置其家，翌日自还故处。当夕遍梦，墩旁之民曰：'我湄洲神女，其枯槎实所凭，宜馆我于墩上。'父老异之，因为立庙，号曰圣墩。岁水旱则祷之，疠疫祟则祷之，海寇盘亘则祷之，其应如响。故商舶尤借以指南，得吉卜而济，虽怒涛汹涌，舟亦无恙。宁江人洪伯通尝泛舟以行，中途遇风，舟几覆没。伯通号呼祝之，言未脱口而风息。还其家，高大其像，则筑一灵于旧庙西以妥之"。于是，商人、渔民和百姓纷纷慷慨解囊，捐资修建了圣墩神女祠，也是世界上第一座妈祖分灵，沿海渔民、商人和百姓纷纷前往祭拜，香火十分旺盛。此后，妈祖信仰在兴化沿海开始广泛传播，境内掀起了一股修建妈祖庙的热潮，凡港口、集镇、商业区和繁华之地都建有妈祖庙。南宋诗人刘克庄在枫亭天后宫碑刻中写道："莆人户祀之，若乡若里悉有祠。所谓湄洲、圣墩、白湖、江口，特其大者尔。"随后，福建沿海百姓盛传妈祖是"通宝神女""护航女神""有祈必应"，海商和渔民深信不疑，福建沿海地区的妈祖庙越建越多，妈祖信仰范围不断扩大，不但商人、渔民尊崇妈祖，而且普通百姓也开始信仰妈祖，妈祖也由人变成了神。

二、妈祖文化的历史地位

妈祖从人演变成神与历代王朝的积极推崇有关。据史料记载，从北宋宣和五年（1123年）直至清同治十一年（1872年），共有14个皇帝先后敕封妈祖达37次，从"夫人""天妃""天后"到"天上圣母"，直到无以复加的地步，封号最长达64个字。在历代执政者的推波助澜之下，妈祖终于从地方信仰发展成为全国性信俗。但由于各朝代的经济、政治和文化背景不同，对妈祖的推崇程度与利用方式也不尽相同。

宋朝先后14次褒封妈祖。第一次册封妈祖是宋宣和四年（1123年），据史书记载，宣和三年（1122年）朝廷派使臣路允迪出使高丽，使船在海上遭遇大风，"八舟七溺"，路允迪所乘使船沉没之际，随从李振（莆田人）告知他祈求湄洲神女保佑，侥幸脱险。次年返朝后，路允迪奏请朝廷册封妈祖，宋徽宗赵佶赐妈祖"南海女神"封号，并御赐"顺济"庙额一块，传旨建庙。妈祖第一次册封意义十分重大，使妈祖从地方性小神演变为朝廷承认的跨地区神祇，这是妈祖文化发展的一次重大飞跃。宋代还有几次比较重要的妈祖褒封，虽然理由有些滑稽，但对妈祖信仰扩大却效果甚好。"嘉定元年（戊辰，1208年），金人入淮甸，宋兵载神主战于花䗚镇，仰见神兵布云间，树灵惠妃旗，大捷。及战紫金山，复见神像，又捷。二战，遂解合肥之围"。妈祖能够助兵打战，神奇无比，朝野上下，坚信不疑。妈祖成护国驱敌之神，自然倍受执政者的尊崇，朝廷又册封妈祖为"灵惠助顺显卫妃"。在宋廷积极推崇下，全国各地掀起了一股修建妈祖庙的热潮。据史书记载，宋崇宁年间（1102—1106年），山东蓬莱阁修建了北方第一座天后宫，占地面积3000多平方米，因其历史悠久、规模雄伟而闻名遐迩，成为我国北方最大的天后宫之一。随后，东北沿海陆续修建了多座天后宫，如创建于北宋徽宗宣和四年（1122年）的山东庙岛显应宫，是我国北方最有影响力的妈祖庙，素以"天下第一娘娘庙"而名扬于世，庙岛因此在长山列岛中独领风骚，成为南北岛屿的妈祖文化中心。

元代忽必烈出于政治、经济发展需要也极力推崇妈祖信仰。如元世祖至元十八年（1281年），朝廷封妈祖为"护国明著天妃"，并下令全国为妈祖举行春秋两祭，逢初一、十五进香。在元朝统治的90多年间，先后5次褒封妈祖，据《元史·世祖本纪》记载，从世祖至元十五年（1278年）起，朝廷先后褒封妈祖"护国、明著、协正、善庆、显济、天妃"等封号，使妈祖从人间神祇迅速上升为天上尊神，既负有护国安民之责，又管瞑间诸魇。特别是元中期，朝廷还"诏滨海州郡，皆置祠庙"，漕运所经之所，妃庙遍布，妈祖倍受官员、商人和百姓尊崇。

从明洪武年间开始，国内漕运发达，航运兴起，山东、天津等沿海港口大举修建天妃宫。明朝廷因海上外交需要大力推崇妈祖信仰。明永乐三年（1405年）至宣德八年（1433年），郑和率领远洋船队，奉旨七下西洋，遍访了东南亚地区和印度洋的孟加拉湾、阿拉伯海、红海，以及非洲东部沿岸的大小30余国，其规模之大，人数之多，范围之广，前所未有。据史书记载，"若海外诸番，实为遐壤，皆捧琛执贽，重洋来朝，皇上嘉其忠诚，命和等统率官校旗军数万人，乘巨船百余艘，所以宣德化而柔远人也"。由于当时航海设备简陋，海上航行多有不测，郑和船队把妈祖作为保护神，出海之前必亲临或派人到湄洲恭请妈祖神像一道出海，不但进一步强化了妈祖的神威，而且促进了妈祖文化在海外的广泛传播。特别是永乐皇帝，非常尊崇妈祖，多次褒封妈祖，永乐七年（1409 年）正月，朝廷册封妈祖为"护国庇民妙灵昭应弘仁普济天妃"，并赐庙额："弘仁普济天妃之宫"，要求每年正月十五及三月二十三日遣官致祭。永乐皇帝还亲自撰写了《御制弘仁普济天妃宫之碑》的碑文，表明了朝廷对妈祖的尊崇，歌颂妈祖"湄洲神人濯厥灵，朝游玄圃暮蓬瀛。扶危济弱俾屯享，呼之即应祷即聆"。同时，永乐皇帝还在南京天妃宫举行隆重的妈祖御祭，由太常寺卿主持，专门编排了御祭乐舞。皇帝在祭文中曰："国家崇报神功，效社旅望而外，而非有护国庇、丰功峻德者弗登春秋之典，明着天妃林氏毓秀阴精，钟英水德，在历纪，既闻御灾扦患之灵，于今时，尚懋出险持危之绩，有裨朝野，应享明禋"。这是妈祖第一次接受皇帝的御祭，也是真正意义上的国祭。永乐皇帝对妈祖的重视与推崇，甚至影响了明清两代达五百年之久。

　　清廷比宋元明三朝更加积极推崇妈祖。清朝先后 15 次褒封妈祖，封号从天妃、圣妃，到天后、天上圣母，封号字数之多达 64 字，直至无以复加的程度。特别是咸丰皇帝在位期间，10 年之间连续 5 次褒封妈祖，褒封间隔历史最短，将妈祖神格推到了历史的巅峰。康熙二十二年（1683 年），福建水师提督施琅出兵台湾之前，专程从湄洲妈祖庙奉请妈祖神像随军出征，并举行了隆重的祭典仪式，还将妈祖作为护军之神，以增强将士攻打台湾的信心。同时，施琅为了顺利收复台湾，还出资扩建了莆田圣墩神女神祠。收复台湾之后，施琅又在台湾岛内大兴土木修建天后宫，供奉从湄洲带去的随军妈祖神像，还奏请朝廷册封妈祖为"天后"。清统治者为了维护其执政的合法地位，突出妈祖在军事上的灵性，以证明朝廷对台军事行动的正义性和对汉人统治的合法性，不遗余力地推崇妈祖信仰，凡是奏请褒封妈祖的请求都一一给予满足，使妈祖成为各民族的共同信仰。

三、南靖土楼妈祖文化节传播

梅林村双溪交汇处，有一座建于清代康熙十年（1671 年）的妈祖庙（俗称天后宫）。妈祖庙坐东北朝西南，为单檐悬山式双层楼阁建筑，由前殿和后殿组成，殿前有庙埕，殿中有天井，前殿供奉关羽，后殿供奉妈祖。

妈祖姓林名默，是名扬天下的海上女神。在沿海一带，建妈祖庙是很普遍的，但在这样一个深山峻岭中的乡村也建有妈祖庙就实属罕见了。原来，这里的山民们过去生活十分贫困，为谋求生路，早在明朝末年，就有人走出梅林村，到新加坡、印度尼西亚、泰国等去谋生。他们相约结伴下南洋，斗恶浪、闯险礁，风雨同舟，把生死难料的"三分命"，寄托在妈祖娘娘身上。后来。他们在海外赚钱发了财，就从莆田的湄洲岛请来妈祖娘娘的香火，塑了妈祖娘娘的金身，建了这座妈祖庙。这里的村民们供奉朝拜，以祈求海外游子过海平安赚大钱，也祈求合境安宁、家庭幸福。

每年农历的三月二十三日，是妈祖娘娘的诞辰。这一天，梅林的村民们早早就来到妈祖庙前。参加由如妈祖庙理事会组织的"妈祖巡村"活动。几百个手持幡旗的信众，在锣鼓鞭炮声中，浩浩荡荡地护拥着坐在十二抬大轿中的妈祖神像。从妈祖庙前出发，缓缓穿行在全村的每个角落。所到之处，每座土楼前的大埕或大路口，都有人搬来供桌，摆上鸡、鸭、糍粑等供品，等候"巡村"队伍的到来。妈祖神像一到，村民们就跪在供桌前虔诚地拈香叩拜，祈盼妈祖娘娘保佑全家平安，万事吉祥。当天晚上，梅林村灯火辉煌，烟花怒放，把小山村装点得比白昼还迷人。他们请来大戏班，在妈祖庙前的大戏台上，连演三宵戏文。那丝弦歌乐，把全村老少都吸引来了，连外出的乡亲和外村的人也纷纷赶来观看。

妈祖文化节最热闹的场面，莫过于"妈祖过海"的民俗文化表演了。只见一大群少年，或装扮成龟相蚌臣，或装扮成虾兵蟹将，在溪流中尽情撩水嬉戏，欢声震天。良辰吉时一到，妈祖娘娘就要"漂洋过海"了。她端坐在十二抬大轿里，由挑选出来的青壮信士们抬着，摇来晃去地往返三次，在"水族"们的簇拥下终于渡过"山中大海"。溪流两岸看热闹的观众，人头攒动，水泄不通，欢呼声响彻云天，庆典活动高潮迭起。那壮观的场面，可与农历八月十八日钱塘江的观潮节相媲美。2009 年 6 月，中央电视台第七套《乡土》栏目来此拍摄，播出了《大山里的妈祖节》后，梅林村的妈祖文化更是走向全国，走向世界。

如今，我徜徉在这"农业强，产业兴，乡村美"的中国景观村落梅林村，迈步来到水上妈祖雕像前，驻足许久，回想起光影书写精彩人生的魏振贤先生所编辑的视频《梅林风光》，"客家土楼，妈祖之光"吴伯雄先生题写的八个大字浮现在眼前。浓郁的乡土气息，怀念故乡的乡愁之情油然而生。

综上分析，妈祖文化是世界海洋文化的重要组成部分，建设 21世纪海上丝绸之路绝对绕不过妈祖文化这一主题。尽管丝绸之路沿线国家的政治体制、经济发展模式、风俗习惯等都有差异，但各国百姓对妈祖"行善救困、舍生取义"的大爱精神始终都能认同。所以，妈祖信仰已成为一种跨地区、跨国籍的民间信仰，妈祖作为世界和平女神、海上保护神，拥有不同民族、不同肤色，且为数最多的信众，遍布世界各地，无论是东亚地区的日本、朝鲜、韩国等，还是新加坡、菲律宾、越南、马来西亚、印尼、泰国等东南亚国家，甚至是美洲的美国、加拿大、墨西哥、巴西，大洋洲的澳大利亚、新西兰，以及欧洲的法国、挪威、丹麦等国家，都能认同妈祖文化。建设 21 世纪海上丝绸之路，应当继续弘扬妈祖的大爱精神，以妈祖文化为纽带，加强对新丝绸之路沿线国家的沟通与交流，从人员往来开始，促进各国文化的交融，进而实现经济交流和政治互信，共同建设一个开放、包容、平等、互利的和谐世界。

【参考文献】

李金明，《海外交通与文化交流》，云南美术出版社，2006 年。

李露露，《妈祖信仰》，学苑出版社，1994 年。

蒋维锬、朱合浦，《湄洲妈祖志》，方志出版社，2011 年。

郑丽航、蒋维锬，《妈祖文献史料汇编》，中国档案出版社，2011 年。

《中华妈祖》杂志、《论闽南文化》。

（月港文化研究）

莫忘"粮食稳天下安"

2022 年 3 月 5 日，在十三届全国人大五次会议首场"部长通道"上，农业农村部部长唐仁健在回答《农民日报》、中国农网记者提问时，指出耕地是粮食生产之根之本，要坚决守住 18 亿亩耕地红线，真正管住管好耕地，遏制"非农化"，防止"非粮化"。

习近平总书记在 2022 年两会期间，特别就粮食安全问题，提出了一系列新要求和新思路。他说，粮食安全是"国之大者"。悠悠万事，吃饭为大。两个"大"字掷地有声，意味深长，既是对新形势下粮食安全重要性的再强调，也是对我们如何更好端稳中国饭碗的再部署。四川人有句名言，叫作"猪粮安天下"。它形象地反映了天府之国六七十年农牧业的发展特点，并充分说明了"粮食稳天下安"的重要道理。

近年来，随着经济社会发展，一些地区耕地面积减少，有的地方良田不种粮，而是种植经济作物或发展养殖业，还有一些地方违规占用耕地开展非农建设，给保障国家粮食安全带来隐忧。18 亿亩耕地红线是生存底线，丝毫不容有失。守住耕地红线，当前刻不容缓。既要加大监督考核力度，层层压实责任，对耕地保护硬任务实行严格考核，一票否决、终身追责，更要明确优先次序，精打细算管控用途，通过提高地力挖掘产量潜力。

笔者认为，国之大者，应有大视野。我国有 14 亿人口，每天一张嘴就需要巨量的食物，因此对粮食问题必须有清醒的认识。手中有粮，心里不慌。去年，我们欣喜地迎来了"十七连丰"的喜讯，然而，对粮食丰收不能盲目乐观。最近国际动荡引发粮价上涨，再次警示我们，如今的疫情肆虐，更应懂得生活不易，一粥一饭，当思来之不易，珍惜粮食，杜绝浪费，世间饱暖，皆因有你；端牢中国饭碗任何时候都要靠自己。光指望国际市场，买不起怎么办？买到了运不过来怎么办？解决了温饱，也不能忘了饿肚子的滋味。

当前正值春耕生产季节，漳州市委、市政府认真贯彻落实宣传今年"1号文件"精神。漳州市委、市政府加大监督考核力度，县、镇、村层层压实责任。南靖县金山镇对耕地保护实行严格考核，一票否决，终身追责。该镇组织综合执法大队、自然资源所等部门，对违法用地专项清理整治图斑，查处整改率达96.15%。

新征程，新时代，粮食的千钧之重，需要未雨绸缪的底线思维来守护，时下各地应切实加强对春耕生产的领导，更需要动真碰硬紧抓实抓确保18亿亩耕地红线实至名归。但愿"粮食二字重千钧；粮食稳，天下安"这句箴言，能在人们心中深深扎根，开花结果。

（福建侨报2022年3月25日）

一盏清茗酬知音

题记：半壁山房待明月，一盏清茗酬知音。

君子之交淡如水，我认为这是一种恬静、适意的生活态度，是恰如其分的。古诗云："半壁山房待明月，一盏清茗酬知音。"光是想象，便能在脑海中映出一座古厝的轮廓，这座古厝也许是建在半山腰，夜晚时分有明月相邀。

近日，位于南靖县南坑镇南高村楼仔前，有一座古厝修缮竣工，这座有着 150 多年历史的清朝建筑，青砖灰瓦木架结构，坐东朝西，是传统的闽南四合院建筑风格。正值酷暑，烈日当空，一呼一吸间热气涌动，踏进院门，凉风袭来，整个人转瞬间归于沉静，悠悠的山风似盈满院内，将酷暑隔绝于四合院之外，一墙之隔犹如经历寒暑季，让人在院庭内倍感珍惜。

于是，退休的我，便有了这样一场以庆祝古厝修复竣工为由的诗文朗诵会，厅堂中央映入眼帘的"走进南高村传统建筑诗文朗诵会"条幅格外引人注目，让人们得以在炎炎夏日避暑于古厝内，赏古厝美景、品丹桂佳茗，优哉游哉。

来自厦门大学南靖分会的部分校友、福建省作家协会会员、省摄影协会会员、老体协太极拳团队、乡贤、乡亲代表共 35 人参加诗文朗诵会。朗读会在古厝大厅举行，场地虽受限，却颇有意趣，大厅门口埕前后，与会人员欢聚一堂，亲近和谐，朗诵会由该传统建筑文创"乡贤雅趣"工作室主办，引来过往群众驻足观看。

主持人宣布，首先由省赛老体协获奖者（黄锡英、陈秀珍等4人）表演太极拳、功夫扇，拉开了朗诵会的序幕。伴随着悠扬的乐曲，舞蹈者双手如同白云一般舞动着，轻灵柔和旳韵致，优美潇洒的姿态，那"动作如猫行，用力如抽丝"的功夫表演，安抚了观众躁动的开场心绪。置身其中，真是"物我两忘，悠闲自得"。

第二个节目便是由此次活动组织者——1976届厦门大学哲学系毕业生、出生于当地的乡贤张荣仁，与谢新鎏二胡歌唱表演《我们走在大路上》，那古厝依山而建，对岸即是福建省乡村示范村南高村村部的大路头古村落。接下来，进入了此次活动的朗诵环节，由福建省作家协会会员谢新鎏、魏鸿志、张

作者厦门大学留影

素娟带分别朗诵诗歌《七月的大海》《云水谣的雨》，以及散文《风雨沧桑侯疆楼》；厦门大学南靖分会陈永清学长朗诵散文《难忘的记忆》（详见附录延伸阅读（一）），陈永清学长82岁，他朗诵难忘厦大，把校友的思绪一下子拉回到"金门炮战"的年代，厦大馆舍遭到破坏、学校停课、学生受伤，著名艺术家田汉、梅兰芳先生率团前来厦大慰问演出……

张荣仁的散文《走近林语堂》，传颂林语堂与厦大"四种精神"

（爱国、革命、自强、科学）；《那年我走进厦门大学》散文也于古厝内朗诵，朗诵者个个饱含真挚情感，声情并茂地演绎，观众在视听中感受到中国共产党的思想引领，厦门大学"四种精神"的教育，台下观众人心有所感，古厝有灵，恰似在道尽岁月沧桑，一砖一瓦在诉说着历史变迁的故事，在这乡村振兴中，融入中华优秀传统文化，以文化人，彰显生机与活力，增强文化自信。

值得一提的是，其间穿插了由厦门第五幼儿园小朋友张赖佳带来古诗朗诵——贺知章的《回乡偶书》、李白的《望庐山瀑布》。稚嫩的童声和那小小身躯充满了趣味性，表演者台风稳健，获得观众的称赞。最后，由福建省摄影家协会会员林耀光表演了《茉莉花》电子琴演奏，漳州市本土作家林耀光、张荣仁签名赠送《海峡宗祠缘》《兰谷追梦》散文集。大手牵小手赠书活动，送来了一顿文化知识大餐。

这次活动，目的在于让更多人了解古厝，以旧修旧，在保护中修缮古厝，并能够最大限度地活化利用，在乡村振兴中唤醒民众珍爱遗产的意识，使建在半山腰的这座青砖灰瓦的、极具闽南传统建筑风格的古厝，焕发出勃勃生机，提振张氏族人良好的家风家训，希望能够在明月相邀的同时，再来三两志同道合的同伴，或携家人亲朋，走进乡土历史，走进福建省特色体育小镇——南坑镇，感悟人文情怀，文旅融合，在文化的熏陶中感受家乡的美好！

（江山文学网）

乡村旅游小贴士：从南坑镇沿乡道（南南线）行驶至南高村（约10分钟）观赏廷云楼、官印石、慈济官保生大帝景点（游览时长约60分钟）——沿南南线驶至南坑咖啡庄园（车程约6分钟）、休闲旅游山庄，参观咖啡种植园，了解咖啡制作工艺、咖啡历史、文化。

自有清香读德人

——记吴鸿滨与他的兰花产业

"深谷清标和众卉，幽林香气透群山"，这是一副咏颂野生兰花的联句。古时的南靖县，因多出名兰佳品而被称为"兰陵""兰水"。如今的南靖县，已是全国四大兰花原产地之一，成为"中国兰花之乡"。

一个冬雨绵绵的日子，我们冒着严寒，走进南靖闽台农业融合发展（兰花）产业园区，采访灵犀兰园的老总吴鸿滨。

吴鸿滨，中国台湾宜兰县人，今年 45 岁。他父亲吴明贤曾于1989 年到广东省广州市天河区天平架，销售台湾墨兰，后在华南农业大学承租 60 亩地种兰，几年后因珍兰被盗，遂将兰业分发给从南靖县到广东打工的兰农，自己则返回家乡台湾。吴鸿滨 2000 年开始跟他父亲学种兰，2004 年到广东顺德陈村兰花市场租店出售台湾寄过来的兰花，2006 年到陈村花木世界租地 2.5 亩种墨兰和建兰，市场销量很大。此时，南靖县南坑镇南高村的张珊珊也到陈村出售自家种的墨兰，与吴鸿滨一见钟情，遂于 2008 年结婚，继续留在陈村做兰花产业。2014 年，广东顺德的陈村兰花市场拆迁，吴鸿滨带着老婆和两个女儿，回到南靖县，先在湖美中学的后山上租地搭棚种兰，半年后因违章搭盖被拆，只好于当年11 月搬迁到现在的"四公里"（地名），租了 5.2 亩山坡地种兰到如今。

走进他的灵犀兰园，上百种几万株兰花，争相欢迎我们。顿时，香气袭来，春风扑面，一幅幅王者处士图，展现在我们面前……

两岸一家人，漳台亲上亲。20 世纪 90 年代初，南靖县得天独厚的自然条件加上优越的投资环境，吸引了一批批台湾农民前来投资兰花产业。张德胥、吴鸿滨他们不仅带来了兰花新品种，而且带来了先进的栽培技术。吴鸿滨他们向当地花农普及"三改技术"（改搭斜网为平网、改种土为种鹅卵石、改种在地面为种在架上）。吴鸿滨捧着一棵根系苗壮的兰花，对我们说："这样种出的兰花易生根、结头、发芽，运输 20 多天后还能成活。"自此，南靖县兰花从野生逐渐走上规模化种植之路。

吴鸿滨他们还带来了先进的组培技术，一改过去靠母株繁殖一年仅发两三苗的缓慢速度。新技术只要提供两盆兰花，两年即可培育出近两万株新苗。与此同时，石斛兰、豹纹兰等 100 多个台湾新品种以及现代化的管理经验也随之被引进当地。

在越来越多花农利用电商平台拓展销路的今天，吴鸿滨却选择放慢节奏，夫妻俩在线下深耕中高端兰花的批发与售卖。灵犀兰园以种植中高端兰花品种为主。吴鸿滨说："高端兰花收藏爱好者以有一定养兰经验的中年人为多，由于兰花发生自然变异后还需经过几年的人工驯化，性状才能稳定下来，微信兰友群是我们目前主要的销售渠道。"

他又说："兰花的养护，有时候急不得，但这恰好跟我这个'老兰农'的性格吻合，不紧不慢，优哉游哉过日子。"

"欲展芳华到闹市，不容春色藏深山。"目前，南靖县共有兰花种植户 2800 家，其中台湾兰农 35 家，种植面积 4560 亩，年产兰花 9000 多万株，年创产值 15.5 亿元，年销售额达 10.6 亿元。这就是"花开两岸，融合发展"的宏图画卷。

"虽无俗艳夸媚色，自有清香读德人"，这是兰花的品格，也是兰农们的写照。祝愿吴鸿滨他们在南靖这块盛产兰花的热土上，与南靖花农们一道，让兰花绽放振兴乡村的"美丽经济"。

附 录

● ● ● XIANGYUCHUNFENGNAMOLV

难忘的记忆

陈永清

一九五八年十月，对于厦门大学来说是个令人难以忘怀的年份。十月的一天，天空晴朗，万里无云，厦门大学沉浸在一片欢乐之中。校门内外，道路两旁，红旗招展，彩旗缤纷。全校教职员工及学生站立两旁，夹道欢迎以田汉同志为团长、梅兰芳先生为副团长的全国文艺界福建前线慰问团。只见田汉、梅兰芳等同志，身着深蓝色海军呢制服，频频向人们招手致意，欢迎的人群中爆发出阵阵雷鸣般的掌声。

慰问活动在建南大礼堂里举行，会堂里席无虚座，连过道及门窗外都挤满了观众，把礼堂围了个水泄不通。慰问活动开始，田汉同志宣读了慰问信，王亚南校长致答谢词，会堂气氛热烈，不时响起经久不息的掌声。文艺演出开始，只见八位身穿彩色演出服的女演员，伴随着浓郁的陕北音调唱出了"厦门大学真荣耀，海防前线逞英豪，今天慰问团来到此，我先给大家来问好……"优美亲切的歌声，带来了全国人民的问候，带来党和祖国的关怀！接着，著名电影演员冯喆朗诵了田汉同志写的《厦大颂》："温室不能育大才，大才必须经得起暴风雨与惊雷，厦大师生……"铿锵激昂的诗句，激起了厦大师生无比的激情，也引发了师生们的阵阵遐思……

"打从一九五八年八月二十三日起，台湾海峡两岸严重对峙。盘踞在金门岛的国民党军队竟把炮口对准厦门大学，炮轰手无寸铁的学生，把一发发炮弹打到厦大。你看，建南大礼堂前的广场弹坑累累，弹片横飞，连大理石栏杆也被炸断不少，图书馆、物理馆、生物馆等建筑设施也遭受严重破坏，化学系谢甘沛等同学身负重伤……厦大被迫停课，疏散到内地。一时间，厦门大学成了祖国海防前线，成了世界注目的焦点。国际学联、莫斯科大学，东南亚及旅美、旅欧等地的华人团体、知名人士纷纷来信、来电表示慰问……"正当人们沉思遐想之际，我国著名小提琴家马思聪先生演奏的《牧歌》和《思乡曲》，优美旋律又把人们带到了祖国北疆辽阔的草原上驰骋。让师生们分享着牧民们的甘醇生活以及对家乡的无比眷恋之情！梅兰芳先生的《霸王别姬》《洛神》等京剧节目，委婉动听，悲切呜咽，余音缭绕，回荡心间；马连良先生的《将相和》，以其高亢的音调、优美流畅的韵律把廉颇与蔺相如以国家民族利益为重的故事表演得淋漓尽致；音乐家吕骥、贺绿汀、李焕之等人的赞颂厦大之作也被搬上了舞台，不时博得观众的掌声与喝彩声。整场演出自始至终充满着激情，洋溢着祖国亲人的关切之情，慰问团的慰问活动把大家的火热的心融在一起，群情振奋！

画家蒋兆和、叶浅予及诗人田间、艾中信等联手作画，画中画上了龙舌兰、和平鸽、鲜花以及在水里挣扎着的老虎，诗人田间题上了诗句，把帝国主义和一切反动派都是纸老虎的本质刻画得惟妙惟肖！

党和祖国的关怀，亲人的慰问，使厦大师生员工们亲切体会到党和祖国永远和我们在一起！厦大人和全国人民心连心！

　　啊！厦大人，不管是在"万炮轰金门"的"送瘟神"年代，还是在实现跨世纪宏伟蓝图，把厦大建设成"世界一流大学"的伟大征途中，不断拼搏奋进，为民族复兴做出了积极的贡献！

　　啊！，厦大回想"金门炮战"这段特殊往事，我更加感受到了您的美丽、光荣与骄傲，我为母校自豪！

　　作者：陈永清，20 世纪 50 年代在厦门大学仪表厂、厦门大学冶炼厂工作。1958—1959 年调到物理系半导体实验室为实验员，后改任专职音乐教员，现已退休。

　　曾任原厦门大学平和校友会副秘书长，《厦门大学平和校友简讯》编委。

我校南亚热带雨林
实习基地楼举行落成典礼

　　2003 年 8 月 22 日上午，我校南亚热带雨林实习基地楼落成典礼在南靖县和溪镇举行。校党委常委杨勇副校长，南靖县委林晓峰书记、陈彪副书记，生命科学学院彭宣宪院长、庄总来副院长，资产与后勤事务管理处黄国石处长，资产经营有限公司金能明总经理、党工委尤国顺副书记，后勤集团曾国斌副总经理，和溪镇张荣仁书记出席了落成典礼。杨勇副校长、林晓峰书记为基地楼揭牌。

　　典礼由生命科学学院庄总来副院长主持，彭宣宪院长在会上表示，厦门大学作为一所综合性重点大学，有义务有责任为地方经济建设服务。今后要以南亚热带雨林实习基地为纽带，加强与南靖县的密切交流合作，在人才培养、技术咨询培训、发展高科技等方面给予更多的支持和帮助，为南靖县的经济发展做出更大的贡献。

　　典礼结束后，南靖县及我校的各位领导就有关双方科研合作交流事宜进行了座谈，并到实习基地做了现场考察。

南亚热带雨林是 1951 年我校何景教授在和溪科研考察首次发现的。此后，生物系的教师和学生每年都到雨林进行科研、教学、社会实践活动，并取得了累累硕果，南亚热带雨林已成为生物系教学和科研的重要基地。2001 年和溪雨林被正式批准为国家级南亚热带雨林自然保护区。

（厦门大学后勤集团 2002 至 2003 大事记）

南靖土楼茶的"华丽转身"

"这款乌龙茶怎么不用开水冲泡?""茶包和茶勺融为一体,有创意!""牛奶口味的,我喜欢"……9月6日—10日,在福建省厦门市举办为期5天的中国(厦门)国际茶业投资贸易博览会的漳州辰和茶业展位上,一款全新推出的南靖土楼茶引来了众人的品尝与赞叹,这款古老的传统茶饮,在融合现代工艺之后,再次成了人们关注的焦点。南靖县政协委员、南靖县茶叶协会副会长、漳州辰和茶业有限公司负责人王健志对记者说,为了这一天,他和南靖土楼茶等了好久。

这一切,还要从南靖说起。

南靖县位于福建省漳州市西北部,九龙江西溪上游,森林覆盖率达73%,素有"树海、竹洋、青山、绿水"之美名。山水交融,云雾缭绕,气候温润,适合茶叶生产,是闻名遐迩的茶叶之乡。据《南靖县志》记载,隋末唐初南靖县人就有采制野生茶的习俗。由于南靖茶叶的优良品质,到了明朝嘉靖年间,南靖茶叶已被列为皇家御用的贡品,在当时颇具名气。随着海上丝绸之路的发展,从明代漳州月港出口的南靖茶叶年销量达上百吨,居全省之冠。

由于南靖茶叶种类繁多,2018年6月,为了配合南靖"福建土楼"这一世界文化遗产的旅游推介,让南靖的好茶对接大市场,南靖茶叶公共品牌"南靖土楼茶"首次亮相第五届海峡(漳州)茶会。与"安溪铁观音""福鼎白茶"等公共品牌不同,"南靖土楼茶"并没有在字面上明确主推的茶类,而是同时推广9大系列,辰和茶业主打的乌龙茶系陈年铁观音, "辰和老铁"便是其中之一。

在过去,南靖茶叶登上大航海时代的货船,与瓷器、丝绸一道满足着欧洲人对东方古国的想象,也作为远下南洋的水手们补充维生素的必需品,来到东南亚,畅销缅甸、泰国等地。

但随着时代的变迁,中国传统茶饮也遇到了新问题:随着生活节奏的加快,需要整套茶具且程序烦琐的"功夫茶",人们是否有"功夫"喝?在饮茶习惯大不相同的国外,如何打开新的市场?身为评茶员和制茶师的王健志,一直在苦苦思索着这些问题。他把自己仓库里的各个茶种细细品尝了一遍,甚至还翻出了10年前珍藏的一款陈年铁观音。"存封在土楼仓窖多年,经过自然陈化的'老铁'味道独特,我想应该可以用这款'老铁',去改良传统的饮茶方式。"王健志像发现了宝藏一般兴奋。

南靖县作为重点侨乡之一,茶叶自然成了本地联系海外侨胞的重要纽带。"许多乡亲定居在泰国,我们在交流往来的过程中发现了商机。"王健志开始思考如何先从进入泰国的茶叶市场着手,打响进军国际市场的"头炮"。

在经过多方调研和实地走访后,他发现东南亚一带的民众大多有喜欢喝冷饮、咖啡、奶制品的习惯。王健志便拿出陈茶,将茶叶放置竹编焙笼慢火烘焙,待杂味去除后,茶香更浓郁,使得茶叶用冷水便能泡出陈香，打破了"乌龙茶只能用热水冲泡"的思维定式。为了方便携带冲泡，王健志将茶叶装入打上孔洞的铝箔纸中，研制出一款便捷式的乌龙茶棒。不但方便携带，更能根据个人喜好，与牛奶混搭泡出奶茶，与柠檬梅子混搭泡出冰乌龙茶，以及调配出茶味鸡尾酒等，满足了消费者多样的口感需求。为了解决一部分用户对茶多酚、咖啡碱等成分敏感、影响睡眠和刺激肠胃的问题，王健志在与多位前辈制茶师的交流学习中，用3项独有的专利创新制茶工艺，从前期茶青的摇青、发酵到后期茶叶的存储、陈化，随着时间的推移，咖啡碱含量适度降低，多数的茶多酚转化成茶红素和茶褐素，茶性更温和，既减少了茶汤的涩味，又不影响睡眠，适宜老人、孕妇和肠胃不好的人士饮用。

传统茶香与现代工艺的结合，让"老铁"焕发了新的活力。2017年，在南靖县委、县政府的大力支持下，"辰和老铁"在泰国一经上市便受到了消费者的青睐，口味多样、包装新颖、冲泡便捷的乌龙茶一下子改变了人们对于"奶茶、水果茶的原茶只能是红茶"的传统观念，一股全新而时尚的乌龙茶饮之风在泰国盛行，泰国勤和商务等公司还与王健志签订了长期购销协议。

十年窖藏一朝香，自2009年开始工艺研发，到2019年正式走向国际市场，在经过10年的工艺积累和在东南亚市场的成功试水之后，作为"南靖土楼茶"的品牌代表的王健志来到"厦洽会"，表明了他走向世界的信心。在"厦洽会"上，王健志与厦门沃创天下资产管理有限公司、厦门尚儒文化传播有限公司两家企业签订了合作协议，进行"辰和老铁"的线上销售及代理，为"南靖土楼茶"这一品牌的推广迈出了坚实一步。

　　王健志动情地说："南靖茶叶不仅是海上丝绸之路的重要见证，更是土楼客家文化的永续传承。当年客家先人们带着南靖茶叶下南洋开枝散叶，在今天，我们的'南靖土楼茶'品牌也将在国际市场上开辟出一片属于自己的天地。"

　　　　　　　　　　（2019 年 9 月 20 日《人民政协报》记者照宁）

南靖丹桂乌龙茶初制加工技术

南靖洋顶岽茶业有限公司　王金勇

云霄县茶叶科学研究所　方德音

　　南靖县地处福建省南部，日照充足，雨量充沛，属南亚热带季风性气候，年均温 21.5℃，降雨量 1800～2000 毫米，自然生态优美。素有"树海""竹洋"之称，森林覆盖率73.41%，是福建省首批国家生态县之一、国家生态文明建设示范区。南靖县是全国重点产茶县，福建省十大产茶县之一，现有茶园面积 12 万亩，年产干毛茶 2 万吨，产值 16 亿元。南靖县的茶叶主要分布在海拔 400—1000 米的深山密林中，常年云雾缭绕，昼夜温差大，有机质和微量矿物质含量丰富，是生产高档生态茶叶的理想场所。原来种植的毛蟹、本山等色种茶制出的乌龙茶茶叶香气不足，品质相对较差，价格不高，生产效益低，已不能适应当今乌龙茶市场需求。丹桂在南靖县的引种更是一波三折，2001 年开始大量引进种植，仅 2001 至 2003 年三年，全县累计更新改造老茶园，种植丹桂达 2.5 万亩，但好景不长，由于丹桂初制工艺不成熟，成品茶苦涩味偏重，导致几年后茶农大量挖掉丹桂改种其他茶种。近年来，南靖县大力扶持"南靖土楼茶·丹桂"品牌的发展，鼓励发展丹桂茶园，扩大丹桂茶园生产规模，提升丹桂的品质。经试验后证明，丹桂非常适合在南靖县种植。福建农林大学研究生刘旋发表过《高香品种丹桂的乌龙茶做青工艺与品质研究》学位论文，研究表明在同一初制工艺条件下，丹桂品种酚氨比，茶多酚、黄酮类化合物、可溶性糖含量上都高于肉桂。而茶多酚含量、酚氨比的偏高，可能导致丹桂苦涩味的呈现。而在鲜叶时，丹桂的水浸出物、游离氨基酸、儿茶素较肉桂低，酚氨比、茶多酚、黄酮类化合物、可溶性糖的含量则较肉桂高。通过工艺改进可明显减少丹桂品种的苦涩味。在乌龙茶初加工中亦遇到不少技术难题，若工艺掌握不得当，特别是萎凋、做青和杀青不够透，酯型儿茶素水解及热转化减少不充分，其成茶易出现不同程度的苦涩味。不同品种的乌龙茶初制采用不同的加工技术，使其形成不同的品质特征，为了充分发挥丹桂品种高产优质的特性，近几年笔者不断探索南靖丹桂初制加工技术，摸索出丹桂品种加工乌龙茶减少苦涩味的技术要点，总结如下：

1. 丹桂品种的主要特性

丹桂（304）是福建省农科院茶叶研究所从肉桂自然杂交后代中选育而成的国家级高香型乌龙茶品种，属灌木型、中叶类、早生种。抗病虫能力强，制成乌龙茶品质优异，外形紧结匀整，色泽乌褐油润，香气清高悠长，滋味醇厚甘爽。乌龙茶茶汤中呈苦涩味的主要物质是茶多酚、咖啡碱和茶皂素等。由于丹桂品种鲜叶中的酚氨比值较高，即多酚类含量相对较多，而氨基酸类含量相对较少，所含酯型儿茶素（EGCG）所占比重偏多。

2. 南靖丹桂乌龙茶加工工艺流程及技术要点

2.1. 工艺流程

鲜叶→日光萎凋→做青（晾青←→摇青→堆青）→炒青→揉捻→烘干→毛茶→精制

2.2. 鲜叶采摘

根据多年实践经验，丹桂品种加工乌龙茶鲜叶原料要有一定成熟度，因为较成熟的鲜叶中，茶多酚、咖啡碱、含氮量比嫩叶少，而醚出物等香气先质有显著增加。这有利于提高乌龙茶香气，并减少苦涩味。如果采摘的茶叶太嫩，成茶会比较苦涩。原料力求老嫩一致，在晴天的午后采摘较好，此时的鲜叶含水量少，易"消水着香"，并保持鲜叶完整性与新鲜度。以驻芽小至中开面三叶的鲜叶原料制成干茶品质最优。若采摘顶叶尚未展开的鲜叶，则干茶香气不扬，苦涩味重。若采摘大开面的鲜叶，则干茶滋味稍淡薄。

2.3. 日光萎凋

午后气温较高，为保证鲜叶的鲜活度，应半小时收青一次，并做好鲜叶运输保鲜，将采摘的鲜叶及时运送到加工厂，运输过程避免压青、闷青，尽量避免损伤、发热、红变。回厂后应及时摊放于水筛（直径100厘米），每筛1~1.5公斤，摊晾过程要翻2~3次。晾青的作用是散发叶温和水分，保持叶子新鲜度，使水分含量相对一致。丹桂鲜叶要争取在太阳下山前半小时至一小时采收回厂晒青。晒青以下午4点后阳光较弱时进行为适宜，每平方米摊叶0.5~1.0kg，同一批鲜叶的萎凋程度要力求均匀一致。晒青的作用是使鲜叶在较短的时间里适度失水，使叶质柔软、韧性增强，同时提高叶温和酶的活性，使鲜叶细胞液浓度变高，细胞膜透性增强，酶活性提高，大分子化合物部分分解，青草气部分消退，芳香物质部分形成。通过晒青，适当重萎凋，可以显著减少茶多酚含量，同时也使儿茶素组成发生变化。部分苦涩味重的酯型儿茶素水解成收敛性弱的且具爽口味的简单儿茶素。另外，还可使部分蛋白质水解，增加氨基酸含量，提高香气。丹桂叶片厚度比黄棪、金萱茶厚，因而萎凋程度须比黄棪、萱茶稍足，但又不能过。萎凋减重率以 10% 左右为宜。当鲜叶叶面光泽消失，第一、二叶下垂，手摸鲜叶柔软稍硬挺，青气减退，香气显露时为萎凋适度。晒青不足，叶内化学变化速度缓慢。晒青较足，叶内化学变化速度较快，但香气不扬。春季茶气温低，鲜叶含水量大，萎凋时间较长些；夏暑茶气温高，鲜叶进厂时失水已足，可以以晾代晒，秋茶气候干燥，水分蒸发快，萎凋时间宜短。

2.4. 做青

做青是决定乌龙茶品质最关键的工序，也是形成茶叶色、香、味的关键工序，由摇青和晾青交替进行。必须"看天做青""看青做青"。春茶萎凋程度较足，摇青历时较短，秋茶萎凋程度较轻，摇青历时较长。做青是在适宜的温湿条件下，促进了糖苷酶的活化，从而促进糖苷类物质的水解，生成萜烯醇类的游离芳香成分和葡萄糖，既增加了茶叶的香气，又提高了茶汤的甜醇度。综合做青机装叶量为容积的 1/2 ~ 2/3。摇青转数根据气候、品种、晒青程度不同而灵活掌握，即"看天做青、看青做青"。由于做青要求茶叶内含物缓慢地进行转化和积累，做青间温湿度要相对稳定，做青间温度保持在 21℃ ~ 6℃，相对湿度在 65% ~ 75%。做青过程温湿度要求先低后高。青房应具备加温、去湿、排气通风等设施，保持做青间空气新鲜，有利于做青叶品质形成。做青过程中，青叶气味变化主要表现为：青气→清香→花香→果香，叶态变化主要表现为：

叶软无光泽→叶渐挺、红边渐现→汤匙状、三红七绿。

做青技术要求：第一次摇青以青气微露，叶态稍有紧张状为适度，俗称"摇匀"。第二次摇青以青气较显露，呈较明显的紧张状，叶缘略有红点为适度，俗称"摇活"。第三次摇青以出现强烈青气和叶缘红点尚显为适度；俗称"摇红"。第三次晾青以叶略呈汤匙状、叶面绿黄，叶缘垂卷，红点明，手握略有刺手感，青气消退，清香微露为适度。第四次摇青以微有青气和叶缘红点明显为适度。第四次晾青以叶面稍黄较亮，叶缘红点较明显，花香显露为适度。第五次摇青以叶面黄亮，汤匙状特征突出，手握如棉，花果香显露为适度。在做青过程中，摇青与摊晾交替进行。一摇后摊晾1.5~2小时，二摇后摊晾2小时，三摇后摊晾3小时，四摇后摊晾3~4小时。此后视青叶变化情况灵活掌握，杀青前要堆青1~2小时。传统工艺做青全程历时10~12小时，空调环境做青全程历时15小时以上。

综合做青机做青：萎凋青装进综合做青机，约为容量的二分之一，待茶青在机内萎凋达到要求后，按"吹风→摇动←→静置"的程序重复进行6~10次，历时约为6~15小时，吹风时间先长后短，每次逐渐缩短，摇动和静置时间先短后长，每次逐渐增长。直至做青达到成熟标准时结束做青程序。做青前期约为2~3小时，操作上应注意以茶青走水为主，需薄摊，多吹风，轻摇，轻发酵。中期约3~4小时，操作上应注意以摇红边为主，需适度发酵，摊叶逐步加厚，吹风逐步减少。后期约2~3小时，以静置发酵为主，注意红边适度，香型和叶态要达到要求。做青叶在摇青和静置过程中，叶片水分缓慢蒸发，叶绿素破坏，叶色由绿色转淡黄绿。蛋白质水解，游离氨基酸增多，这些氨基酸在黄烷醇氧化过程中形成醛类等香气物质。香气由青香转化为兰花香，进而转化为桂花香。

做青适度标准，主要观察第二叶变化程度：叶脉透明，在灯光透射下，呈淡黄色，明亮；叶面黄绿色，叶缘朱砂红，叶形成汤匙状，触摸青叶，最后出现手握如棉的弹性感；青气消失，散发出愉悦的花果香；减重率为 25% ~ 28%，含水量约为 65% ~ 68%。

丹桂品种做青过程，每次摇青宜稍重些，薄摊、摇后要延长晾青时间，让青草气散失干净。并增加摇青次数 1 ~ 2 次，在杀青前适当延长堆青时间，使多酚氧化酶的活性进一步增强，水解作用的程度加深，使更多的酯型儿茶素转化为简单儿茶素，从而降低茶汤的苦涩味。待花果香显露时再杀青。

2.5. 炒青

乌龙茶不同茶区、不同品种对青叶变化程度要求有所不同，掌握适时炒青至关重要。就丹桂品种而言，以做青叶叶缘朱砂红，叶色黄绿明亮，手摸青叶柔软，嗅之花香味明显，此时炒青最为适宜。炒青是通过高温制止酶促氧化作用，并使叶质柔软便于揉捻。丹桂炒青要适当高温，投叶量宜少，用 6CWS - 110 型滚筒炒青机，筒温260℃以上，每筒投叶量以 7 ~ 9kg，炒青时间 6 ~ 8 分钟。炒青忌闷黄、忌炒焦。炒青程度宜稍足，炒青减重率为 25% ~ 30%。炒青过程，待水蒸气大量溢出筒口时，排气，炒至香气清纯，叶色由黄绿转暗绿，梗折不断，叶片皱卷，手揉搓带有黏性，嗅之有愉悦的茶香为适度。丹桂品种杀青下锅温度可稍高些，青叶下锅要有噼啪响声，要杀透杀匀，利用热力作用，使茶多酚总量降低，特别是呈苦涩味的酯型儿茶素进一步减少。

2.6. 揉捻

茶叶在揉捻过程中成形并增进色香味浓度。茶叶细胞被破坏，便于在酶的作用下进行必要的氧化，利于发酵的顺利进行。采用乌龙茶揉捻机，揉捻原则为"趁热、少量、重压、快速、短时"。要求揉出的茶叶，卷成茶条。揉捻后及时解块，上烘，以免闷黄。

2.7. 烘干

利用高温迅速钝化酶的活性，停止发酵，蒸发水分，缩小体积，固定外形，保持干度以防霉变，散发大部分低沸点青草气味，激化并保留高沸点芳香物质。

2.8. 精制

包括筛分、风选、拣剔、炖火等工序，传统程序为：毛茶→毛拣→分筛→复拣→分选→匀堆→焙火→装箱。目前烘焙的方式主要有：烘干机烘焙、烘箱烘焙、焙笼炭焙等。自动链条式烘干机温度120℃~130℃，历时1.5~2.0小时，摊叶厚度5~6cm。烘箱温度110~130℃，时间6~8h，摊叶厚度4~5cm，炭焙温度80℃~120℃，时间8~12小时，摊叶厚度达烘笼的八成，每笼的摊叶量达4~5kg。丹桂品种应适当延长烘焙时间，增加烘焙次数和间隔时间，丹桂成品茶，经一轮焙火后应放置较长时间，有利于苦涩味的转化，让残留苦涩味消除转化成花果香或炭焙香。

3. 小结

南靖县从2001年开始引进丹桂，已种植丹桂二十多年，现有丹桂茶园近万亩，"南靖丹桂"已注册国家地理标志商标，是南靖土楼茶公共品牌。利用南靖生态种植优势，通过改进南靖丹桂初制方法，以闽北乌龙茶加工工艺结合闽南乌龙茶加工工艺的南靖丹桂茶，成品茶苦涩味明显减少，具有独特的品质风格。外形紧结匀整，色泽乌褐油润，香气清高悠长，滋味醇厚甘爽，汤色橙黄明亮，叶底软亮匀净。通过改进初制工艺，进一步提高南靖丹桂综合效益，具有较好市场前景和较强的市场竞争力，以此助推乡村振兴，实现茶农增收。

（南靖丹桂乌龙茶初制加工技术 2020《福建茶叶》杂志第 7 期）

论文作者：

王金勇：南靖洋顶崈茶业有限公司。

方德音：福建省评茶师协会专家委员会副主任，云霄县海峡两岸茶业交流协会秘书长，云霄县茶叶科学研究所所长，国家高级评茶师，国家高级制茶师，国家高级考评员，闽南师范大学（文学院）客座教授，闽茶之星，漳州乌龙茶制作技艺非遗传承人，漳州市技能大师工作室大师，漳州市高层次人才。

后 记

　　《相遇春风那抹绿》是我的第四部散文随笔集，集中收录的是我近年来的创作成果，共 40 多篇。汇稿成册，既是对自己创作的阶段性成果的一次验收，也是退休后以文会友，以文怡情，以文养老的一种情怀。

　　这 40 多篇散文随笔，分为四类：第一类的《异金香茶》《茶山永远有春天》《茶香岩韵流千载》《观瀑品茗》《邂逅洋顶岽》《南靖土楼茶背后的故事》等 14 篇，主要是以南靖的茶产业、南靖土楼茶公共品牌为题材，我把它归到第一辑的《丹桂飘香》中；第二类的《顺裕楼小记》《福谦楼的记忆》《家乡流淌的那条河》《陈金才的传奇人生》《洒向人间都是爱》等 12 篇，主要是以家乡的土楼、东溪窑与人文为题材的，我把它归到第二辑的《楼窑故事》中；第三类的《泰姬陵，爱的永恒见证》《我与孙子爬黄山》《朝鲜见闻录》等 8 篇，主要是描写异国风情与山水田园，我把它归到第三辑的《奇山秀水》中；第四类的《雨林赏兰》《在快乐阅读中共同成长》《稻花香里说丰年》《禾下乘凉话隆平》等 12 篇，有兰花、有海上丝绸之路、有厦门大学，我把它归到第四辑的《兰谷书香》中；最后为附录。

　　本书中用较大篇幅述及南靖县茶产业，这是因为我在 2017 年 5 月 31 日，被选为南靖县海峡两岸茶业交流协会会长，与茶叶结缘。南靖县着力打造"南靖土楼茶"公共品牌，提升品牌效应。随着"南靖土楼茶"公共品牌的诞生，在县委、县政府的带领下，南靖的茶农热情空前高涨。他们齐心协力，将南靖茶的生态优势、品质优势转化为市场竞争优势，共享公共品牌效应，研制出更多独具特色的适销对路土楼茶。沉寂多年的南靖茶产业，迈出了发展的新步伐。

南靖的茶人从南靖茶产业的特点和优势出发，主打产品差异化，适时推出的"南靖丹桂"，成为品漳州市六泡好茶之一（南靖县丹桂、平和县奇兰、诏安县八仙、云霄县黄观音、华安县铁观音、长泰区金观音）；围绕"三茶融合"，每年举办春、秋季茶王赛以及丹桂制茶技能大赛等茶事活动，组织茶企参加省内外茶叶展销推介，全面提升南靖茶叶品牌知名度和市场影响力；制定南靖丹桂乌龙茶初制加工技术；结合"楼、兰、茶、窑"，茶旅融合，致力南靖茶产业发展，助推乡村振兴，实现茶农增收、农业增效。

在茶乡南靖，一棵茶树、一片叶子，成就一方产业，富裕一方百姓，遇到南靖县委、县政府出台《南靖县扶持茶产业发展十条措施》，沐浴缕缕春风，"绿水青山就是金山银山"，犹如"春风又绿江南岸"一样！这就是《相遇春风那抹绿》书名所蕴含的意义。

本书出版，中国作家协会会员柳小黑作序，给拙著增色添光。感谢漳州市陈金才慈善基金会的支持，农业局、南靖县文联、作协及江智猛、魏鸿志、唐崧、温欣、张素娟等文友的帮助，在此一并致谢！书中错漏之处在所难免，敬请方家不吝赐正。

张荣仁

2022 年 11 月 28 日